## 일러두기

1. 번역에 쓰인 원전은 2013년 중국 장강문예출판사에서 출간한 '얼웨허 문집' 제1판을 사용했다.
2. 맞춤법과 띄어쓰기는 한글 맞춤법과 외래어 표기법에 따랐다.
3. 한자는 우리말로 표기하고, 꼭 필요한 경우에만 괄호 속에 원음을 병기해 이해하기 쉽도록 했다.
   예 : 다이곤多爾滾(도르곤)
4. 인명과 지명은 우리말로 표기했다. 단, 이미 굳어진 표현은 원지음을 존중했다.
   예 : 나찰국羅剎國(러시아). 이후에는 '러시아'로 표기
5. 본문 중의 괄호 안에 뜻을 풀이한 것은 모두 옮긴이의 설명이다.

【전면개정판】

# 건륭황제

인류 역사상 최대의 제국을 지배한 위대한 황제

**13**

**얼웨허 역사소설**

홍순도 옮김

더봄

小說 乾隆皇帝 : 二月河

Copyright ⓒ 2013 Eryuehe

Korean Translation Copyright ⓒ 2015 by theBOM Publishing co.

Korean edition is published by arrangement with Eryuehe

小說《乾隆皇帝》出刊根據與原作家二月河的約屬於theBOM出版社. 嚴禁無斷轉載複製.

소설《건륭황제》의 저작권은 원작자 얼웨허와의 독점계약에 의해 출판사 '더봄'에 있습니다.
저작권법에 의해 한국 내에서 보호를 받는 저작물이므로 무단전재와 복제를 금합니다.

# 건륭황제 13권

**개정판 1판 1쇄 인쇄**    2016년 8월 8일
**개정판 1판 1쇄 발행**    2016년 8월 10일

**지은이**    얼웨허(二月河)
**옮긴이**    홍순도
**펴낸이**    김덕문

**펴낸곳**    더봄
**등록번호**    제399-2016-000012호(2015.04.20)
**주소**    경기도 남양주시 별내면 청학로중앙길 71, 502호(상록수오피스텔)
**대표전화**    031-848-8007    **팩스**    031-848-8006
**전자우편**    thebom21@naver.com
**블로그**    blog.naver.com/thebom21

ISBN 979-11-86589-65-6 04820
ISBN 979-11-86589-52-6 04820(전18권)

책값은 뒤표지에 있습니다.

**손사의孫士毅**

1720~1796. 절강浙江 출신으로, 자字는 지치智治,
건륭 연간 진사進士 출신으로, 산동포정사, 광서순무, 양광총독,
병부상서, 사천총독, 군기대신 등을 역임했다. 1769년 미얀마 원정에
종군하였으며, 1785년 광동으로 진출한 대만臺灣 임상문林爽文의
반란을 평정한 데 이어 베트남을 정벌하는 데 공을 세웠다.
또 1790년에는 티베트西藏의 저항을 진압하는 전사戰事에도 참전했다.
최근에는 1997년 유네스코의 세계유산으로 등재된 소주원림蘇州園林의
일부인 환수산장環水山莊을 소유했던 것으로도 유명해졌다.

**유용劉墉**

1719~1804. 산동성 제성諸城 사람으로, 재상 유통훈劉統勳의 장자.
자는 숭여崇如, 호는 석암石庵이다. 건륭 16년(1571)에 진사에 급제해
한림원翰林院 학사, 섬서안찰사陝西按察使와 내각학사內閣學士,
호남순무湖南巡撫 등을 지낸 다음 이부상서吏部尙書를 거쳐
태자태보太子太保를 역임했다. 가경 2년(1797) 체인각대학사體仁閣大
學士를 거쳐 재상이 되었다. 서법書法에도 일가를 이루어 풍성하고
아름다운 기골과 고상한 정취를 가진 독특한 서풍으로 명성을 떨쳤다.
또 첩학帖學의 대가로 농묵재상濃墨宰相으로도 일컬어진다.
시호는 문청文淸이고, 저서로《석암시집》石庵詩集이 있다.

大學士一等輕車都尉于敏中
肉地土司事須漢字自始
至終勤勞弗替相機擬諭
厥功茂焉賜寫像儒臣
執肩

**우민중于敏中**

1714~1780. 강소江蘇 금단金壇 사람. 자는 숙자叔子, 호는 내포耐圃이다. 건륭乾隆 2년
(1737) 진사進士 시험에서 일등으로 합격하여 수찬修撰에 임명되었다. 이후 승승장구해
호부시랑戶部侍郎 겸 군기대신軍機大臣이 되어 군기처軍機處에서 20여 년 동안 재직했다.
관직은 문화전대학사 겸 호부상서文華殿大學士兼戶部尙書에 이르렀다. 특히 건륭제 치세
후반기에 수석군기대신이었던 우민중은 청렴과는 거리가 멀어 막대한 사익을 취하였고,
그로 인해 대신들 사이에서도 뇌물이 오가기 시작했다. 서로 뇌물수수를 눈감아주고,
과거시험에서도 일정한 돈을 지불한 대가로 합격시켜 주는 등 부정부패가 집단화,
공개화 되면서 불과 10년 만에 청왕조는 급속도로 무너지기 시작한다.

## 5부 운암풍궐 雲暗風闕

# 1장
# 북경에 온 양광 총독 이시요

　시리도록 차가운 겨울비가 추적추적 내리는 을씨년스러운 날씨였다. 먹장구름이 무겁게 드리운 하늘은 전설 속에서나 나올 법한 괴물들이 엎치락뒤치락 할퀴고 물어뜯는 중인지 온통 검푸른 잿빛과 자줏빛으로 물들어 있었다. 얼음장처럼 차가운 비가 연못 수면을 찢어놓을 듯이 세차게 떨어졌다. 군데군데 흙탕물이 고인 관도官道 양옆에서는 헐벗은 나무들이 추위에 오들오들 떨고 있었다. 그 아래로 수레바퀴 자국이 어지러운 진흙탕 길은 을씨년스러운 날씨를 더욱 우중충하게 만들고 있었다.

　때는 신시申時가 막 지난 시각이었다. 한 줄로 길게 늘어선 수레 행렬이 북으로 난 역도驛道에 나타났다. 큰 수레 하나와 마차 열 대로 이뤄진 행렬이었다. 그 행렬은 자금성紫禁城 남쪽의 숭문문崇文門으로 향하고 있었다. 청유清油와 동유桐油를 여러 번 덧칠한 수레의 차체는 유포油布로 단단히 둘러싸여 있어서 안에 무엇이 들어 있는지 전혀 보이지 않았다.

수레의 문에는 대못이 박혀 있고 봉인도 다닥다닥 붙어 있었다. 수레를 끄는 말이 요란하게 흙탕물을 튕기며 지나갔다. 패도佩刀를 찬 친병親兵들은 장화 소리를 내면서 그 뒤를 따라가고 있었다.

경호원들에게 에워싸여 앞서 가는 대교大轎 역시 언뜻 보기에도 평범하지 않았다. 차체에 금칠을 하고 보온용 검은 양가죽을 꼼꼼히 두른 데다 휘장 아랫부분에는 금실과 붉은 실로 수를 놓은 것이 호화스럽기 이를 데 없었다. 3품 이상의 고급 관리만 탈 수 있다는 이른바 '홍위자차'紅圍子車라는 수레였다.

물론 안에 앉아 있는 사람도 예사 인물은 아닐 터였다. 그 사실을 말해주듯 대교 앞에는 비바람을 막기 위해 차양이 쳐져 있었다. 뿐만 아니라 그 옆에는 노란 술이 달린 깃발도 꽂혀 있었다. 깃발에는 자그마한 글씨가 적혀 있었다.

欽命兩廣總督太子太保 李
흠명 양광총독 태자태보 이시요

대교 안에 앉아 있는 사람은 바로 현 천자天子의 두터운 성총을 받고 있는 능신能臣 이시요李侍堯였다. 그러나 비에 흠뻑 젖어 축 처진 깃발은 그런 그의 위상과는 달리 가끔 강풍이 불어 닥칠 때만 맥없이 펄럭이다가 다시 수그러들고는 했다. 그래서 길가의 행인들은 글씨를 전혀 알아볼 수 없었다. 조용하던 역도에서 고인 물을 차내는 말발굽소리와 채찍을 휘두르는 친병들의 고함 소리가 요란할 때면 영문을 모르는 길 옆 민가의 사람들이 목을 빼들고 기웃거릴 뿐이었다.

얼마 후 앞서 가던 친병들이 갑자기 흥분한 목소리로 고함을 질렀다.

"와! 숭문문이다! 총독 대인, 저 앞에 숭문문이 보입니다!"

이시요는 수레 안에서 관보官報를 읽는 데 몰두하고 있었다. 그러다 그 소리에 관보를 내려놓고 돋보기를 벗었다. 창문을 가린 휘장을 걷고 밖을 내다보니 과연 무거운 잿빛 하늘 아래 엄숙하게 버티고 선 숭문문이 보였다. 동서로 길게 뻗어 있는 거대한 숭문문의 성벽은 빗물에 씻기고 바람에 패인 흔적이 역력했다. 마치 장구한 세월의 무게를 온몸으로 말해주는 것 같았다.

이시요가 가볍게 숨을 들이마시면서 중얼거리듯 창밖을 향해 지시했다.

"곧 폐하를 알현할 수 있겠군. 소오자小吳子, 여기서 잠시 쉬었다 가자. 숭문문 세관稅關 쪽에 사람을 파견해 통관 절차를 밟게 하거라. 내가 폐하를 알현하러 왔노라고 하면 별 어려움이 없을 것이야. 군기처에도 아뢰거라. 서하와자西下洼子에 우리가 머물기로 한 거처가 준비됐는지도 알아 보거라. 그동안 우리는 성 밖에서 대충 끼니나 때우고 들어가도록 하는 게 좋겠다!"

"예, 분부대로 하겠습니다!"

소오자로 불린 젊은이가 대답소리와 함께 날렵하게 말에서 뛰어내렸다. 이어 수레 행렬을 멈춰 세우고는 뒤에서 따라오던 두 친병을 불러 지시를 내렸다.

"너희 둘은 대인을 모시고 가까운 곳에 들어가 있어. 대인, 외투 깃을 잘 여미세요. 뭔 놈의 날씨가 이렇게 춥대요? 얼어 죽고 싶은 사람은 나오라는 것 같네요!"

말을 마친 소오자는 빗속을 뚫고 달려갔다. 젊은 사람답게 행동에 거침이 없어 보였다.

이시요는 친병들이 부축하러 오기도 전에 수레에서 풀쩍 뛰어내려 진흙탕 길로 내려섰다. 두꺼운 장화를 신었음에도 불구하고 찬 기운이 발바닥을 타고 머리로 확 전해졌다. 따뜻한 수레 안에 있다가 정면으로 불어 닥치는 찬바람을 맞으니 흑! 하고 신음소리가 저절로 터져 나왔다. 순간 목덜미에 얼음장처럼 차가운 빗방울이 떨어졌다.

그는 으스스 떨면서 목을 잔뜩 움츠렸다. 이어 얼굴에 떨어지는 빗물을 손으로 쓱 문지르고는 숭문문을 향해 미소를 지으면서 고개를 끄덕였다. 그리고는 객잔을 비롯한 가게들이 즐비한 곳을 향해 성큼성큼 걸어가면서 큰 소리로 분부했다.

"밥은 교대로 와서 먹어! 이 식충이들아, 힘들었지?"

서른 명 남짓 되는 친병들은 이시요의 욕설을 듣고도 히죽히죽 웃었다. 그리고는 제각각 힘차게 대답했다.

"힘들지 않습니다!"

"길이 미끄럽습니다. 조심하십시오!"

"하나도 힘들지 않습니다만 그동안 술을 못 마셔서 입안에 가시가 돋치는 것 같습니다!"

천천히 걸음을 옮기던 이시요는 친병들의 말을 듣고는 그 자리에 뚝 멈춰 섰다. 이어 고개를 내저으며 잠시 생각하더니 웃음을 머금은 얼굴로 대꾸를 했다.

"아직 임무도 끝내지 못했는데, 웬 술타령이냐? 북경 우리 집에 이십 년 동안 묻어둔 기막힌 술이 있어. 오늘밤에 실컷 마시게 해줄 테니 보채지 마! 야, 호곰보! 이것들을 찻집으로 데리고 가 다과나 조금씩 먹여. 얼른 먹고 서둘러 가자. 나는 저녁에 볼일이 있어서 너희들과 함께 못 먹을 것 같으니 먼저 밥 한술 떠야겠다."

"예! 먼저 드십시오!"

호곰보라고 불린 사내가 이시요의 명령에 신이 나서 친병들을 데리고 찻집으로 들어갔다. 그러자 객잔 주인이 버선발로 달려 나와 반색을 하면서 일행을 맞이했다.

"총독 대인, 참으로 오랜만입니다! 저희 채씨주관蔡家酒館은 대인과 특별한 인연이 있는 것 같습니다. 대인께서 북경을 출발하실 때도 배웅을 해드렸는데, 이렇게 팔인교八人轎를 타고 귀경하시는 길에 또 모시게 됐으니 실로 저 채아무개의 광영이 아닐 수 없습니다. 천자의 발아래로 돌아와 군기처에 입직하시게 됐으니 앞으로의 영달이야 두말할 필요가 있겠습니까!"

입안의 혀처럼 굴며 연신 아부의 말을 입에 올리는 채씨의 말에 이시요가 피식 웃음을 터트렸다.

"입에 침이나 바르고 말하게. 내가 북경을 떠날 때는 노하역潞河驛에서 출발했어. 그런데 어찌 여기서 나를 배웅했노라고 새빨간 거짓말을 하는가?"

정곡을 찔린 채씨가 할 말이 궁해졌는지 뒤통수만 벅벅 긁었다. 마침 그때 객잔의 일꾼이 쟁반에 보글보글 끓어 넘치는 닭백숙 두 그릇과 하얀 쌀밥을 가져왔다. 이시요는 측근 친병에게 한 그릇 밀어주고는 자신도 닭다리 하나를 집어 들었다. 이어 한 입 뜯어먹으면서 오도 가도 못하고 서 있는 주인에게 물었다

"백년 전통을 자랑하는 노포老鋪(대대로 물려 내려오는 점포) 객잔이 어찌 이리 조용한가? 주인의 인품이 영 아닌가 보네?"

그러자 주인이 날이 잔뜩 흐려 저녁나절 같은 창밖을 가리키면서 대답했다.

"아닙니다. 저쪽 별채에 시험 보러 온 거인擧人들이 한가득 들어 있

습니다. 워낙에 고상한 사람들인 데다가 취향도 어찌나 독특한지, 글쎄 날씨가 이렇게 찬데도 불구하고 서산西山으로 바람을 쐬러 간다고 나갔지 뭡니까!"

이시요가 고기와 밥을 거의 다 비워갈 즈음이었다. 밖에서 첨벙대는 발소리가 들려왔다. 이시요는 심부름을 갔던 소오자가 돌아온 것이라고 짐작하고는 수저를 내려놓았다. 고개를 돌려보니 과연 소오자였다.

소오자의 뒤로는 장작개비처럼 비쩍 마른 젊은이가 따라 들어오고 있었다. 숭문문 세관에서 나온 사람인 것 같았다. 이시요는 젊은이를 힐끗 쳐다보고는 소오자에게 물었다.

"세관은 엎어지면 코 닿을 데 있는데, 어찌 이리 늦었나? 사람이 없었어?"

소오자가 콧물을 훌쩍 들이마시면서 아뢰었다.

"그게 아니라……, 오늘은 날도 스산하고 동지冬至가 내일 모레인지라 일찍 문을 닫아걸었나 봅니다. 제가 당직 서는 사무관과 한참 승강이를 벌여서야 겨우 그쪽 책임자인 유 나리를 모셔왔지 뭡니까. 유 나리, 직접 우리 대인께 말씀드리시죠!"

이시요는 '유 나리'라는 사람을 다시 눈여겨봤다. 뼈다귀에 가죽을 씌워놓은 것처럼 빼빼 마른 몸에 주먹만 한 얼굴은 온통 곰보자국 투성이였다. 얼굴의 오관 역시 제멋대로 생기지 않은 구석이라고는 하나도 없이 죄다 뒤죽박죽이었다. 게다가 팥알처럼 작은 두 눈을 부산스레 깜박이면서 사람을 쳐다보는 모습과 허리를 구부정하니 낮추고 서서 두 다리를 건들거리는 모습은 '막 부려먹기'에 딱 좋은 '천한 것' 그 이상도 그 이하도 아니었다. 이런 자가 자기 주제도 모르고 감히 '유 나리'라는 명함을 내흔들다니! 이시요는 너무 어이가 없어 하마터면 웃음을 터트릴 뻔했다.

"자네가 이곳 세관의 책임자인가?"

유아무개 역시 이시요를 똑바로 쳐다보면서 대놓고 불쾌한 기색을 드러냈다. 50대 후반으로 보이는 왜소하고 볼품없는 늙은 영감탱이가 뭐가 잘났다고 남의 얼굴을 뜯어보면서 웃음을 금치 못하느냐는 식이었다. 심지어 그는 속으로 욕설까지 퍼부었다.

'겉에 걸친 그 번쩍거리는 옷만 벗어 던지면 나나 그쪽이나 거기서 거기 아닌가? 똥 묻은 개가 겨 묻은 개 비웃는다더니……, 나 원 참!'

그러나 영리한 유아무개는 그런 속마음을 감추고 날렵하게 한쪽 무릎을 꿇었다. 이어 아뢰었다.

"책임자는 무슨 개나 소나 아무나 합니까? 소인의 소명小名은 유전劉全입니다. 이 바닥에서는 '유 대머리'로 통하죠!"

"오, 유전이라……. 〈유전이 호박 팔러 가다〉라는 연극에 나오는 그 유전 말인가?"

"예, 대인! 연극에 나오는 유전은 충신에 효자였죠. 소인도 둘째가라면 서러울 충신에 효자입니다."

"그래?"

이시요가 웃으면서 덧붙였다.

"얼굴은 영 아닌데? 그 머리 위에 호박을 하나 올려놓으면 어느 것이 호박인지 구분하기 어려울 것 같은데?"

이시요의 농담에 소오자와 친병들이 모두 웃음을 터트렸다. 이시요가 다시 물었다.

"그런데 동지가 무슨 큰 명절이라고 조정과 내무부의 규정까지 어겨가면서 그리 일찍 문을 닫은 거가?"

허리를 구부정하게 숙인 채 웃고 있던 유전이 이시요의 딱딱한 질문에 정색을 하면서 황급히 대답했다.

"절대 업무에 태만해서 그런 것은 아닙니다. 대인도 잘 아시다시피 이곳 세관 관리들은 모두 내무부의 기인旗人들이 아닙니까? 저마다 섬기는 주인들이 있으니 작은 명절이라고는 해도 이런 날 찾아뵙고 문후를 올리지 않을 수 없습니다. 소인도 방금 전까지 서직문에 있는 화 나리 댁에 있다가 오는 길입니다."

유전의 말에는 일리가 있었다. 달리 반박할 말을 못 찾은 이시요는 굳어진 표정으로 손사래를 칠 수밖에 없었다.

"어찌 됐건 왔으니 됐네. 어서 문이나 열게. 우리는 서둘러 성 안으로 들어가야 하니까!"

유전이 이시요의 말이 떨어지기 무섭게 토를 달고 나섰다.

"외람된 말씀이지만 성 안으로 들어가실 수는 있습니다. 그러나 수레에 실은 물건은 검사를 거친 뒤 일정 금액을 세금으로 내셔야 합니다. 급하시면 사람만 먼저 통과하셔도 됩니다. 물건은 내일 묘시卯時에 세관 문을 열어 검사를 거친 연후에 제가 직접 댁까지 보내드리겠습니다."

이시요가 즉각 당치도 않다는 듯 냉소를 터트렸다.

"개인 물건이 아니야. 광주廣州 해관海關에서 거둔 세금을 수송하고 있는 중이란 말이야. 태후마마께 충성하기 위해 바치는 물품도 몇 점 들어 있어. 그런데 검사는 무슨 검사야! 어서 문이나 열어!"

"소인은 문은 열어드릴 수 있사오나 물건은 감히 통과시킬 수 없습니다! 은자든 태후마마께 충성을 하기 위해 바치는 물품이든 상관없이 일률로 과세 대상입니다. 소인은 그렇게 명을 받았기에 누구에게도 편의를 봐드릴 수 없습니다. 널리 양지해주시기 바랍니다!"

"뭐가 어째? 세금에도 세금을 안기겠다는 말이야? 그게 말이 된다고 생각해?"

"소인은 상부의 명령에 따를 뿐 어찌할 도리가 없습니다. 이는 친왕마마일지라도 예외는 아닙니다!"

이시요의 얼굴이 시퍼렇게 굳어졌다. 인상도 무섭게 변해가고 있었다. 그가 그예 목소리를 낮게 깔며 천천히 입을 열었다.

"내가…… 끝까지 물건을 내놓지 못하겠다면 어쩔 텐가?"

"소인은 이곳 밥을 먹는 이상 법규에 따라 처리할 수밖에 없습니다."

유전은 이시요의 위엄에 잠시 움찔했으나 이내 다시 침착함을 되찾고는 한층 더 공손한 어투로 덧붙였다.

"날도 이미 저물었고 비도 오고 하니 괜찮으시다면 오늘은 밖에서 하룻밤 묵어가시는 게 좋을 것 같습니다. 그 사이 소인이 화 나리께 이 사실을 아뢰고 적절한 방책을 강구해보겠습니다."

유전은 더 이상 여지를 주지 않았다. 찻집에서 빈속에 차만 마시고 나온 친병들은 이시요와 유전의 대화를 듣자마자 제각기 한마디씩 떠들어대기 시작했다.

"성 안으로 들어가 고기와 술로 포식할 줄 알았는데, 이게 웬 난리야?"

"대인! 꼴값 떠는 자와 시간낭비하지 맙시다. 그냥 힘으로 대문을 부숴버리고 갑시다!"

"개새끼도 수레에 올려놓으면 제 주제를 모르고 까분다더니, 저게 어쩌자고 저리 뻗대는 거야?"

"확 묶어버리고 떠납시다."

시끌벅적한 소리에 부근 가게에 있던 사람들이 무슨 일인지 궁금한 듯 목을 빼고 기웃거렸다. 그러자 이시요가 손사래를 쳐 친병들을 눌러버리면서 고함을 질렀다.

"여기는 북경이야, 북경! 광주가 아니란 말이야! 다들 제자리로 돌아가지 못해?"

이시요가 부하들에게 버럭 호통을 치고는 다시 유전을 바라보며 말을 이었다.

"내가 금천에서부터 데리고 다니던 병사들이라서 말이 다소 거칠다네. 아무 생각 없이 지껄이는 것이니 자네가 너그럽게 이해하게."

유전은 이시요가 사과하자 아무렇지도 않은 듯 씩 웃으면서 입을 열었다.

"저 사람들이나 소인이나 거친 것은 별반 다를 바 없는 것 같습니다. 형제끼리 고추를 꺼내놓고 비교해보면 똑같듯이 말입니다."

"쓸데없는 소리는 그만 지껄여!"

이시요가 유전의 엉뚱한 말에 말허리를 싹둑 잘라버렸다. 이어 덧붙였다.

"이 상황에서는 화신이 아니라 호부 상서가 와도 사람이나 물건을 모두 통과시킬 수밖에 없어! 수레 다섯 대에 전부 은자를 꽉꽉 눌러 실었어. 여기에서 풀어헤쳤다가 사고라도 나면 누가 책임질 거야? 화신은 뭐 대가리가 아홉 개 달린 괴물이라도 돼?"

그러나 유전도 만만치 않았다. 히죽 웃으면서 말을 받았다.

"은자가 공중 분해되거나 달리 잘못될 것이 걱정된다면 그건 전혀 염려하지 않으셔도 됩니다. 화 나리께서는 그런 돌발 상황에 대비해 풍대豊臺 대영의 군사 한 개 소대를 지원 받았습니다. 그들이 지금 세관을 철통같이 수비하고 있으니 아무 걱정 안 하셔도 됩니다. 이 채씨의 집에는 대인과 비슷한 상황에 봉착해 하루 이틀 묵어간 사람들이 수두룩합니다. 허나 한 번도 사고가 난 적은 없습니다."

유전이 갑자기 고개를 돌리더니 객잔 주인을 불렀다.

"이봐, 채씨!"

"갑니다, 유 나리! 무슨 분부가 계십니까?"

객잔 주인 채씨가 발에 채인 돌멩이처럼 또르르 굴러오더니 연신 허리를 굽실거리면서 물었다. 유전은 채씨 앞에서 제법 어르신 행세라도 하겠다는 듯 지시했다.

"동쪽 별채의 손님들을 전부 후원으로 이동시키게. 이어 총독 대인을 동쪽 별채로 모시고 수레에 실은 물건들을 마당에 들여놔. 총독 대인의 친병들이 안에서 지키면 내가 따로 호위들을 불러 밖에 물샐 틈없이 박아놓을 거야!"

분부를 마친 유전이 이시요를 향해 굽실대면서 물었다.

"이렇게 하면 차질이 없겠죠?"

이시요는 얼굴이 딱딱하게 굳어진 채 가타부타 말을 하지 않았다. 솔직히 유전의 처사에서 뭐라고 꼬투리를 잡을 만한 건더기를 찾을 수가 없었던 것이다. 다만 하급관리 앞에서 체면이 바닥에 떨어진 것 같아 조금 괘씸했을 뿐이었다. 집을 지척에 두고 성 밖에 발이 묶여 들어가지 못하다니, 그것도 내일 화신에게 물건을 검사 받기 위해서라니! 아무리 생각해도 그는 기분이 찜찜했다.

화신은 아계가 출세하기 전 장가구張家口에서 연병練兵을 할 때 쫄래쫄래 꽁무니를 쫓아다니던 자였다. 아계가 군기처에 들어간 뒤에도 두 손에 먹이나 묻히고 다니면서 잔심부름을 하던 미관말직에 불과했다. 가끔 군기처에 들르는 이시요를 만나면 허리를 굽실거리고 강아지처럼 살살 꼬리를 치기도 했던 자였다. 그런 자에게 덜미가 잡혀 성 밖에 주저앉다니…….

이시요는 생각할수록 짜증이 나고 도무지 수긍이 가지 않았다. 한참 동안 냉소로 일관하던 이시요가 드디어 무거운 입을 열었다.

"자네는 오늘 처음 보지만 화신은 전에 몇 번 본 적 있네. 별 볼 일 없는 심부름꾼이 하루아침에 사품관으로 승진하더니 이렇게 나와도 되는 건가? 그래, 좋아! 자네, 가서 그 사람에게 아뢰게. 하관 이시요가 여기서 명을 기다리고 있노라고!"

"뭔가 오해하신 것 같은데……."

유전이 난처한 듯 쩔쩔 매면서 황급히 아뢰었다. 이어 양해를 구하려 천천히 덧붙였다.

"그런 말씀 마십시오. 화 나리께서는 총독 대인을 맞으러 나오시던 중 화친왕마마께서 부르시어 급히 그리로 가셨습니다. 마음이 많이 불편하시겠지만 소인의 임무가 이것이니 어쩌겠습니까? 아랫것인 소인의 처지를 이해해주시고 부디 소인의 무례를 너그러이 용서해 주십시오."

지금까지 이시요가 들은 말 중에서 그나마 가장 마음에 드는 말이었다. 이시요가 거친 숨을 크게 내쉬면서 말했다.

"아무튼 나는 분부대로 오늘밤 여기 머물기로 했네. 화신에게 이르게. 오늘밤 아계 중당께서 나를 기다리고 있다고 말이야. 그리고 내일은 폐하께서 부르실지도 모르니 화신에게 알아서 하라고 해!"

이시요는 그렇게 통보하듯 내뱉고는 곧바로 자신의 친병들에게 지시를 내렸다.

"오늘은 여기서 자도록 하겠다. 모두들 밖에 있는 수레를 마당에 들여 놓거라."

이시요는 곧이어 수행원들을 데리고 밖으로 나갔다. 객잔 안에는 유전 혼자 남았다. 그는 이시요가 내뱉은 말에 대해 잠시 생각해 보았다. 그러자 은근히 후환이 두려워졌다. 이시요가 만만한 상대가 아니라는 사실을 그제야 깨닫게 된 것이다.

　이시요는 춘위春闈 시험에서 탈락하자 본인의 시험지를 들고 고사장을 순시중인 건륭에게 직접 찾아갔던 사람이었다. 도대체 무슨 이유로 미역국을 먹어야 하느냐고 천자에게 당돌하게 따지기도 했다. 그는 그 죄로 즉석에서 산서山西성 통판通判으로 쫓겨 내려가고 말았다. 그러다 산서에서 운 좋게 제일선력대신第一宣力大臣이자 국구재상인 부항을 만났다. 그리고는 부항이 백련교白蓮教 무리를 일망타진한 흑사산黑査山 대첩에서 대승을 거둘 수 있도록 참모 역할을 훌륭하게 수행했다.

　그는 어떻게 보면 건륭으로부터 직접 가르침을 받은 '천자의 문생門生'이었다. 재상의 적극적인 도움까지 받아 빛을 보게 되자 도대道臺에서 호부 시랑으로 껑충 널뛰기까지 했다. 그러더니 운남 동광銅鑛과 안휘 동광을 한 손에 주물렀다. 급기야 양광 총독으로 승진했다. 건륭은 그런 이시요에게 몇 번이나 명조明詔를 내렸다. 그리고는 그를 '총독, 순무들 중의 군계일학'이라거나 '선제 때의 이위와 비교해도 전혀 손색이 없는 인물'이라면서 높이 치하했다.

　유전은 어쩌다 재수 없이 이런 '거물'에게 미운 털이 박히게 됐을까 하는 생각을 하지 않을 수 없었다. 아무리 좋게 생각하려고 해도 후환이 두렵고 마냥 초조하기만 했다. 한쪽은 화신, 다른 한쪽은 이시요 아닌가! 둘 다 쉽게 건드려서는 안 되는 사람들이었다. 그런 고래들 둘 사이에서 어떻게 자기 같은 새우가 무게중심을 잡아야 한다는 말인가? 그는 도무지 방도가 생각나지 않았다.

　화가 치민 유전은 급기야 찰싹 하고 제 뺨을 때렸다. 이어 가게를 뛰쳐나와 성 안으로 들어갔다.

　아무려나 객잔 주인 채씨는 이시요 일행을 윗방으로 안내하고 일행이 타고 온 말들을 씻기고 먹이느라 바쁘게 움직였다. 일행이 추울세라 방안에 화롯불도 들여다 놓고는 발 씻을 더운물까지 떠다주면서 연신 굽실거렸다.

"달리 분부가 안 계시면 소인은 이만 나가보겠습니다. 앞서 말씀드렸다시피 마당 저쪽에 북경에 과거시험 보러 온 효렴孝廉 몇 명이 들어있거든요. 외출했다가 지금쯤 돌아왔을 겁니다. 외출한 사이에 방을 옮겨버렸으니 죄송하다고 손이 발이 되게 빌어야 하지 않겠어요?"

그 사이 날은 완전히 어두워졌다. 비바람에 창호지가 펄럭이고 촛불이 진저리를 쳤다. 이시요는 발을 닦느라 걷어 올린 바짓가랑이도 내리지 않은 채 너울거리는 그림자를 끌면서 천천히 방안을 거닐었다. 내일 건륭이 어떤 것을 하문할 것인지, 그에 대해 어찌 대답해야 할 것인지 거듭 생각하면서 고민을 하고 있었던 것이다.

'폐하께서는 우선 작황에 대해 물으실 거야. 올해 주강珠江이 범람해 네 개 현縣을 쓸어가는 바람에 알곡 생산량이 전년 대비 적잖이 줄어들었어. 난민도 무려 십만 명이나 증가했지. 나는 이번에 광주를 떠나오면서 이재민들에게 일인당 은자 한 냥 반씩을 제공했어. 또 각 주현마다 천막을 치고 죽을 배식하도록 조처했지. 그러니 적어도 굶어죽고 얼어 죽는 사람은 없을 거야. 다만 워낙 강수량이 많고 다습한 지역이라 봄에 전염병이 돌지 못하도록 예방하는 조치가 필요해.'

그는 그렇게 생각하고는 이어 다른 문제들도 뇌리에 떠올렸다. 갑자기 천리회天理會라는 사교邪教 생각이 났다.

'사교 천리회에 대한 얘기도 꼭 아뢰어야 해. 천리회의 두목 위춘생韋春生이라는 자는 앞서 신도들을 규합해 나정羅定에서 모반을 꾀하다 관군에게 쫓겨 운무산雲霧山으로 들어갔어. 천리회의 움직임을 예의주시하던 나는 친히 병사들을 이끌고 비적 무리들을 급습했지.

사천여 명의 신도들 중 일부는 도망가고 일부는 잡혔어. 두목 위춘생은 오주梧州로 도망가다가 관군에게 잡혀 현재 광주로 압송돼가고 있는 중이고…….'

천리회에 대한 그의 생각은 계속 이어졌다.

'이는 폐하께서 유난히 관심을 보이시는 사건이야. 그러니 자세하고 쉽게 아뢰어야 해. 문제는 생포한 인원과 규모를 너무 적게 보고하자니 나의 공로가 두드러지지 않을 거라는 사실이지. 그렇다고 천리회가 창궐한 움직임과 영향력을 사실 그대로 아뢰었다가는 실정失政의 책임을 추궁당할 수도 있어. 사실 그걸 더 걱정해야 해. 벌써 도찰원都察院 어사들은 '양민을 잘못 죽였다'느니 '비적匪賊은 천 명밖에 안 되는데 사상자는 네 배다'라느니 하면서 만만찮게 붓을 놀리는 실정이잖아. 그 밖에 광서廣西에서는 선교사들이 교회당을 짓는다면서 수선을 떨어대고 있지. 서양 종교에 빠지는 사람들도 점점 늘어난다고 했어. 국내에서 아편 중독자들이 증가하니 동인도회사의 아편 무역을 금지시켜야 한다는 목소리도 높아지고…….'

이시요는 여러 가지 생각이 한꺼번에 떠오르자 나중에는 도무지 갈피를 잡을 수가 없었다. 마치 엉킨 실타래가 점점 더 흐트러지는 것 같았다. 그때 갑자기 아계로부터 받은 서찰 내용이 그의 뇌리를 스쳤다. "폐하께서는 그대를 군기처로 입직시켜 정무에 도움이 되어주기를 바라시는 것 같다"라는 내용이었다. 그 말을 떠올리자 금세 가슴이 훈훈해졌다.

그러나 그것도 잠시였다. 부항이 면전緬甸(미얀마) 전선에서 병들어 쓰러지고, 윤계선 역시 병이 고황에 들어 골골대지 않았다면 과연 이렇게 중요한 임무가 자신에게까지 돌아왔을까 하는 의문이 생겼던 것이다. 때문에 이럴 때일수록 평소보다 더 침착한 모습을 보여야 했다. 황제 앞에서 의연하게 행동해야지 하늘 높은 줄 모르고 경망스럽게 굴었다가는 일거에 하늘을 오르는 것은 둘째치고 단박에 건륭의 눈 밖에 날 수도 있었다…….

이시요는 이런저런 생각에 잠겨 있다 지붕 위의 기와가 드르르 떨리는 소리에 깜짝 놀라 깊은 생각에서 빠져 나왔다. 이어 바로 소오자에게 명령을 내렸다.

"오세웅吳世雄! 빗방울이 굵어지는 것 같으니 밖에 나가 수레를 덮은 유포油布가 새지 않는지 살펴보고 오너라."

"예!"

오세웅이라고 불린 소오자가 곧 대답과 함께 밖으로 뛰쳐나갔다. 얼마 후 문 앞에서 경이로움에 찬 환호성이 들려왔다.

"대인! 비가 아니라 눈입니다, 눈! 광동에서는 육 년 동안 눈은 구경도 못했는데 여기 오니 눈이 내리네요! 하하하하……, 너무 신기합니다! 입안에 떨어지는 느낌이 달아요, 달아! 마치 설탕 같아요!"

소오자의 호들갑에 다른 방에 있던 친병들도 모두 문을 열고 우르르 달려 나왔다. 평생 눈 구경 한 번 못해본 그들 광동 토박이들은 연신 감탄사를 연발했다.

"와, 이게 말로만 듣던 눈이구나!"

"눈꽃 좀 봐, 너무 커서 흰나비가 따로 없어!"

"광주에서는 지금 덥다고 냉수를 끼얹느라 정신이 없을 텐데!"

병사들은 소리 없이 내리는 굵은 눈꽃을 두 팔 벌려 온몸으로 받으면서 어린아이처럼 들떠서 소리를 질렀다. 이시요는 그런 병사들을 보고 조용히 웃고는 방안으로 다시 들어왔다. 이어 온돌에 벌렁 드러누워 시계를 봤다. 이제 겨우 술시戌時 초밖에 안 된 시각이었다. 그는 무료함을 달랠 겸 기윤이 새로 탈고한 것이라면서 보내준《열미초

당필기》閱微草堂筆記라는 책을 몇 줄 읽기 시작했다. 그러나 곧 여독이 몰려오면서 스르르 눈이 감기려고 했다.

그가 무거운 눈꺼풀을 떴다 감았다 하며 잠이 들 무렵이었다. 갑자기 마당 서쪽에서 왁자지껄 떠드는 소리가 들려왔다. 웃음소리를 비롯해 서로 따지는 듯한 말소리, 소곤대는 대화 소리가 마구 뒤엉켰다. 주인 채씨는 사람도 없는데 멋대로 방을 바꿀 수밖에 없었던 이유를 설명하느라 정신이 없는 것 같았다. 아마 밖에 놀러나갔다던 손님들이 돌아온 모양이었다.

이시요는 억지로 잠을 털어내면서 벌떡 자리에서 일어나 앉았다. 그러자 소오자가 황급히 아뢰었다.

"서산으로 놀러 갔다던 거인들이 돌아왔나 봅니다. 대인께서는 그냥 누워 계십시오. 소인이 가서 조용히 하라고 주의를 주고 오겠습니다!"

이시요가 소오자의 말에 피식 웃음을 터트렸다.

"호가호위해서 겁 많은 수재들을 혼내주려고? 괜찮아, 아직 자지 않아도 돼. 나가서 바람이나 좀 쐬고 와야겠어. 자네들은 물건이나 철저히 간수하게. 수시로 밖에 나가 살펴보고!"

이시요는 분부를 마치고는 외투를 걸치고 밖으로 나왔다. 날씨가 얼마나 추운지 차가운 한기가 뼛속까지 파고드는 것 같았다.

거인들은 스무 명도 더 되는 것 같았다. 그중에는 버젓이 비단 두루마기를 입고 팔자걸음을 내딛으면서 위세를 떠는 자들이 있는가 하면 듬성듬성 기운 홑겹 장삼을 걸치고 두 손을 소매 속에 집어넣은 채 덜덜 떠는 자들도 더러 있었다. 행색이 초라한 치들은 발을 동동 구르고 콧물을 훌쩍거리면서 채씨에게 밥과 황주를 내놓으라고 아우성을 치고 있었다. 심지어 어떤 거인은 채씨의 코에 삿대질까지

하면서 침을 튕겼다.

"우리가 먼저 들어와 있었는데 아무리 어쩌고저쩌고 해도 마음대로 방을 바꾸는 게 말이 되오? 무슨 장사를 그리 경우 없게 하느냐고!"

채씨가 몰매 맞을 상황에 처했다고 생각한 듯 연신 굽실거리면서 사정을 했다.

"여러 나리들은 모두 하늘이 내린 문곡성文曲星이 아니십니까. 이제 곧 춘위 시험에서 장원壯元, 탐화探花, 방안榜眼으로 당당히 합격하시어 어가御街에서 맹위를 떨칠 것인데, 소인이 아무리 삶아 놓은 돼지 대가리라지만 어찌 감히 함부로 할 수 있겠습니까? 다만 관가官家에서 중대한 사연이 있어 갑자기 방을 내놓으라니 소인이 무슨 용빼는 수가 있었겠습니까? 양심을 걸고 맹세합니다. 절대 웃돈을 받고 이런 짓을 한 게 아닙니다. 정녕 그렇다면 소인의 자손들이 남도여창男盜女娼으로 전락하고 말 것입니다. 믿어주십시오! 대신 오늘밤 숙식비는 한 푼도 받지 않겠습니다!"

몇몇 거인들은 화가 머리끝까지 치밀어 있다가 숙박비를 면제해 준다는 말을 듣자 금세 태도가 누그러들었다. 이어 몇몇이 앞장서서 식당이 있는 후원으로 향하자 나머지도 연신 굽실거리는 주인을 한 번씩 째려보고 몇 마디 타박을 하고는 뒤따라갔다. 그들 중 나이가 스물 대여섯 정도 되어 보이는 몇몇은 옷차림은 평범했으나 언행은 어딘가 범상치 않았다. 그리 호락호락하게 당할 사람들 같지가 않았다. 이시요는 말없이 그들을 따라갔다.

식당 안에 들어서자 먼저 온 사람들이 한창 저녁을 먹고 있었다. 이시요는 왁자지껄한 식당 안의 한쪽 모퉁이에 자리를 잡고 앉았다. 거인들과 상 하나를 사이에 둔 가까운 거리였다. 거인들은 뒤따라 들어온 이시요를 전혀 의식하지 않고 자기들끼리 마구 떠들어댔다.

"오늘은 원래 조제曹弟(조씨 성을 가진 아우)가 한턱내기로 했는데, 느닷없이 얼뜨기가 걸려들었으니 횡재했네그려. 아우, 오늘 시회詩會에서 실력을 제대로 과시하더니 아마 운수 대통할 모양이네. 이렇게 공짜 술까지 생기는 걸 보면 말이야. 절강浙江의 망족望族 자제가 이번에 큰일 한번 내겠는데?"

문어귀에 앉은 키다리가 중간에 앉은 왜소한 젊은이를 향해 절강성 사투리로 말했다. 얼굴이 여자처럼 갸름하고 말쑥한 조씨 성의 젊은이가 미처 대답하기도 전에 서쪽 창가에 앉은 뚱보가 먼저 입을 열었다.

"나는 조석보曹錫寶의 시가 어딘지 모르게 퇴폐적인 느낌이 들어서 별로였소. 오성흠吳省欽의 시는 또 호쾌한 감이 결여된 것 같아서 유감이고. 아무튼 나는 오늘 시회에서 낙점된 시들 중에는 마음에 드는 게 하나도 없었소!"

뚱보의 말에 지적을 당한 사내가 말을 받았다.

"그럼! 우리가 아무리 창자를 훑고 뇌수를 비틀어 짜도 방령성方令誠 자네와 어찌 실력을 겨루겠소. 자네, 뭐라 그랬더라? '오늘 서산을 유람하니 날씨는 춥기도 하구나. 옷을 두툼하게 입었으니 망정이지, 하마터면 오한발열에 시달릴 뻔했구나!'라고 했지? 시재詩才가 얼마나 뛰어나오!"

사내의 말에 장내에서 한바탕 홍소哄笑가 터져 나왔다. 이시요도 하마터면 웃음이 터질 뻔한 것을 겨우 참았다. 그 사이 어느새 들어와 찻잔을 돌리고 있던 주인 채씨가 웃으면서 끼어들었다.

"소인이 귀동냥한 소리를 한마디 하겠습니다. 공명功名이라는 것은 하늘이 내리는 천의天意라고 보시면 됩니다. 저희 객잔에 머물렀다 가신 분들 중에는 문장 실력이 특출하신데도 번번이 미역국을 마신 비운의 수재들도 있었으나 다른 경우도 많았어요. 다들 그게 잠꼬대지 시냐고 비웃음을 당하던 사람들이 되레 방榜의 첫머리에 버젓이 오른 경우도 있었답니다.”

채씨는 거인들이 자신의 말에 응대도 하지 않자 대충 차를 따라주고는 이시요에게 다가왔다. 순간 오성흠이라는 거인이 입을 열었다.

“나는 채씨의 말에 공감하오. 공명이라는 것은 알다가도 모를 것이고, 다 잡은 것 같아도 한 순간에 빠져나가는 구름 같은 것이오. 조상의 음덕도 있어야 하고 주시험관의 그날 기분과도 관계되니 아무리 문장을 꽃처럼 아름답게 써내봤자 무슨 소용이 있겠소? 전날 잠자리에서 마누라에게 구박받은 주시험관이 심통을 부려 좍좍 가위표를 그어버리면 끝나는 거 아니오? 올해의 주시험관은 기윤 중당이 아닌 아계 중당이라고 들었소. 폐하께서 광동의 이 총독을 북경으로 부르셨다는데 어쩌면 이번 춘위 시험을 주지하라고 하실 수도 있소. 그러다보면 올해에는 또 어떤 기가 막히는 문제가 나올지 모르오!”

이시요는 방으로 돌아가려고 일어서다가 자신에 대한 얘기가 나오자 흠칫 놀라며 다시 자세를 고쳐 앉았다.

# 2장
# 이시요와 화신의 신경전

　좌중의 거인들인 조석보, 오성흠, 방령성, 혜동제惠同濟, 마상조馬祥祖 등은 서산 유람을 마치고 늦은 저녁에야 돌아온 터였다. 당연히 '이 총독'이 바로 옆자리에 앉아 있다는 사실을 알 턱이 없었다. 그랬으니 여흥이 도도한 채 편하게 얘기꽃을 피울 수 있었다. 더구나 주시험관과 시험문제에 대한 얘기가 나오자 피곤기도, 배고픔도, 추위도 순식간에 날아간 것 같았다. 그때 일꾼이 쟁반에 음식을 받쳐 들고 왔다. 그러자 방령성이 목을 빼들고 음식을 보더니 심통을 부렸다.

　"자장면이잖아? 선심도 잘 쓴다! 알았어, 먼저 다른 데 다 돌리고 우리는 나중에 줘!"

　방령성이 손사래를 쳐 일꾼을 돌려보낸 다음 말을 이었다.

　"내 생각에는 이번에도 틀림없이 기윤 중당이 출제할 것 같아. 예부를 관장하고 있을 뿐 아니라 천하에 둘째가라면 서러워할 대학자

잖아. 게다가 《사고전서》 편수작업까지 맡고 있으니 그보다 나은 적임자가 어디 있겠어?"

방령성은 무척 자신만만한 표정으로 계속 말을 이었다.

"물론 우리 입장에서야 상대적으로 단순한 아계 중당이 출제하면 훨씬 낫지. 기효람은 세상 지식을 두루 섭렵한 석유<sup>碩儒</sup>이니 그의 마음에 들 만한 문장을 써낸다는 건 여간 어려운 일이 아닐 거야. 논리가 정확해야 할 뿐 아니라 너무 딱딱해도 안 되고, 그렇다고 온갖 미사여구를 줄줄 늘어놓아 가볍게 보이는 것도 금물이야. 아무튼 시뻘건 가위표는 면해야 할 텐데, 큰일이야."

키다리 오성흠이 두 다리를 건들거리면서 말을 받았다.

"아계 중당은 무관 출신이라 한당<sup>漢唐</sup> 시대에 유행했던 영웅의 기개를 닮은 문장을 좋아할 테지. 또 유용 대인이라면 양파 껍질 벗기듯, 누에고치에서 실을 뽑아내듯 층층이 꿰고 들어가는 근엄하고 세밀한 부분을 강조할 테지. 만약 이 총독이 출제한다면…… 글쎄, 어디로 튈지 도무지 감을 잡을 수 없어. 그분의 성격은 통 종잡을 수가 없거든. 아직 한 번도 회시<sup>會試</sup>를 주최해 본 적이 없어 문호<sup>門戶</sup>에 대한 편견도 적은 사람이야. 그러니 의외로 폐하께서 이 총독을 주시험관으로 점지하실 가능성도 있어."

이시요는 또다시 좌중에서 자신에 대해 언급하자 적이 긴장했다. 그러나 "어디로 튈지 모른다"라는 말이 결코 기분 나쁘게 들리지는 않았다. 그는 내심 안도하면서 좀 더 귀동냥을 하기로 했다.

얼마 후 혜동제라 불리는 거인이 묵직한 상체를 의자등받이에 잔뜩 기댄 채 확신에 찬 표정으로 말했다.

"현재 조혜 장군이 신강<sup>新疆</sup>에 출병한 상태라 아계 중당은 병부에서 전사<sup>戰事</sup> 수발을 드느라 경황이 없는 몸이시오. 춘위 시험에까지 신경 쓸 겨를이 어디 있겠소? 게다가 유용 대인도 천리회와 백련교가 몇 군데에서 난동을 부리는 바람에 몸이 열 개라도 모자랄 판이오. 여러분은 성시언盛時彦이 기 중당의 《열미초당필기》에 쓴 서언序言을 읽어봤소?"

혜동제가 말을 마치고는 어깨를 으쓱하면서 좌중을 쓸어봤다. 그리고는 목소리를 가다듬어 천천히 글을 외우기 시작했다.

문장은 도道를 반영한다. 유학을 공부하는 사람이라면 이를 모르는 이가 없다. 무릇 도道라 함은 불가佛家의 심인心印이나 도가道家의 구결口訣처럼 심오하고 예측 불가하면서도 쉽게 전해지지 않는 것이다. 만사의 이치를 깨닫는 것이 곧 도라 하겠다. 고로 도는 통틀어 보면 강물처럼 땅에 흘러도 그 실체는 방울방울 둥근 것이다. 크게는 치국평천하治國平天下, 작게는 일물一物, 일사一事, 일언一言, 일동一動에 모두 도가 존재한다. 문文이라 함은 곧 도道의 한 축이다…….

혜동제는 눈을 지그시 감고 고개를 저어가며 의기양양하게 외워 나갔다. 방령성이 그런 그를 겨우 뜯어말리면서 입을 열었다.

"아우의 말뜻인즉 만약 기 중당이 주시험관이 된다면 우리는 경사자집經史子集을 전부 들춰내어 읽어봐야 한다는 말이오?"

"그렇소! 한마디로 기 중당에게 걸리는 날에는 우리 모두 인생 종친다 이거요."

혜동제가 다시 덧붙였다.

"그러나 이고도李皐陶(이시요) 정도라면 얼렁뚱땅 넘기기 딱 좋을 텐데!"

이시요가 차를 마시다 말고 혜동제의 말에 동작을 딱 멈췄다. 순간 입안에 있던 찻물이 잠깐 목에 걸렸다가 꿀꺽 소리를 내면서 넘어갔다. 기가 막힌 그는 속으로 비웃으며 욕지거리를 토해냈다.

'돼지 사촌처럼 생긴 네놈이 뭘 안다고! 뭐? 내가 '얼렁뚱땅' 넘기기 딱 좋다고? 두고 봐라!'

이시요는 속으로 연신 이를 갈았다. 그때 얼굴이 씨름판처럼 넓은 마상조라는 거인이 반박을 했다.

"이시요 총독이 호락호락하다고 누가 그래? 말을 아무렇게나 툭툭 던진다고 가볍게 봤다가는 큰 오산이오. 전쟁터를 누빈 경험이 있는 사람이라 아랫것들 상 내릴 때는 배포도 크고, 상대가 누구든지 소탈하게 대하는 편이지만 실은 깐깐하다 못해 좁쌀이 따로 없다고 들었소. 언제 한번은 강서에서 시험 보러 들어간 수재들의 몸을 수색하는데 완전 도둑놈 취급을 했다지 뭐요. 속옷까지 홀딱 다 벗겨놓고 검사를 했다는 거요. 엎어놓고 항문까지 들여다보는데 수재들의 체면을 아주 깔아 뭉개버렸다지 뭐요."

마상조의 말이 끝나기 무섭게 와! 하고 폭소가 터져 나왔다. 이시요의 얼굴은 순식간에 귀밑까지 붉어졌다. 화가 치밀어 올랐으나 실제로 그런 일이 있었기 때문에 나서서 화를 낼 수도 없었다. 이 정도 되면 더 있다가는 얼마나 더 험한 얘기를 들을지 모를 일이었다. 그는 할 수 없이 슬그머니 자리에서 일어나 도망치듯 밖으로 나왔다.

"대인, 대인……."

조마조마한 표정으로 손에 땀을 쥐고 구석에서 지켜보고 있던 채씨가 종종걸음으로 뒤따라 나오면서 사정하듯 입을 열었다. 이어 장황하게 덧붙였다.

"멋모르는 후생들이 제멋대로 지껄이는 소리입니다. 기분이 언짢아지셨다면 모두 소인의 잘못입니다. 헤헤……, 실은 이런 일은 자주 있는 편입니다. 과거 보러 가는 수재들은 모여 앉았다 하면 고관高官들을 혓바닥에 올려놓고 아주 삼세번은 죽이죠. 마치 며느리 셋이 사발까지 깨가면서 시어머니 흉보는 것과 다를 바 없어요. 한쪽 귀로 들으시고 한쪽 귀로 흘려보내 버리세요. 전에 누군가가 호광 총독이셨던 이불李紱 대인의 면전에서 '이불은 위선자, 소인배!'라고 비난을 퍼부었는데, 그분은 그저 허허 웃으면서 손사래치고 말았다고 합니다, 헤헤! 저치들이 지금은 천지분간 못하고 저런 소리나 지껄이지만 정작 대인을 뵈면 있는 아부, 없는 재롱 다 떨어가면서 잘 보이려고 달려들 겁니다."

이시요가 채씨의 말에 빙그레 웃었다.

"내 흉금은 이불보다 작지 않을 거네. 뒤에서 남의 소리를 안 하는 사람이 어디 있나? 충분히 있을 수 있는 일이네. 저 사람들의 이름을 적어 올리게. 혹시 아는가? 앞으로 내가 도울 일이 있을지! 나는 들어가 잠깐 눈을 붙이고 있을 테니 화신이 오는 대로 아뢰게."

채씨는 이시요의 얼굴에 전혀 화난 표정이 없는 것을 확인하고서는 안심한 듯 조용히 물러갔다.

"우리는 조석보 한 사람만이라도 잘되기를 두 손 모아 빌어야 돼. 막말로 조석보가 이십 년 동안 재상 자리에 턱하니 앉아 있게 된다면 설마 우리들을 모른 체하겠나? 바늘 가는 데 실이 따라가는 것은 당연한 것이거늘, 인간성 좋은 석보가 우리를 나 몰라라 하지는 않겠지. 안 그렇소?"

식당에서는 여전히 수재들의 한담이 한창이었다. 방령성이 다 먹은 자장면 그릇에서 건더기를 건져먹으면서 마상조의 말에 은근히 반론을 제기했다.

"공명에 시간을 정하는 건 우습지 않소? 우리 대청에 이십 년을 넘긴 재상이 몇이나 되오? 성조 때의 웅사리, 명주, 색액도가 겨우 이십 년을 채우나 마나 했소. 장정옥이야 벽에 똥칠할 때까지 있었으니 몇 십 년은 됐을 테지만, 그 밖에는 손꼽을 만한 사람이 없지 않소?"

방령성이 다른 말을 더 하려다 갑자기 무슨 생각이 들었던지 도로 입을 다물어 버렸다. 옆에서 그런 그를 보고 의아해 하던 오성흠이 한숨을 내쉬면서 입을 열었다.

"재상 임기의 길고 짧음도 국운과 관련이 있는 것 같소. 무릇 태평시일이 오래 지속될수록 재상의 수명도 그만큼 오래 지속됐소. 한漢나라 때의 주발周勃은 삼십사 년, 당唐나라 때의 곽자의郭子儀는 이십육 년, 문언박文彦博은 오십 년, 조보趙普는 이십구 년, 이임보李林甫는 십구 년, 양사기楊士奇는 사십삼 년, 사정정謝正廷은 삼십 년이었소. 나라 안팎이 아수라장이었던 남송南宋 말년에는 재상이 한 달에 한 번 꼴로 바뀌었소. 오죽하면 명明나라 숭정崇禎 십칠 년에는 한 해에 무려 오십사 명의 재상이 부침을 거듭했겠소. 따지고 보면 하나같이 인중지걸人中之杰이라 불리기에 손색이 없었으나 나라의 운이 다 되니 그들에게 무슨 뾰족한 수가 있었겠소?"

오성흠의 말이 끝나자마자 방령성이 그렇지만은 않다는 듯 다시 반대의견을 내놓았다.

"국운이 쇠락한다고 해서 재상이 자주 바뀐 것은 아니라고 생각하오. 위魏나라 때의 사마의司馬懿는 이십삼 년, 수隋나라 때의 양소楊素는 그 난리통에도 이십칠 년이나 장수하지 않았소……."

거인들이 그렇게 시간 가는 줄 모르고 재상과 국운의 상관관계에 대해 입씨름을 벌이고 있을 때였다. 갑자기 밖에서 누군가의 말소리가 들려왔다.

"이봐, 채씨! 우리 화 나리께서 오셨네. 총독 대인께서는 벌써 침수에 드셨나?"

곧이어 말소리의 주인공인 유전이 문을 열고 들어섰다. 몇몇 아역이 그의 등 뒤를 따라 들어왔다. 순간 찬바람이 들어오면서 촛불이 꺼질 듯 말 듯 아슬아슬하게 흔들거렸다. 수다삼매경에 빠졌던 거인들이 일시에 입을 다물었다. 그들은 채씨가 일꾼에게 "총독 대인께 아뢰거라"라고 분부하고 화신을 마중하러 나간 사이 모두들 슬며시 방으로 돌아가 버렸다.

말에서 내린 화신은 대문 앞 희미한 등불 아래에서 두 손을 비비면서 서 있었다. 깊은 생각에 잠긴 듯 멍한 표정이었다. 그는 아직 한창 나이의 준수하고 늠름한 젊은이였다. 눈썹은 숯으로 그어 놓은 듯 짙고 흑진주처럼 새까만 두 눈은 명민해 보였다. 또 갸름하고 말쑥한 얼굴에 콧날은 여자처럼 오뚝했다. 고급스러운 남색 비단 두루마기를 입고 금실을 박은 검정색 허리띠도 멋스럽게 두르고 있었다. 꾹 눌러 쓴 과피모瓜皮帽에는 반짝거리는 한옥漢玉 한 알도 박혀 있었다. 그리 굵지도 가늘지도 않은 머리채는 까맣고 반지르르했다.

채씨는 매일같이 수많은 손님을 접대했어도 화신처럼 귀티 나는 인물은 처음이었다. 속으로 감탄을 금치 못했다. 급기야 그가 허리를 굽실거리면서 환한 미소로 화신을 맞이했다.

"화 나리, 처음 뵙겠습니다. 날도 추운데 어서 안으로 드시죠."

화신은 채씨에게는 시선을 두는 둥 마는 둥 하면서 단도직입적으로 물었다.

"고도 대인은 어디 계신가? 어서 안내하게."

"여기서 잠깐만 기다리시면 곧 나오실 겁니다. 아뢰러 사람을 보냈습니다."

채씨와 서너 명의 일꾼은 곧이어 탁자를 닦는다, 해바라기 씨가 지저분하게 널려 있는 바닥을 쓴다, 차를 끓여낸다 하면서 한바탕 수선을 떨었다. 한참을 그러더니 채씨가 일꾼에게 지시를 내렸다.

"어이, 나리께서 간단히 요기나 하시게 만두 몇 개만 내오너라."

화신이 채씨의 말에 히죽 웃으면서 만류했다.

"나는 신경 쓸 필요 없네. 고도 대인만 잠깐 뵙고 서둘러 가봐야 하네."

화신은 자리에도 앉지 않고 잠깐 방안을 거닐었다. 잠시 후 아뢰러 갔던 일꾼이 소오자를 데리고 들어섰다. 소오자는 오만한 표정으로 턱을 치켜들면서 화신을 향해 고개만 살짝 끄덕여 보였다. 그리고는 감출 수 없는 냉담한 어투로 말했다.

"화신 나리이십니까?"

화신의 얼굴에 걸려 있던 미소가 순식간에 사라졌다. 그 역시 기분이 상한 듯 고개를 까닥이면서 무뚝뚝하게 대답했다.

"그렇소만!"

"제대制臺(총독의 별칭) 대인께서는 지금 상주문을 쓰고 계시니 잠깐 기다리시라는 분부이십니다. 밖에 나와 있는 몸인지라 예의를 제대로 갖추지 못하는 점을 양지해달라고 하셨습니다."

"제대 대인께 아뢰게. 나는 긴히 처리할 급무急務가 있어서 오래 기다리지 못하네. 길어질 것 같으면 갔다가 내일 다시 문안 여쭈러 오겠다고 전해주게."

"그리 아뢰고 오겠습니다."

소오자가 물러가자 화신은 회중시계를 꺼내 보고는 방안에서 조용히 서성거렸다. 그는 관품은 아직 말단을 벗어나지 못했다. 그러나 군기처와 내무부에 모두 선을 대고 있었다. 실세라면 실세라고 할 수 있었다. 게다가 난의위鑾儀衛 업무를 겸하고 북경의 세관을 통괄하고 있기에 아무도 함부로 대할 수 없었다. 그는 어느새 그런 사람으로 변해 있었다.

화신은 아무리 기다려도 이시요가 나오지 않자 시간을 때우기 위해 채씨를 불렀다. 이어 이런저런 얘기를 주고받았다. 그리고는 자질구레한 집안일에서부터 시작해 장사, 날씨와 작황에 대해 물어보고 확인하면서 마치 가인家人을 대하듯 채씨를 편하게 대해줬다. 그 바람에 채씨는 황감하고 부담스러워하면서도 물어보는 말에 조심스레 꼬박꼬박 대답했다. 화신이 일명 귀시鬼市로도 불리는 야시장夜市에 대해 묻자 채씨가 대답했다.

"오늘 같이 추운 날에는 장사치들도 나오지 않고 구경 나오는 사람도 거의 없죠. 필요한 물건이 있으시면 말씀하세요. 소인이 사서 보내드리겠습니다."

"달리 봐둔 건 없고……."

화신이 동쪽 별채의 기척에 유심히 귀를 기울이면서 말을 이었다.

"송지宋紙 두어 묶음과 휘묵徽墨을 좀 사고 싶군. 시중에서는 진품을 살 수 있어야 말이지. 귀시에 가면 있다고 하던데……. 진짜인지 가짜인지 가려낼 재주도 없고."

"여기에서는 진품만 팝니다. 봉황 알과 용의 알을 빼고 없는 게 없답니다."

채씨가 어느새 긴장이 풀렸는지 헤헤거리면서 농담을 했다. 이어 천천히 야시에 대해 설명을 덧붙였다.

"동성근東城根, 어하교御河橋, 기반가棋盤街와 숭문문 등 사대 귀시 중에서도 이곳에 물건이 가장 많고 없는 게 없죠. 왜 그런 줄 아십니까? 장물아비들이 성 안에서 팔다가는 관부官府에 덜미가 잡힐까봐 두려워 변두리로 싸들고 오는 이유도 있기는 있어요. 그러나 몰락한 대가大家들이 아는 사람들 없는 곳에서 골동품을 처분하려고 하는 것이 더 큰 이유예요. 그러니 물건들이 이쪽으로 몰릴 수밖에요. 나리께서 원하시는 송지와 휘묵이요? 얼마든지 진품을 구할 수 있죠! 소인이 어떻게 해서든 구해서 나리께 보내 드리겠습니다.”

채씨는 손짓발짓까지 곁들이면서 장광설을 늘어놓았다. 우선 아무개가 은자 두 냥으로 옛날 거문고를 샀는데 그것이 시가 만 냥을 호가하는 진품으로 밝혀지는 바람에 하루아침에 벼락부자가 됐다는 둥, 또 어떤 이는 두부 심부름하던 엽전 몇 푼으로 바둑알을 샀는데 바둑알 껍질이 벗겨지고 보니 금으로 만들어진 것이었다는 등의 말로 너스레를 떨었다. 완전히 말도 안 되는 소리만 잠꼬대처럼 줄줄 늘어놓았다…….

화신은 채씨의 얘기를 듣는 둥 마는 둥하면서 계속 시계만 들여다 봤다. 어느새 술시戌時가 지나고 해시亥時가 다 되고 있었다. 그러나 안에서는 아무런 움직임도 없었다.

유전은 이시요가 일부러 자신들을 골탕 먹이고 있다고 생각하지 않을 수 없었다. 순간 속에서 불같은 것이 치솟는 느낌을 받았다. 그가 그예 마른침을 꿀꺽 삼키면서 화신에게 아뢰었다.

“화 나리, 함친왕부諴親王府 스물넷째황숙(윤비允祕) 복진福晉께서 사들인 가기歌妓들이 오늘밤 왕부王府에서 공연을 한다고 하시지 않았습니까? 그 자리에 가보시기로 약속하시지 않았습니까? 몇몇 측부인側夫人들도 계시고 옹주顒珠 도련님께서도 자리해 계실 텐데 늦게 가면 한소리 들을 것 같습니다. 스물넷째황숙께 충성하고자 일부러 오대산五臺山에서 사온 불상佛像과 한단邯鄲의 옥침玉枕도 나리께서 손수 가져다 올려야 할 게 아닙니까? 소인이 여기서 기다리고 있다가 총독 대인께 사정을 말씀 올리겠습니다. 나리께서는 가셨다가 내일 다시 찾아뵙는 게 어떻겠습니까?"

아랫입술을 지그시 깨물고 생각에 잠겨 있던 화신이 대답했다.

"이고도 공이 일부러 나를 난감하게 하시려는 것은 아닐 테니 이 번에는 자네가 가서 아뢰게. 내가 급무가 있는 와중에 짬을 내어 왔으니 백사百事가 다망하시더라도 잠깐만 얼굴을 비쳐주셨으면 한다고 말일세. 그럼에도 정 바쁘시다면 내일 날이 밝는 대로 다시 찾아와 죄를 청하겠노라고 말씀 올리게."

화신이 말을 마치고는 자리에서 일어났다. 서서 기다릴 모양이었다. 그가 여전히 얼굴의 미소를 잃지 않은 채 객잔 주인 채씨에게 말했다.

"자네 마음씀씀이는 그만하면 됐네. 언제 한번 시간을 낼 테니 귀 시로 안내해 주게."

유전은 그 사이 바람처럼 동쪽 별채를 한 바퀴 휙 돌고 돌아왔다. 그런데 화가 난 듯 얼굴이 벌겋게 상기되어 있었다. 목에 힘줄까지 시 퍼렇게 돋은 그가 씩씩 콧김을 내뿜으면서 화신에게 말했다.

"상주문은 무슨 얼어 죽을 상주문입니까! 사람 가지고 노는 것도 유분수지! 동쪽 별채는 불빛 한 점 없이 새까맣습니다. 우리를 골탕 먹이려고 작정했나 봅니다. 코 박고 자면서 기다리라고 하니 말입니다. 그 소오자인가 뭔가 하는 졸병의 말이 더 웃겨요. 자기네 총독 대 인은 불을 끄고 침대에 누운 채 '복고'腹稿를 하는 게 특기라나요? 기다리라면 조용히 기다릴 일이지 뭘 그리 닦달을 하느냐고 오히려 방 귀 뀐 놈이 성내는 거 있죠?"

유전은 그동안 참았던 울분이 터지자 주체를 못하는 것 같았다. 계속해서 구시렁거리면서 불만을 토했다.

"친왕마마도 뵈었고 군기대신도 만나봤거늘 자기가 대단하면 얼마나 대단해서! ×도 아닌 것이……."

유전의 거친 욕설이 끝나기도 전에 화신이 일갈을 했다.

"그만하지 못해! 아무리 화가 나도 할 말이 있고 못할 말이 있지. 자네는 지금 여기가 삼당진 도박판인 줄 아나? 총독 대인이 아직 '복고'를 준비하고 계시는 중이라면 시간이 더 필요할 테니 우리는 그만 갔다가 내일 아침에 오도록 하지. 채씨가 우리 대신 총독 대인께 잘 말씀드려주면 고맙겠네."

화신은 부드러운 말투로 채씨에게 부탁을 하고는 유전을 데리고 밖으로 나갔다. 채씨는 호들갑을 떨면서 화신과 유전을 문 밖 골목까지 배웅하고 돌아왔다.

거인들이 들어 있는 북쪽 방에서는 아직도 불빛이 새어나오고 있었다. 아마 늦은 시각까지 다들 글공부에 여념이 없는 것 같았다. 채씨는 눈꺼풀이 내려오면서 피로가 몰려오는 것을 느꼈으나 감히 잠을 잘 엄두는 내지 못했다. 그저 마당 한 귀퉁이에 앉은 채 동쪽 별채에서 인기척이 들리기만 기다렸다.

그렇게 시간이 얼마나 흘렀을까. 앉은 채로 끄덕끄덕 졸고 있는 채씨의 귓전에 소오자의 고함소리가 들려왔다.

"어디 갔어? 화신은 어디 갔나? 대인께서 찾으신다!"

"예? 아……!"

채씨는 그제야 정신을 번쩍 차리고 황급히 일어섰다. 이어 소오자에게 화신이 기다리다가 돌아간 자초지종을 소상히 설명하고 나서 덧붙였다.

"화 나리께서는 총독 대인을 존경하는 마음이 각별하신 것 같았습니다. 급무가 있어 뵙지 못하고 가는 것에 대해 재삼 양해를 구하시면서 내일 아침 일찍 문후 올리러 온다고 했습니다."

소오자는 채씨의 말이 채 끝나기도 전에 이미 저만치 걸음을 옮기고 있었다. 순간 채씨는 마당 한가운데 멍하니 선 채 가만히 생각을 가다듬었다.

'참으로 비교가 되는군. 화 나리는 그렇게 오래 기다리고도 불평불만 한마디 없이 끝까지 공손함을 잃지 않았는데, 저치는 총독이라는 자가 어찌 저리 심통 맞을까? 무슨 까닭인지 잘 모르겠지만 내가 괜히 긁어 부스럼 만들 필요는 없지.'

별채로 돌아온 소오자는 채씨에게서 들은 바를 이시요에게 소상하게 전했다. 이시요는 한동안 말이 없었다. 그저 한쪽 소매를 걸어 올리고 천천히 먹을 갈면서 촛불을 바라볼 뿐이었다. 그러나 눈에는 서늘한 심지가 박혀 있었다. 양 볼의 근육도 무섭게 꿈틀거렸다. 그가 곧 입가에 소름끼치는 미소를 지으면서 일갈했다.

"범 무서운 줄 모르는 하룻강아지 같으니라고! 내 진정 네놈의 버릇을 고쳐주고 말 것이야, 흥!"

"대인⋯⋯."

소오자가 두려움에 찬 눈빛으로 주인을 바라보면서 물었다.

"혹시 화신을 탄핵하실 건가요?"

"무슨 거창하게 탄핵씩이나! 탄핵은 아무나 당하나?"

이시요가 이를 악물면서 덧붙였다.

"자네는 알 것 없어! 애들에게 일러. 내일 아침 일찍 북경성으로 들어갈 준비를 하라고 말이네. 누구든 감히 앞을 막고 나서는 자가 있으면 가차 없이 잡아 족치라고 전하게!"

소오자의 눈이 휘둥그레졌다. 목소리도 떨리고 있었다.

"대인! 여기는 광동이 아니고 북경입니다!"

소오자는 뭔가 할 말이 더 남은 듯 어물거렸다. 그러나 이시요의 무서운 눈빛에 질렸는지 비실비실 뒷걸음을 치면서 물러나고 말았다. 그제야 이시요는 붓에 먹을 듬뿍 묻혀 상주문을 적어내려가기 시작했다.

신 이시요가 삼가 무릎 꿇고 상주하옵니다.

일전에 신은 "경이 이임시 그 자리에 대신 앉힐 만한 적임자가 없는지 잘 살펴 천거하도록 하라"라는 어지를 받았사옵니다. 신은 건륭 십이 년에 성은을 입어 부참령副參領에 제수 받았사옵고, 그 이듬해 참령參領으로 승진했사옵니다. 그 뒤로도 변함없는 성총에 힘입어 정람기正藍旗 부도통副都統을 역임했사옵니다. 이어 열하 도통熱河都統도 지냈사옵니다. 건륭 이십 년에는 공부 시랑과 호부 시랑을 두루 거쳐 연말에 광주 장군廣州將軍이라는 과분한 중책까지 맡았사옵니다. 명색은 경관京官이오나 동정銅政과 군무軍務 등 외차外差로 다닌 세월이 길어 하루도 중추中樞에서 전국全局을 횡람橫覽해 본 적이 없사옵니다. 신은 타고난 성정이 무리들과 어울리는 걸 싫어하고 오로지 성심성의로 주군을 섬기는 일밖에 모르옵니다. 하오니 신이 그나마 어울리는 몇몇 벗들 중에는 이 같은 대임大任을 능히 떠안을 만한 자가 없사옵니다.

이시요는 잠시 붓을 멈췄다. 이어 잠시 생각을 가다듬고 나서 이내 계속 써 내려가기 시작했다.

총독과 순무는 천자를 대신해 일방一方의 강토와 백성들을 목양牧養하는 중책이옵니다. 특히 광동, 광서는 바다와 인접해 외번外藩들의 출입이 잦고 대청의 백성과 서양인이 잡거雜居하는 복잡한 지역이옵니다. 또 민풍이 거칠고 사달이 잦은 곳이라 다스리기 쉽지 않다고 할 수 있사옵니다. 신이 냉정한 시각으로 바라본 바에 의하면 운남 순무 손사의孫士毅와 호광 순무 늑민 정도면 능히 중책을 맡을 수 있을 것으로 사료되옵니다.

이시요가 다시 한 번 붓을 멈췄다. 앞서 적은 짧은 글을 천천히 읽어본 그는 순간 글속에서 은근히 본인 자랑을 하고 있다는 것을 느꼈다. 천하에서 가장 '다스리기 어려운 골치 아픈 땅'에서 무탈하게 총독을 지낸 자신에 대한 과대평가로 들리기에 충분한 내용의 글이었던 것이다. 그는 곧 입술을 힘주어 감아 빨면서 잠시 생각하고는 다시 붓을 들었다.

신은 본디 우매하고 재학才學 역시 보잘것없사옵니다. 여러모로 부족한 신이 봉강대리封疆大吏 직책을 역임해 온 것은 전적으로 폐하의 준엄한 훈육과 조석朝夕으로 전수해주신 방략方略 덕분이옵니다. 처음에는 미처 몰랐사오나 이임을 앞두고 세세히 점검해보니 부족하고 못 미친 점이 한두 가지가 아니옵니다. 곧 입궐해 폐하를 뵙게 되오니 마음이 날아갈 듯 기쁘옵니다. 그러나 다른 한편으로는 평소의 착오와 잘못으로 폐하께 성려聖慮를 끼쳐 드린 점이 죄스럽기 그지없사옵니다…….

이시요는 상주문을 다 쓰고 나서 만족스러운 표정을 지으면서 붓을 내려놓았다. 창밖의 바람소리는 더욱 거세진 것 같았다. 그에 비해 방안은 따뜻하고 아늑했다. 부드러운 촛불 빛이 잠을 재촉했다. 그가 길게 기지개를 켜면서 중얼거렸다.

"늦었군, 자야지."

이시요는 첫닭이 홰를 칠 때 기침하는 습관이 오랫동안 몸에 밴 사람이었다. 기상한 뒤에는 우선 1시간 동안 책을 읽고 밖에 나가 몸을 푼 다음에 피리를 한 곡조 불고 인시寅時(새벽 3시~5시) 초부터 일을 시작하고는 했다.

이날도 그는 정확히 그 시간에 잠에서 깨어 책을 읽고는 밖으로 나왔다. 찬바람을 맞으면서 두 팔을 벌려 길게 심호흡도 했다. 그때 객잔 앞마당에서 누군가 부르는 소리가 들려왔다. 화신이 왔을 거라고 짐작한 그는 즉각 부하에게 지시했다.

"화신이 왔으면 밖에서 기다리라고 하게."

그러나 그의 말이 떨어지기 무섭게 들어선 사람은 화신이 아니었다. 그가 북경에서 부리는 집사 이팔십오李八十五와 미리 북경에 와 있던 막료 장영수張永受였다. 두 사람은 이시요를 마중하러 온 것이었다. 이시요가 미간을 찌푸렸다.

"다들 집에서 기다리라는 내 명령을 못 들었나? 만에 하나 대내大內에서 어지라도 계시는 날에는 어쩌려고 그러나? 모두 자리를 비우고 있다가 아녀자들끼리 갈팡질팡하면서 어지를 받아야겠나?"

이팔십오가 이시요의 꾸중에 황송하다는 듯 고개를 숙이고는 공손하게 대답했다.

"아계 중당 댁에서 전해온 바에 의하면 부상(부항)께서 오늘 귀경하신다고 합니다. 이미 노하역에 당도하셨다 합니다. 폐하께서는 '이시요는 북경에 도착하면 먼저 아계를 만나보고 나서 뵙기를 청하라'는 어지를 내리셨습니다. 기 중당은 부상을 영접하러 나가시고 군기처는 비어 있습니다. 아계 중당께서는 이 총독께 군기처로 와서 대기해 주십사 하는 말씀을 전해왔습니다. 그래서 소인과 장 막료가 상의 끝에 대인께 이 소식들을 여쭙고자 달려왔습니다."

이시요는 건륭의 어지가 있었다는 말에 두 손을 공손히 앞으로 모았다. 이어 건륭에게 말하듯 "어지를 받들어 모시겠사옵니다!"라고 대답하고 나서 고개를 돌려 소리쳤다.

"소오자, 어디 있나?"

"찾으셨습니까?"

"성 안으로 들어갈 차비를 하거라!"

"예!"

소오자는 대답하기 무섭게 밖으로 다시 뛰어나갔다. 곧이어 말들의 울부짖는 소리와 노새들의 뒷발질 소리가 한바탕 요란스럽게 일었다. 마차 행렬은 순식간에 준비되었다.

이시요는 채씨와 객잔 일꾼들의 배웅을 받으면서 수레 대신 말에 올라 대문을 나섰다. 동녘이 뿌옇게 밝아오고 있었다. 그러자 화신이 파견한 친병들이 등롱燈籠을 들고 왔다 갔다 하며 골목을 순시하는 모습이 뚜렷하게 보였다. 이시요는 그들에게는 알은체도 하지 않고 머리채를 힘껏 뒤로 넘겼다. 일행은 곧 숭문문을 향해 기세등등하게 달려갔다.

채씨의 객잔에서 숭문문까지는 불과 몇 리밖에 떨어져 있지 않았다. 일행은 단숨에 숭문문 앞에 당도할 수 있었다. 성문은 이미 활짝 열려 있었다. 그러나 성 안으로 들어가려는 행렬은 무척이나 길고 혼잡스러웠다. 석탄 운반 차량과 흙모래를 실어 나르는 마차, 채소를 잔뜩 실은 수레까지 줄을 늘어선 탓이었다. 게다가 몇몇 세정稅丁들이 관문을 가로막고 앉은 채 세금을 받고 있었다. 석탄은 한 차를 팔아봤자 이문이 몇 푼 남지 않으나 그래도 세금을 꼬박꼬박 내야 하는 것 같았다. 이른 새벽이라 세관아문의 문은 아직 굳게 닫혀 있었다. 그 광경을 본 이시요가 소오자와 이팔십오에게 지시했다.

"가서 어찌 된 영문인지 알아 보거라!"

소오자와 이팔십오는 대답과 함께 잽싸게 달려갔다. 세금을 받는 세정은 딱 두 사람이었다. 소오자 등이 나타나자 그들은 눈을 치켜뜨고 마뜩찮다는 듯 쳐다보았다. 그러자 소오자도 세정들을 한껏 째려보고는 채찍 손잡이로 책상을 쾅쾅 두어 번 두드렸다. 이어 소리를 질렀다.

"이봐! 저 마차들에게 좀 비켜서라고 그래. 우리 대인께서 오늘 통관하는 걸 그쪽 화 나리도 잘 알고 있을 텐데?"

두 세정은 난데없이 들이닥친 난봉꾼 같은 소오자 등을 어이없다는 표정으로 쳐다봤다. 그러다 두 세정 중 한 명이 이팔십오를 알아보고는 웃으면서 말했다.

"이거 이李씨 아니오? 총독 대인께서 이 새벽에 입성하시려나 보오? 안 그래도 우리 화 나리께서 어젯밤에 특별히 분부하셨소. 총독 대인은 예사 인물이 아니시니 각별히 신경 써서 잘 모시라고 말이오. 화 나리께서도 묘시 정각 전에 반드시 당도해 친히 총독 대인을 배웅해 드리겠다고 하셨소."

이시요는 고삐를 움켜쥔 채 말 등에 가만히 앉아 있었다. 아직 날이 어두워서 그의 표정은 잘 보이지 않았다. 그가 곧 차분한 말투로 말했다.

"묘시 정각까지 기다려줬으면 좋겠지만 군기처에 급무가 있어 그리할 수가 없네. 자네 화 나리가 도착하면 나를 대신해서 전해주게. 성의는 고맙게 생각한다고 말이야."

이팔십오도 바로 거들었다.

"아계 중당께서 총독 대인을 이제나저제나 기다리고 계시오."

이팔십오가 말을 마치고는 슬그머니 두 세정에게 자그마한 종이봉투를 하나씩 찔러줬다. 그리고는 눈을 찡긋했다.

"아우, 별것 아니니 부담은 가지지 말아줬으면 하오. 자 그럼, 나중에 만나 술이나 한잔 하지!"

당직을 서는 세정들 중에서 말발이 제법 셀 것 같아 보이는 사내가 손으로 봉투를 꾹꾹 눌렀다. 그리고는 딱딱하게 짚이는 것이 자그마한 금병金餠인 것으로 판단했다. 그는 잠시 망설이더니 저만치에서 지켜보고 서 있는 다른 세정을 향해 소리를 질렀다.

"관차官車가 통과해야 하니 앞에 있는 수레들을 한쪽으로 몰아줘. 다른 수레들은 잠시 비켜 세워. 총독 대인께 길을 내드려!"

지시를 마친 세정이 이시요를 향해 누런 이를 드러내면서 히죽 웃었다. 빨리 지나가라는 뜻이었다.

그렇게 해서 이시요 일행이 막 세관을 향해 움직이고 있을 때였다. 맞은편에서 등롱 네 개를 앞세우고 가까이 다가오는 사람들이 보였다. 등롱에는 '화'和자가 대접만 한 크기로 선명하게 적혀 있었다.

"화 나리께서 벌써 오시네요."

세정이 반가운 표정을 지었다.

"음!"

이시요가 짤막하게 대답하면서 앞을 내다봤다. 과연 화신이 허리를 구부정하게 숙이면서 수레에서 내리고 있었다. 두 사람은 황급히 몇 걸음 다가가 서로 예를 갖췄다. 이시요가 먼저 입을 열었다.

"이리 일찍 나와 줘서 고맙네."

"하관이 마땅히 해야 할 일입니다. 어찌 감히 태만할 수 있겠습니까? 잠시 아문으로 드셔서 차라도 한잔 마시고 출발하시죠."

화신이 잔잔한 미소를 지으면서 비굴하지도 거만하지도 않게 청했다.

"폐하께서 서둘러 군기처로 가보라는 어지를 내리셨네. 여기서 지체할 수는 없네."

"무슨 말씀이신지 잘 알겠습니다만……!"

화신이 아문을 향해 안내하면서 말을 이었다.

"잠깐이면 됩니다. 수레에 실은 물건을 좀 봐야겠습니다. 그리고 규정에 따라 일정액의 통관세를 납부하셔야겠습니다."

이시요의 낯빛이 삽시간에 붉어졌다. 애써 분을 가라앉히는 듯 숨소리가 거칠어졌다.

"마차에 실은 것은 전부 세관에서 거둬들인 세금이네. 황강皇綱(황제에게 바치는 공품)이라는 말이네. 알겠는가?"

"총독 대인, 병부兵部의 감합勘合을 소지한 이들의 군량미를 제외하고는 전부 검사 대상에 포함돼 있습니다. 이는 하관의 임무입니다."

화신이 말을 마치고는 눈길을 다른 곳으로 돌렸다. 이시요의 말을 듣지 않겠다는 얘기였다. 그러나 그는 얼굴에 여전히 은은한 미소를 머금고 있었다.

"솔직히 하관도 총독 대인의 편의를 봐드리고 싶습니다. 그러나 잘못된 선례를 만들어 형평성을 잃어서는 안 된다고 생각합니다. 하관은 폐하의 명령을 받고 숭문문을 지키는 '문지기 누렁이'에 불과할 뿐입니다. 하관의 고뇌를 넓은 아량으로 양지해주시기 바랍니다."

말을 마친 화신이 고개를 숙였다. 그야말로 바늘로 찔러도 피 한 방울 나오지 않을 것 같은 모습이었다. 이시요는 당장 채찍을 들어 한방 시원하게 갈겨주고 싶었다. 입가의 근육이 무섭게 꿈틀거렸다. 그러나 꾹 참을 수밖에 없었다. 그가 딱딱하게 굳은 표정으로 화신을 노려보면서 물었다.

"이 속에는 나 이시요의 개인 용품이 단 한 가지도 없네. 나는 어떤 개자식들처럼 돈에 혈안이 된 투기꾼도 아니네. 세관에서 수금한 세금, 태후마마와 귀비마마께서 당부하신 물품들이 들어 있네. 그것도 꼭 봐야겠다는 말인가?"

이시요가 말을 마치자마자 화신이 뒤쪽으로 길게 늘어선 수레들을 가리키면서 말했다.

"저기 좀 보십시오. 꿀꿀대는 돼지, 펄떡이는 물고기 등등 모두 황궁 안으로 들어가 당일 수라간에 들어갈 것들입니다. 그럼에도 내무부에서 정한 규칙에 따라 검사를 받고 세금을 내야 합니다. 이는 하관이 마음대로 할 수 있는 일이 아니지 않습니까!"

"내가 끝까지 수긍하지 못하겠다면 어쩔 텐가?"

"죄송합니다만 하관은 어쩔 수 없이 통관을 원천 봉쇄하는 수밖에 없습니다!"

"이런 미친 새끼를 봤나!"

소오자가 도저히 참지 못하겠다는 듯 대뜸 거친 욕지거리를 내뱉었다. 이어 다시 거칠게 욕설을 퍼부었다.

"말단 도대道臺 주제에 감히 어느 면전이라고 꼬박꼬박 말대꾸야! 이게 오냐오냐했더니 안 되겠군!"

소오자의 말이 끝나기 무섭게 몇몇 친병들이 일제히 총을 들고 화신에게 다가갔다. 일촉즉발의 위기 상황이었다. 세정들은 갑자기 분위기가 험악해지자 혼비백산했다. 아역들은 등롱마저 떨어뜨리고는 뒷걸음질을 쳤다. 다만 야성野性이 발동한 유전만은 두 손을 옆구리에 얹은 채 오히려 한 걸음 앞으로 나서면서 고함을 쳤다.

"착각하지 마! 여기는 엄연히 천자의 발밑이야! 개자식들, 쏠 테면 쏴 봐라! 오늘 이 자리에서 너 죽고 나 죽는다!"

유전의 말에 화신의 눈빛이 가볍게 흔들렸다. 그러나 이내 냉정함을 되찾았다. 이어 유전을 따끔하게 훈계하면서 물러서게 한 뒤 이시요에게 깍듯이 예를 갖추었다.

"저도 군대 출신입니다. 아계 중당을 따라 마적 소탕 작전에도 참전한 적이 있습니다. 규정에 어긋나는 일을 무작정 힘으로 밀어붙이려 들지 마십시오. 여기는 하관의 관할 지역입니다. 적법한 절차에 따라 주실 것을 요청하는 건 하관의 본연의 임무입니다. 하관은 감히 대인을 욕보이고자 하는 마음은 추호도 없습니다. 하오니 지체 높으신 대인께서도 하관을 더 이상 난감하게 만들지 말아 주셨으면 합니다. 지켜보는 이들도 많은데 서로 좋은 게 좋은 거 아니겠습니까?"

이시요는 화신의 말을 듣고 주변을 둘러보았다. 그새 날이 다 밝아서 그런지 성문 앞에는 점점 더 많은 사람들이 몰려들고 있었다. 대부분이 성 안으로 들어가 장사를 하는 시골 사람들이었다. 이시요는 더 이상 지체할 수 없다고 생각하고는 가벼운 한숨을 내쉬었다. 이어 주머니에서 노란 비단으로 겉봉을 한 서류를 꺼내 장영수에게 건넸다. 장영수가 그걸 다시 화신에게 넘겨주었다.

화신이 펼쳐보니 그것은 이시요가 광동에 있을 때 건륭에게 올렸던 상주문이었다. 일부 백성들이 서양인들과 결탁해 풍기를 문란케 한다는 내용이었다. 글을 일어내려가던 화신은 건륭의 어비御批가 적혀 있는 것을 보고는 황급히 무릎을 꿇었다. 어비의 내용은 상당히 비밀스러웠다.

잘했네. 대장부가 화가 나면 명당明堂 다섯 보 안에 피를 뿌리는 것은 당연지사이네. 범죄자들의 목을 일거에 잘 쳐버렸네! 일부 백성들이 서양인들과 휩쓸려 다니면서 당치도 않게 꼬불꼬불하고 정신 사나운 서양어西洋語를 배운다고 야단법석들이라니, 이는 결코 가볍게 방치할 일이 아니네.

상세한 건 경이 북경에 도착한 뒤 짐의 앞에서 상주하도록 하게. 그리고 태후마마의 팔순 잔치에 황금과 백금으로 수탑壽塔을 쌓아드리고자 하니 경이 세관 수금액에서 먼저 이천 냥을 지출하기 바라네. 급용急用으로 바쁜 고비를 넘기고 나면 적자 분은 호부에서 처리해 줄 것이네. 이 일은 반드시 기밀에 부쳐야 하네. 명심하고 또 명심하게.

이시요가 어쩔 수 없이 내보인 밀주문의 끝에는 건륭의 '장춘거사' 長春居士라는 인감이 찍혀 있었다. 주사의 붉은 빛이 피처럼 선명했다.

순간 화신은 가슴이 철렁 내려앉았다. 가까스로 겉으로 드러내지는 않았으나 기절초풍할 만큼 놀랐다. 이마에는 추운 겨울 날씨에도 불구하고 식은땀이 배어나왔다. 이시요가 건륭의 어지를 받고 온 것이었다니! 방금 전까지도 원칙을 따지면서 당당하기만 했던 화신으로서는 꼬리를 내릴 수밖에 없었다.

그 와중에도 그는 속으로 '이를 어쩐다? 이를 어쩌면 좋을까?' 하면서 여러 가지로 대책을 생각해 보았다. 그러나 그는 천성이 영특하고 명민한 사람답게 이시요가 자신에게 똥바가지를 덮어씌우고자 작심했다는 사실을 눈치챘다. 때문에 이시요의 얄량한 속셈을 낱낱이 까발히며 대응하는 것이 어떨까 하는 생각도 했다. 그러나 우선은 참아야 했다. 결국 그는 아무 말 없이 땅에 가볍게 이마를 세 번 찧고는 두 손으로 밀주문을 돌려줬다.

"통과!"

이시요는 화신의 얼굴을 힐끗 쳐다보고는 냉소를 흘리면서 채찍을 날렸다. 수레바퀴가 언 땅 위를 천천히 굴러가기 시작했다. 그 소리는 마치 화신을 비아냥거리는 듯 무겁게 이어졌다.

# 3장
# 일세 영웅의 말년

"잘 왔소, 고도!"

아계는 패찰을 건네고 군기처로 들어선 이시요를 반갑게 맞아줬다. 이제 막 몇몇 관리들을 접견한 후인 것 같았다. 두 사람은 오랜 지인 사이였기 때문에 장황한 인사말 따위는 필요 없었다. 아계는 마치 그 사실을 확인하려는 듯 만나자마자 공식적인 업무부터 언급하기 시작했다.

"오늘 올라온 상주문 중에서 백련교도들의 동태와 관련된 부분만 골라냈으니 이걸 먼저 좀 읽어보시오. 폐하께서는 오전에는 그대를 접견할 시간이 없으실 것 같소. 그런데 이교도異教徒들의 움직임에 관해서는 폐하께서 나중에라도 꼭 하문하실 것이니 머릿속에 대강의 숫자라도 있어야 할 것이오."

이시요는 두툼한 서류뭉치를 받아 책상 위에 올려놓았다. 그리고는 그 자리에서 예를 갖춰 인사를 올렸다.

"그간 별래무양別來無恙하셨습니까, 아계 중당!"

아계의 신색은 그런대로 괜찮아 보였다. 그러나 전보다 눈에 띄게 늙어보였다. 반듯하던 얼굴은 축 처졌을 뿐 아니라 이제 고작 50세를 넘긴 사람이 벌써 수염도 희끗희끗했다. 이시요는 나이가 든다는 것에 대한 서글픔을 새삼 느끼면서 개탄을 했다

"그동안 매일 서신왕래만 했지 만리 운산雲山이 가로막혀 만나지는 못했죠. 아마 어림잡아 칠 년은 된 것 같죠? 중당도 이제는 예전 같지 않네요. 혈색은 그럭저럭 좋아 보이십니다만……."

아계가 빙그레 웃으면서 말했다.

"그대는 아직도 여전하구먼. 힘이 있고 패기도 넘쳐 보이는 것이 무척 보기 좋소. 일전에 올린 주장을 읽어봤소. 사이비 종교로 혹세무민하는 무리를 엄히 처벌했다면서? 홍인휘洪仁輝를 수감시키고 여광화黎光華를 연금시켰다면서? 그리고 유아편劉亞匾의 목을 단칼에 쳐버렸다고?"

이시요가 아계의 칭찬에 미소로 화답했다.

"그 선배에 그 후배 아닙니까? 그 옛날 아계 중당의 본색이 슬슬 나오는 거죠."

그러자 아계가 창밖에서 접견을 기다리는 무리들을 손으로 가리키면서 말을 받았다.

"올해는 서리가 일찍 내리고 겨울도 유난히 긴 데다 각종 재해도 끊이지 않았소. 작황이 부실해 이재민 숫자가 엄청나오. 어림잡아 사십여 개 부현府縣들을 구제해야 하오. 저 사람들은 겨울철 구제양곡을 타가기 위해 이미 나에게 신청서류를 올린 상태요. 내가 서명을 해줘야 호부에서 식량을 내주거든. 일단 그 일부터 빨리 처리해놓고

우리는 천천히 얘기를 나누세."

아계가 말을 마치고는 책상 위 서류더미 속에 얼굴을 파묻었다. 이시요는 고개를 끄덕여 보인 다음 온돌로 올라가 앉았다.

군기처에서는 밀주문 이외의 상주문을 먼저 읽어본 뒤 장문長文의 주장에 대해서는 간추려 절략節略을 만들어 황제에게 올리는 것이 오랜 관례였다. 그래서 새로 군기처에 입직하게 된 이시요는 상주문을 처리하는 연습을 하고자 아계로부터 건네받은 주장을 펼쳐봤다. 그러나 서로 경쟁이라도 하듯 저마다 깨알처럼 박아 쓴 만언서萬言書들뿐이었다. 몇 글자 읽기도 전에 눈앞이 아찔해졌다.

이시요는 다시 상주문들을 성省과 주현州縣별로 일일이 분류해봤다. 사천, 섬서, 감숙, 하남, 호북 다섯 개 성의 상주문이 대부분을 차지하고 있었다. 그는 내친김에 급한 내용의 상주문과 그렇지 않은 상주문으로 분류해 놓고는 담배 한 대를 피워 물었다. 이어 손가는 대로 상주문 하나를 집어 들었다. 하남 순무 서적徐績의 상주문이었다.

철저한 수사를 벌인 결과 본 성省의 녹읍鹿邑현에서 혼원사교混元邪教가 심상치 않은 움직임을 보이고 있음이 백일하에 드러났사옵니다. 혼원混元, 수원收元, 무위無爲 이따위 사교들은 모두 백련교白蓮教와 동교이명同教異名임이 밝혀졌사옵니다. 이자들이 소위 성서聖書라면서 살포하고 다니는 책자에는 '환건곤換乾坤, 환세계換世界'라는 광패무도한 글이 적혀 있었사옵니다. 산동山東의 왕륜王倫 일당들이 민심을 교란시킬 때 사용했던 것과 같은 내용이었사옵니다. 행태를 살펴보면 이자들은 결코 심상한 사교邪教가 아니옵니다…….

산동의 왕륜과 감숙의 왕복림王伏林 일당이 모두 대만의 임상문林

爽文과 거미줄처럼 연결돼 서로 협력하는 사이라는 사실은 이미 밝혀진 바 있었다. 이 몇몇 사교들을 통틀어 '천리교'天理教라고도 했다. 그러나 사교 관련 사건을 맡아본 적이 한 번도 없는 이시요는 그들의 교의教義가 어떠한지, 그리고 서로간의 호응과 연락이 어떻게 이뤄지는지 알 리가 만무했다.

그는 혹시 설명 자료가 첨부돼 있나 싶어서 산동에서 올라온 상주문을 뒤적거려 봤다. 그러나 이렇다 할 문서는 없었다. 상주문 안쪽에 구궁팔괘도九宮八卦圖가 붙어 있는 게 전부였다. 양쪽에 각각 '삼십육장임범세'三十六將臨凡世, '이십팔숙임범세'二十八宿臨凡世라는 문구들이 적혀 있을 뿐이었다. 그 밑에는 '말겁년末劫年, 도병현刀兵現'이라는 글자도 희미하게 보였다.

이시요가 한숨을 내쉬면서 상주문을 읽어보고 있을 때였다. 아계는 관리들을 한 번에 몇 사람씩 불러 접견하고 있었다. 이시요가 고개를 들었을 때는 마침 병부 무고사武庫司의 당관을 접견하고 있었다. 아계는 하남, 산동, 회북에 때 아닌 맹추위로 동사凍死 위기에 처한 곤궁한 백성들이 증가한 것에 대한 얘기를 하고 있었다. 장가구 대영大營의 군인들에게 낡은 피복被服을 현지에서 팔아버리지 말고 재해지역으로 보내주라는 얘기였다. 그러자 무고사 당관은 난색을 표하면서 어려움을 호소했다. 군인들이 낡은 피복을 팔아 그나마 가끔 '남의 고기'도 맛볼 수 있다면서 그간의 관례를 깨면 군인들의 원성이 자자해질 것이라고 통사정을 했다.

"난민들은 얼어 죽는다고 아우성을 치는 판에 지금 '남의 고기'가 문제인가? 어느 면전이라고 감히 쓰다 떫다 하는 거야? 내가 내놓으라고 했더니, 뭐? 현지 빈민들에게 다 내주고 없다고 했나? 나 역시 장군 출신이네. 군대의 작당은 손금 보듯 훤하다고! 감히 누구를 속여먹으려 들어? 군소리 말고 전부 거둬 호부로 보내. 됐어, 그만 가봐!"

아계의 표정은 얼음장처럼 굳어졌다. 당관은 본전도 찾지 못하고 굽실거리면서 물러갔다. 아계는 그제야 열심히 상주문을 읽고 있는 이시요를 향해 입을 열었다.

"좀 쉬어가면서 하오. 첫날부터 눈알 뽑을 일 있소? 이 업무를 눈과 손에 익히려면 당분간은 머리에 쥐가 날 것이오."

이시요가 상주문을 내려놓으면서 아계를 바라보고 웃었다

"드디어 접견이 끝났군요. 매일 이렇게 사람들에게 치이고 어찌 견뎌내셨습니까? 저는 잠깐 앉아 있었을 뿐인데도 귀가 멍멍하고 정신이 없는 걸요. 그런데 이건 제가 궁금해서 그러는데 혹시 폐하께서는 저를 형부로 보내시려고 하시지 않을까요?"

"구체적인 언급은 아직 없으셨소. 성의聖意도 아직 결정을 못 내리신 것 같았소."

아계는 피곤한 기색이 역력했다. 아니나 다를까, 책상 위에 산더미처럼 쌓인 서류들을 한쪽으로 밀어버리고 의자에 벌렁 드러누웠다. 이어 눈을 감은 채 두 손가락으로 태양혈을 지그시 누르면서 덧붙였다.

"형부에 한족 상서尙書(청나라 때의 각 부에는 만주족과 한족 상서가 한 명 씩 있었음)가 없소. 종일 아문에서 뭉그적거리는 만주족 상서가 하나 있기는 하지만 할 줄 아는 일이라고는 기름가마에서 돈 건지는 것밖에 없으니……. 그런데 하필이면 그자가 셋째마마(홍시弘時)의 도련님인 옹신顒珅 패륵의 유모 아들이라오! 입안의 혀처럼 돌아가는 가생노家生奴라는 말이오. 홍시마마는 비록 불미스러운 종말을 고하기는 했지만 그래도 누가 뭐래도 폐하의 친형이지 않소. 폐하께서는 조카와 형수를 안쓰럽게 생각하시어 큰 잘못이 없는 한 그 댁의 체면을 무척 세워주시는 것 같았소. 그러니 그자를 쫓아낼 수도 없고 유능한 한족 상서를 한 명 들일 수밖에……."

아계의 말은 여간해서는 얻어듣기 힘든 중요한 귀띔이었다. 이시요는 귀를 쫑긋 세운 채 말을 다 듣고 나더니 한숨을 지었다.

"폐하께서는 왕년에 그 못난 셋째형 때문에 얼마나 험난한 고비를 많이 넘기셨습니까! 그럼에도 폐하께서는…… 참으로 너그러우십니다. 비할 데 없이 인덕하신 분이죠. 말이 나왔으니 말이지 요즘 기인들 중에는 진짜 뭔가를 맡길 만한 사람이 눈을 까뒤집고 봐도 없는 실정입니다. 제가 몇 번이고 기무旗務 정돈의 중요성과 절실함을 강조하는 주장을 올렸으나 폐하께서는 대수롭지 않게 생각하시는 것 같았습니다. 기무를 정돈하는 것이 과연 그토록 칼을 대기 힘든 일입니까?"

"정돈하려고 해도 잘 안 되네."

아계가 길게 탄식을 내뱉었다. 희비를 가늠할 수 없는 얼굴에는 어찌할 수 없다는 표정이 역력했다. 그가 다시 말을 이었다.

"천고일제千古一帝로 회자될 만큼 영명하신 성조聖祖(강희), 썩은 환부를 도려내는 데 있어서는 무모하리만치 과감하다는 평을 들었던 세종世宗(옹정)께서도 몇 번이고 통첩을 내렸으나 이렇다 할 결과를 못 본 것이 바로 기무 정돈이오. 한 번씩 들었다 놓을 때마다 기인들은 더 망가지고 더 몸을 움츠리기만 할 뿐 인격을 쇄신할 결심도, 가망도 전혀 보이지 않았소. 개국 백년 이래 조정과 종묘사직은 일취월장을 거듭해 왔으나 사실상 기인들은 끝을 모르는 퇴락의 길을 걷고 있소. 태어날 때부터 의식주행衣食住行 모든 것이 보장되고 벌도 없이 상만 받는 것에 익숙해져 있으니 현실에 안주할 수밖에! 이미 다 썩어 악취가 나는 고기를 깨끗한 물에 백번 씻어낸들 신선한 고기가 되겠소? 기무뿐만 아니라 이치吏治도 마찬가지요. 이는 양광 총독을 지내면서 밖에 있어본 그대가 나보다 더 잘 알 게 아니오? 됐소! 이런 얘기는 하면 할수록 해결책은 없고 숨통만 막히니 그만 하는 것이 좋겠소. 우리는 그저 맡은 소임에 진력하면서 하루하루를 살아가는 수밖에!"

아계의 목소리는 상심에 젖어 있었다. 주름진 눈가에 눈물도 언뜻 비쳤다. 이시요는 국사國事 때문에 그렇듯 노심초사하는 아계를 보자 새삼 부끄러운 생각이 들었다. 그는 진심으로 위로의 말을 건넸다.

"기인들이 아무리 부패해봤자 백만 명밖에 더 되겠습니까? 이치는 쇄신될 가망이 있다고 확신합니다. 이치만 바로 세워진다면 대란은 없을 것입니다."

"그렇기는 하지. 그러나 이치에 대해서라면 이제는 다들 지쳐서 칼을 빼들고 힘 있게 휘두를 만한 사람이 없소. 연청 공이 돌아가시고 난 후 계선 공도 지쳐 쓰러졌지. 부항 공도 비틀비틀하더니 급기야 미얀마에서 몸져 누워버렸다고 하오. 보다시피 나도 빌빌대는 게 예전 같지 않소."

"부상의 병세는 어느 정도라고 합니까?

부항의 얘기가 나오자 이시요가 큰 관심을 보였다. 처음부터 부항의 천거를 받아 빛을 발하기 시작했을 뿐 아니라 고비마다 그의 격려와 도움 덕분에 욱일승천의 벼슬길을 걸어왔던 그였다. 그러므로 부항에 대한 관심이 남달라야 하는 것이 사람의 도리라고 할 수 있었다. 그가 몸을 앞으로 숙이면서 자문자답을 했다.

"오면서 사람들이 수군거리는 걸 들었습니다. 학질 정도이니 곧 나을 거라는 소리도 있고, 몹쓸 전염병에 걸려 가망이 없다는 소리도

들렸습니다. 아시다시피 부상은 저의 영원한 은인입니다. 오는 길 내내 부상의 건강이 염려돼 마음이 납덩이처럼 무거웠습니다."

이시요가 말을 마치고는 고개를 숙이며 한숨을 내뱉었다. 아계 역시 미간을 찌푸린 채 곧게 앉아 아무런 말도 하지 않았다. 어떻게 대답해야 좋을지 생각하는 것 같았다. 한참 후 그가 짧게 한숨을 내쉬면서 대답했다.

"부상은 덕德, 재才, 자資, 망望, 공公, 충忠, 인仁, 의義가 모두 특출해 흠잡을 데라고는 없는 사람이오. 이 시대 신하들 중에는 비교될 만한 상대가 없는 분이오! 단, 사람은 너무 완벽해도 안 되는 거요. 늘 질시의 대상이 되거든!"

아계가 말하는 바는 분명했다. 부항의 목숨이 경각에 달려있다는 뜻이었다. 순간 이시요는 가슴이 철렁 내려앉는 것 같은 충격을 받았다. 부항이야말로 지금까지 자신을 음으로 양으로 받쳐준 든든한 버팀목이 아니었던가! 부항을 믿었기에 자신도 지금까지 겁 없이 달려올 수 있었던 것이다. 아직 한창이라고 생각했던 사람이 어느새 내일을 알 수 없는 위험한 상황에 처해 있다니…….

그러자 아계가 핏기 하나 없이 창백한 안색으로 금방이라도 쓰러질 것처럼 멍한 표정을 짓고 있는 이시요를 위로했다.

"어찌 그대뿐이겠소. 나를 비롯해 윤계선과 기윤도 모두 알게 모르게 부상의 그늘에서 커왔지. 폐하께서도 끝까지 군신君臣의 의를 다하는 부항을 보면서 적잖이 힘을 얻으셨을 거요. 부상은 장역瘴疫(장티푸스)에 걸렸다고 하오. 엽천사葉天士가 '이독공독'以毒攻毒이라면서 비소砒素의 양을 허용치보다 더 많이 투여했나 보오. 폐하와 부상 가족들의 만류에도 불구하고 그렇게 처방했다고 하는군. 가능성은 반반이라고 하오. 죽지 않으면 살겠지. 워낙 체력이 튼튼한 사람이니 저러다 북경으로 돌아와 잘 치료하면 기사회생할 수도 있을 거요."

아계의 눈에 다시 눈물이 비쳤다. 이시요가 다시 입을 열려 할 때였다. 태감이 들어와 아뢰었다.

"양심전의 복 공공公公(태감에 대한 존칭)께서 어지御旨를 전하러 오셨습니다!"

'어지'라는 말에 아계와 이시요는 황급히 온돌에서 내려왔다. 그 사이 복의가 어느새 발을 걷고 들어섰다.

"어지가 계십니다."

복의가 사뭇 엄숙한 표정으로 허리를 숙이고 명을 기다리는 두 대신을 향해 어지를 전했다.

"부항은 이미 북경에 도착했다. 어가는 이미 부부傅府로 출발했다. 아계와 이시요는 즉시 부항의 병문안을 오라. 이상!"

"어지를 받들어 모시겠사옵니다!"

아계와 이시요는 동시에 대답했다. 이어 무릎을 꿇으려고 했다. 그러자 복의가 황급히 제지했다.

"면례免禮하라는 폐하의 어지가 계셨습니다. 지금 즉시 출발하시랍니다."

복의는 그런 다음 이시요를 향해 몸을 돌렸다.

"몇 년 만에 처음 뵙는 것이오니 이놈의 문후를 받으십시오."

복의가 말을 마치기 무섭게 한쪽 무릎을 꿇고 예를 갖췄다. 예전에 북경에 있을 때는 더 없이 친숙한 사이였던 터라 이시요는 복의의 팔을 덥석 잡으면서 말렸다.

"자식, 늙지도 않았네. 빨랫돌처럼 반질반질한 게! 이제는 양심전의 맏형이 됐겠지?"

그러나 복의는 아계의 눈치를 보는 듯 편하게 웃고 떠들지를 못했다. 다소 두려운 표정으로 아계를 힐끗 쳐다보고는 조심스럽게 대답했다.

"큰형은 여전히 왕팔치입니다. 다만 그는 원명원 쪽으로 가고, 저는 내성內城에서 시중들고 있습니다."

그 사이 아계는 옷을 다 갈아입었다.

"가서 곧 간다고 이르거라."

아계와 이시요는 나란히 군기처를 나섰다. 서화문 입구에 이르자 아계가 물었다.

"그대는 말을 타고 왔소?"

"예."

이시요가 짧게 대답했다. 그리고는 아계의 얼굴을 힐끗 훔쳐봤다. 어쩐지 몇 년 전의 아계와는 많이 달라진 것 같은 느낌이 들었던 것이다. 실제로 언행과 목소리, 얼굴 등등이 모두 무겁고 냉엄하게 변한 것 같았다. 딱히 꼬집어 말할 수는 없으나 알 수 없는 거리감도 느껴졌다. 잠시 생각에 잠겼던 이시요가 황급히 말했다.

"말을 타고 부상 댁을 방문하면 다른 사람들의 눈에 너무 띄고 예의에도 어긋날 것 같습니다. 아무래도 가마를 불러야겠습니다."

아계가 피식 실소를 터트렸다.

"우리 쓸데없는 격식 같은 건 따지지 말자고. 어차피 옆자리가 비어 있는데 같이 타고 가지."

아계가 말을 마치고는 먼저 가마에 올라탔다. 이시요는 잠시 망설이다가 어쩔 수 없이 아계의 사인교四人轎에 동승했다.

그리 넓지 않은 공간에 둘이 앉으니 아계와 이시요의 다리가 서로 맞닿았다. 이시요가 농담을 건넸다.

"요즘은 외임 도대道臺들도 팔인교를 타고 깝죽대는데, 잘나가는 군기대신께서 어찌 아직도 사인교입니까?"

그 사이 가마는 미끄러지듯 움직였다. 아계는 아무런 대답도 하지 않았다. 이시요는 멋쩍은 웃음을 흘리고 말았다.

부항의 집은 자금성 동쪽 옛 제화문齊化門 일대에 있었다. 선화鮮花 골목과 그리 멀지 않았다. 동화문으로 나오면 훨씬 가까우나 그곳은 숭정황제가 망국을 초래하고 도주할 때 이용했던 문이라는 선입견 때문에 모두들 멀리 돌아갈지언정 그곳을 지나가려 하지는 않았다.

산해관山海關을 넘어온 만주족들은 처음에는 그런 미신을 전혀 믿지 않았다. 그래서 강희 연간까지만 해도 동화문에서 패찰을 건네는 경우가 많았다. 그러나 옹정황제 등극 이후부터는 서화문으로 출입하는 것이 습관처럼 되면서 동화문은 궁중 수라간에서 필요로 하는 멧돼지와 양, 소 등 짐승들과 땔감만 전문적으로 들여오는 곳으로 변하고 말았다.

아계는 가는 길 내내 희뿌연 창밖에 시선을 박은 채 아무런 말이 없었다. 이시요는 몇 번이고 입을 열려다 망설였다. 그렇게 몇 번을 거듭한 끝에 겨우 용기를 내어 물었다.

"가목佳木 공, 무슨 생각을 그리 하십니까?"

"그게……."

아계의 눈꺼풀이 가볍게 떨렸다. 가까스로 깊은 생각에서 빠져나온 것 같았다. 곧이어 그가 무거운 목소리로 입을 열었다.

"부상이 몸져누워 버리면 그쪽 전사戰事는 어찌 될 건지, 적당히 철수하는 건 어떨는지……."

"폐하께서는 어찌 생각하고 계십니까? 제가 광동에 있을 때 약품을 구입하러 나온 부상의 부하 장군을 접견했던 적이 있습니다. 그쪽은 숲이 너무 무성해 하루 종일 해를 구경하기가 힘들다더군요. 게다가 다습해 독사와 모기 등 독충들이 여간 많은 게 아니랍니다. 정작 전쟁을 개시하면 미얀마 군사들과 싸우다 죽는 것보다 전염병과 독사 때문에 죽는 경우가 더 많다고 합니다. 조정의 체면에 관련된 일이라 적당히 혼내주고 철수할 수도 없고, 그렇다고 국위를 선양하지 않을 수도 없고……."

"맞는 말이오. 허나 미얀마는 몽고나 신강과는 사정이 다르오. 미얀마는 우리가 설령 점령을 한다고 해도 조선이나 일본, 티벳처럼 우리 판도에 편입시켜 법통으로 통일시킬 수 없는 곳이지. 미얀마 왕은 이미 표表를 올려 신하를 칭한 상태요. 죄를 청하고 강화를 구걸하고 있으니 조약을 맺기에는 더 없이 좋은 기회이지. 그런데 폐하께서 아예 먹어버리고자 증병增兵을 서두르시지 않을까 심히 우려스럽소. 속전속결을 못하는 날에는 설익은 밥이 될 테고, 그런 건 먹는 게 아닌데……."

"그렇다면 부상의 뜻은 어떠신지요?"

"부상이야 병마兵馬를 이끌고 나간 통수이니 전사를 치르는 수밖에 없겠지."

"그럼, 폐하께서는요?

"폐하께서는 아직 용단을 내리지 못하고 계신 것 같소. 군국의 대사를 땅따먹기 하듯 쉽게 생각하는 일부 소인배들 때문에 군주의 판단이 흐려지고 있는 것 같소."

아계가 말을 마치고 긴 한숨을 토해냈다. 이시요는 봉강대리로 있으면서 종일 밑도 끝도 없는 전량錢糧과 자질구레한 형명刑名 사건에만 얽매여 지내왔었다. 그런데 북경에 오니 '군국대사'니 '군정요무'니 하는 말이 조금 실감이 났다. 아계처럼 역시 한참 동안 생각에 빠져 있던 그가 얼마 후 뭔가를 염탐하듯 물었다.

"지금 폐하처럼 성명하신 분의 주변에도 소인배가 있다는 말씀입니까? 군기처는 물론이고 삼원육부三院六部와 태감들 중에 성의聖意(황제의 뜻)를 좌우할 만한 사람은 없다고 생각합니다. 가목 공의 염려가 지나치신 건 아닐까요?"

"그건 그대의 생각이오."

아계가 가마의 흔들림에 몸을 맡긴 채 미간을 살짝 찌푸리면서 말을 이었다.

"측근 신하들은 몰라도 태감이나 말단 관리들은 장담할 수 없소. 그대도 그들과 왕래할 때는 엄격한 선을 그어야 하오. 가깝게 다가오는 사람들에게 더 예를 갖춰야 한다는 걸 잊어서는 안 되오."

이시요의 얼굴이 귀밑까지 달아올랐다. 아계가 다시 나지막하게 말을 이었다.

"그대가 전처럼 아주 가끔씩 북경에 오는 경우라면 내가 이런 말을 하지 않았겠지. 환관宦官들은 변성變性적인 인간 요정이오. 그자들과는 섣불리 맞불 작전을 펴지 말아야 하오. 자칫하다가는 일이 복잡해질 수 있소. 그러니 오로지 '예'禮로 일관하면서 제압하는 게 정석이오. 한漢, 당唐, 명明이 망한 것도 그렇지만 조광윤趙匡胤이 원인도 모르게 죽어버린 것도 태감들의 일조가 없었다면 가능했겠소? 한번 빈틈을 보이면 머리꼭대기까지 기어오르는 게 태감들의 속성이오. 특히 군기처에 몸담고 있는 사람들은 이런 소인배들을 조심해야 하오."

이시요는 눈치가 빠른 사람이었다. 아계의 말을 다 듣지 않고도 본인의 잘못을 알아차렸다. 일방을 호령하는 제후의 몸으로 밖에 있을 때는 마음 내키는 대로 해도 괜찮았으나 황제의 주변에 몸을 담게 된 이상 고개를 숙이고 격을 갖추라는 게 아계의 충고였다. 순간 화신과 얼굴을 붉히면서 실랑이를 벌였던 사실이 떠올랐다. 그는 갑자기 가시방석에 앉은 듯 마음이 불안해지기 시작했다.

오랫동안 침묵에 잠겨 있던 그가 두 손을 비비면서 천천히 입을 열었다.

"이제부터는 저도 달라져야겠군요. 밖에서는 고삐 풀린 망아지처럼 굴었다 할지라도……."

이시요는 내친김에 숭문문 세관을 통과하면서 화신과의 사이에 있었던 자초지종을 아계에게 들려줬다. 그러자 아계가 한숨을 내쉬었다.

"그대는 화신을 너무 하찮게 봤소. 그는 태감 못지않게 까다로운 인물이오! 내가 곁에 두고 이 년 동안 지켜봤는데 도무지 종잡을 수 없는 자였소. 어떨 때는 닭살이 돋을 정도로 곰살맞고 간사스럽다가도 어떨 때는 얼마나 딱딱하게 일을 처리하고 사람을 대하는지 제법 당당하고 사내다운 기질이 엿보였소. 비록 미관말직이기는 하나 북경의 세관을 움켜쥔 다음부터는 대궐이나 왕부를 제집처럼 드나든다오. 우리는 폐하를 알현하려면 먼저 패찰을 건네고 불러주기를 기다려야 하는데 그는 양심전이나 담녕거를 제멋대로 출입한다니까! 얼마 전 기윤 공하고 얘기를 나누던 중에 화신에 대해 언급했더니 기 중당은 그를 폐하의……."

아계가 갑자기 말을 뚝 멈췄다. 기윤은 당시 화신을 일컬어 '폐하의 바짓가랑이에 붙은 이'라고 했었다. 그러나 기윤의 말을 그대로 옮길 수는 없었다. 아계는 입가에서 맴돌던 말을 '폐하의 몸에 붙은 이까지 잡아들일 인물'로 바꿔 적당히 얼버무리고 말았다.

두 사람이 한마디씩 주고받는 사이 어느덧 부항의 집이 저만치에 보였다. 시간은 대략 진시辰時 정각쯤 된 것 같았다. 이시요가 부항의 집을 찾은 것은 3년 만에 처음이었다. 하지만 오랜 세월이 지났음에도 집은 그리 달라진 점이 없어 보였다. 평소 같았으면 조용했을 대문 앞 골목에 크고 작은 가마들이 즐비하게 늘어서 있다는 것이 평소와 다른 점이었다. 화려한 의복을 입고 눈부신 정자를 단 관리들이 끊임없이 대문을 들락거렸다. 그들을 수행한 종복과 가마꾼들은 골목에서 삼삼오오 무리를 지어 대기하고 있었고, 동쪽 쪽문 앞에서는 남정네들을 따라온 부인네들의 수다도 한창이었다.

어가가 곧 당도한다는 소식을 접한 뒤라 부항의 가인들은 너 나 할 것 없이 나서서 잡인雜人들이 범접하지 못하도록 질서를 유지하고 있었다. 정리정돈에 협조하기 위해 미리 와 있던 내무부 태감들도 한쪽에 시립해 명령을 기다리고 있었다.

부항의 가인 한 명이 아계와 이시요 두 사람이 가마에서 내리는 걸 보고는 멀리서부터 날듯이 달려와 맞았다. 부항 댁의 둘째집사 호경각胡敬閣이었다.

"아계 중당! 이 총독 대인! 오셨습니까?"

호경각이 깍듯이 예를 갖추었다. 이어 몇 마디 덧붙였다.

"어가는 한 시간 뒤에 당도한다고 연락이 왔습니다. 화친왕마마와 조혜 군문, 해란찰 군문께서 먼저 오셔서 동쪽 서재에서 기다리고 계십니다. 그리로 가시죠."

아계가 고개를 끄덕이면서 이시요에게 함께 가자는 눈짓을 보냈다. 들어가면서 보니 대문과 통로, 쪽문 그리고 마당 곳곳까지 보군통령아문步軍統領衙門의 친병들이 물샐틈없는 호위망을 펼치고 있었다. 군법으로 다스리는 가인들답게 부씨 집안의 가인들은 모두 각자의 위치에서 시립한 채 미동도 않고 있었다. 때문에 사람이 그렇게 많은데도 기침소리 하나 들리지 않고 조용했다.

두 사람은 호경각을 따라 정문 통로를 통해 북으로 향했다. 공부公

府의 정청正廳을 지나가면서 보니 정청 출입구 위에 '칙봉일등공부제'
勅封一等公府第라는 편액이 걸려 있었다. 건륭의 어필이었다.

평소에는 굳게 닫혀 있던 문들이 활짝 열려 있고 10여 명의 태감
들이 문 앞을 지키고 서 있었다. 둘은 동쪽으로 꺾어들어 꽃으로 장
식을 한 긴 통로를 지났다. 이어 월동문을 지났다. 그러자 동쪽 서재
에서 말소리가 들려왔다. 화친왕 홍주의 목소리였다.

"아계가 왔나 보네. 나가 보게!"

곧이어 발이 걷히는 소리와 함께 한 사람이 허리를 숙이고 나왔다.
그리고는 옆으로 비켜섰다. 아계와 이시요는 흠칫 놀라 그 자리에 뚝
멈춰 섰다. 그는 다름 아닌 화신이었다!

이시요는 한동안 놀라 벌어진 입을 다물지 못했다. 그러나 화신은
별일 없었다는 듯 대수롭지 않은 표정이었다. 허리를 숙여 예를 행
한 뒤 한 손으로 발을 걷어 올려 안내하면서 침착하게 인사를 했다.

"이 총독께서도 오셨군요. 드시죠, 화친왕마마께서 들어 계십니
다!"

아계는 무표정한 얼굴로 짤막하게 대답하고는 이시요를 데리고 서
재로 들어갔다. 그곳에는 조혜와 해란찰도 있었다. 둘 중 조혜는 몇
년 전보다 살이 좀 찐 것 같았다. 또 왼쪽 뺨에는 전에는 없던 칼자
국이 새로 길게 나 있었다. 그는 두 손을 무릎에 얹고 엄숙한 자세로
앉아 있었다. 한편 해란찰은 마치 어제 본 듯 친숙한 모습 그대로였
다. 입술을 쩝쩝대는 동작과 천하태평인 얼굴도 여전했다.

온돌 한가운데 앉아 있는 홍주는 양 볼과 눈자위가 깊이 팬 것이
어딘가 피곤한 모습이었다. 언제 한 번 구색을 맞춰 옷을 입는 법이
없던 사람이 오늘은 웬일로 관모官帽를 비롯해 관포官袍까지 갖추어
입은 차림을 하고 있었다. 따뜻한 방안에서 그렇게 입고 앉아 있으니

오히려 더욱 '황당친왕'荒唐親王처럼 보였다. 아계는 홍주를 자주 보는
지라 절을 한 번만 하고는 일어났다. 그러나 이시요는 대례를 올릴 생
각으로 무릎을 꿇었다.

"됐소이다, 이 총독!"

홍주가 커다란 쇠구슬을 손바닥에 올려놓고 소리 나게 돌리면서
빙그레 미소를 지었다. 이어 놀리듯 덧붙였다.

"세상천지에 무서운 구석이 없는 화신에게 물을 먹였다면서? 정말
대단하네."

그리고는 좌중을 둘러보면서 물었다.

"화총 부대를 앞세우고 왕명기패王命旗牌까지 동원해 숭문문으로
돌진한 사람 얘기 들어봤나?"

홍주는 애당초 대답은 들을 생각도 하지 않은 듯 바로 고개를 돌
려 이시요를 바라보면서 말을 이었다.

"자네, 완전 막무가내더군! 이번에는 얼마나 좋은 물건들을 충성
용 물품으로 가져왔는가? 내가 부탁한 연토煙土(아편)는 가져왔나?"

이시요가 즉각 대답했다.

"거울을 좀 보십시오. 전에 뵐 때보다 살이 많이 빠지신 것 같습
니다! 소인이 화친왕마마께 충성하고자 최고급 은이銀耳 몇 근과 서
양 삼蔘을 특별히 얻어왔습니다. 부탁하신 불란서 향수와 양주는 물
론 동인도산 연토도 가져왔습니다. 금수품禁輸品이라 신경이 쓰였으
나 감히 친왕마마의 분부를 어길 수 없었습니다. 엽천사가 내린 처
방대로 계토고戒土膏(아편 끊는 약)도 몇 봉지 챙겨왔습니다. 하루라도
빨리 끊는 것이 좋을 듯싶습니다. 마마께서 이리 수척해지신 걸 보
니 마음이 아픕니다."

좌중의 사람들은 아편과 계토고를 함께 선물하겠다는 이시요의 말

을 듣고는 모두 웃었다. 홍주 역시 하품이 터져 나오는 입을 틀어막으면서 말했다.

"생각해주는 건 좋은데 사내가 어찌 그리 호들갑인가!"

이시요가 얼굴을 붉힌 채 뭐라고 변명하려고 할 때였다. 밖에서 빠른 발소리가 들려왔다. 창문으로 내다보던 사람들이 이구동성으로 외쳤다.

"어가가 당도하셨습니다. 복의가 우리를 부르러 오는 것 같습니다. 어서 의복을 갈아입죠."

그 사이 복의가 방안에 들어섰다. 어가는 당도했으나 병중인 부항을 놀라게 하지 않기 위해서 의장儀仗은 일절 갖추지 않았다. 복의는 다른 신하들 역시 어가를 영접하러 나온답시고 수선을 떨지 말고 부항의 와탑臥榻에서 예를 갖추도록 하라는 어지를 전했다.

서재에서 기다리던 사람들은 서둘러 옷을 갈아입었다. 홍주가 앞장을 서고 그 뒤로 아계, 이시요, 조혜와 해란찰이 굴비처럼 줄줄이 따라 나갔다. 화신은 맨 끝에서 따라갔다.

월동문을 지나 정청 앞에 다다르자 마침 태감 왕팔치가 수건을 비롯해 세숫대야, 은병, 은화로를 받쳐 든 서른여섯 명의 태감들을 거느리고 들어서고 있었다. 그 뒤에서 10여 명의 시녀와 어멈들이 건륭을 에워싸고 나타났다. 홍주를 비롯한 신하들은 일제히 정청 앞 계단 밑에 무릎을 꿇고 머리를 조아렸다.

이시요는 오랜만에 뵙는 건륭의 용안을 몰래 훔쳐봤다. 낙타색 면포棉袍와 양가죽 조끼를 입고 허리에 금박 허리띠를 두른 건륭은 환갑을 갓 넘긴 나이답지 않게 젊어 보였다. 길게 땋아 뒤로 넘긴 머리채는 여전히 검으면서도 반지르르했다. 걸음걸이에도 힘이 넘쳐 보였다.

'어찌 보양을 하셨기에 용안이 저리 변함이 없을까?'

이시요는 속으로 감탄을 금치 못했다. 그러면서도 건륭의 발걸음 소리가 가까워지자 고개를 한껏 숙이는 것은 잊지 않았다. 가슴은 토끼를 품은 듯 쿵쿵 뛰었다. 호흡이 금방이라도 멎을 듯 가빠졌다.

"가만 있자……, 이시요가 아닌가!"

건륭이 앞을 지나가다 말고 갑자기 걸음을 멈추었다. 이어 다정스 레 물었다.

"북경에는 언제 도착했는가?"

"신 이시요, 폐하께 문후를 여쭙사옵니다! 원래 계획은 선달 보름 까지 북경에 도착하는 것이었사옵니다. 하오나 폐하를 빨리 알현하고 싶은 마음에 달리는 말에 채찍질을 해서 어젯밤에 도착했사옵니다."

이시요가 떨리는 목소리로 아뢰자 건륭이 고개를 끄덕였다.

"부항의 병문안을 마치고 오후에 패찰을 건네 뵙기를 청하게."

이시요는 건륭의 말에 연신 머리를 조아렸다. 그 사이 건륭이 좌 중을 향해 말했다.

"홍주와 아계는 일어나서 짐을 따라오게. 먼저 부항을 만나보지. 나머지는 안에 들어가서 기다리게. 복강안과 복륭안은 짐을 아비에 게 안내하게."

홍주와 아계는 건륭의 명령대로 몸을 일으켰다. 그제야 부항의 두 아들이 어가를 이곳까지 모셔왔다는 것을 알 수 있었다.

복륭안福隆安은 건륭의 화가和嘉공주와 짝을 맺어 화석액부和碩額 駙가 되었고, 지금은 병부상서 직을 맡고 있었다. 한편 아계와 친분 이 두터운 복강안福康安은 그 사이 태호太湖 수사水師를 거쳐 금천金川 정변장군定邊將軍으로 승진해 있었다. 문무를 겸비한 탓에 '소주랑'小 周郎(주랑은 중국 삼국시대 오吳나라의 명신 주유周瑜를 가리킴)으로 불리고 있었다. 이립而立(30세)의 나이가 가까웠으나 아직도 소년처럼 얼굴이 관옥 같고 체격이 훤칠했다. 이번에 북경으로 돌아온 이유는 병상에 누운 아버지를 시봉하기 위한 것도 있었으나 곧 서정西征 길에 오르게 된 아계를 도와 군무를 참찬參贊하려는 목적도 없지 않았다. 두 사람은 가볍게 고개를 끄덕여 알은체를 했을 뿐 별다른 말은 주고받지 않았다.

"약 냄새가 독하군."

건륭은 마당에 들어서자마자 미간을 찌푸린 채 복도에 무릎을 꿇고 있는 몇몇 태의들을 향해 말했다. 그 사이 시녀들에게 둘러싸인 당아가 무릎을 꿇고 예를 갖추려고 했다. 순간 문턱을 막 넘어선 건륭이 그녀를 말렸다.

"그럴 거 없네. 자네도 무척 힘들어 보이는군. 시봉하는 일은 아들들이 분담하게 하고 자네는 적당히 쉬어가면서 하게. 이 마당에 자네까지 몸져누우면 큰일이 아닌가. 가서 기다리게, 짐이 먼저 부항을 보고 자네를 만나줄 테니."

당아가 몸을 낮춰 예를 갖추고서 뒤로 물러섰다. 그녀의 흰머리가 가늘게 떨리고 있었다. 얼굴에는 어느새 눈물이 흥건했다. 눈에 띄게 야윈 모습이었다. 건륭은 당아의 그런 뒷모습을 잠시 바라보고 있다가 안방으로 들어갔다.

복강안 형제가 침대에 드리워진 모기장을 걷어 올렸다. 한참 전부터 깨어 있었던 듯 부항의 눈에 모처럼 생기가 흘렀다. 부항은 안으로 들어서는 건륭을 발견하고 일어나 앉으려고 안간힘을 다했다. 그러나 소용이 없었다. 건륭이 내민 손을 잡고자 힘겹게 들어 올린 깡마른 손이 와들와들 떨렸다. 입술을 달싹거렸으나 목소리가 나오지 않았다. 건륭을 애처로이 바라보는 퀭한 두 눈에서 굵은 눈물만 소리 없이 흘러내렸다. 한참 후에야 그의 입에서 가냘픈 목소리가 띄엄 띄엄 흘러나왔다.

"폐하! 폐하……, 신의 무례를…… 용서해 주시옵소서. 신 부항이 이 지경이 되어…… 폐하께 불충을 저지를 줄은…… 정녕…… 몰랐 사옵니다."

부항은 스스로 일어나 앉을 힘조차 없이 쇠잔해버린 듯했다. 건륭 은 병색이 완연한 부항을 보자 가슴이 뭉클했다. 그의 눈가에도 눈 물이 맺혔다.

'영원히 잊지 못할 내 사랑하는 황후 부찰씨의 아우이자 한 시대를 풍미했던 만주 영웅이었던 사람이 이 지경이 되다니……. 조정의 중 추 부처인 군기처에서 이십삼 년 동안 군정軍政, 하무河務, 전량錢糧, 형 명刑名 등 요무를 떠맡으면서 모름지기 군주를 보필하는 데만 일생을 바쳐온 훌륭한 고굉股肱이었던 사람이, 언제 봐도 믿음직스러워 만인 의 본보기로 손색이 없었던 사람이…… 뭐가 급하다고 벌써 인생의 갈림길에 서 있는 것인가!'

건륭은 그렇게 생각하자 가슴이 찢어지는 것 같았다. 결국 한숨이 터져 나왔다.

# 4장

# 난륜亂倫을 막아라!

건륭은 아픈 속마음을 애써 감추며 웃음을 지었다.

"곧 좋아질 테니 힘을 내게. 경은 아직 나이가 쉰밖에 안 됐네. 충분히 털고 일어나 다음 세대까지 보필할 수 있는 나이지! 짐은 경이 꼭 그리 해줄 것이라고 믿어마지 않네. 짐은 경을 미얀마에서 돌아오라고 해놓고 걱정이 태산 같았네. 수많은 험산악수險山惡水를 건너오다 중도에 잘못되지 않을까 염려가 돼 밤잠을 설친 적도 많았네. 다행히 모든 장애물을 거뜬히 넘어 집까지 무사히 도착하지 않았는가. 이는 경이 천수天壽를 다하려면 아직 멀었다는 얘기네. 의술이 고명한 의생들도 있고 좋은 약재도 속속 나오고 있으니 너무 걱정할 필요 없네. 불치의 병에 걸린 것도 아닌데 어찌 그리 못난 말을 하는가?"

부항의 얼굴에 한 가닥 미소가 번졌다. 그러나 창백하고 누르스름한 얼굴은 마치 엷은 구름에 가려진 한월寒月처럼 처량하고 쓸쓸해

보였다. 그는 잠시라도 눈을 감으면 놓칠세라 건륭을 뚫어지게 응시하면서 핏기 없는 입술을 달싹거렸다. 건륭이 그러자 의자를 당겨 부항의 침대맡에 다가앉았다.

"폐하의 용안을 뵈었으니 신은 지금 당장 저 세상으로 가도 여한이 없사옵니다."

부항의 목소리는 먼 바람을 타고 날아온 유사柳絲(버들가지)처럼 미약했다. 그러나 발음은 또렷하게 내기 위해 안간힘을 쓰고 있었다.

"폐하께서 황자 시절 은인자중하면서 기회가 오기를 기다리실 때부터 신은 옹화궁에서 폐하의 글공부 시중을 들었사옵니다. 그때는 겁도 없이 함께 소리 내어 글을 읽기도 했습니다. 또 지금 생각해보면 아찔한 장난도 많이 쳤던 것 같사옵니다……."

부항의 입가에 어린아이처럼 순수한 미소가 걸렸다. 흘러간 추억 속에서 가장 아름다웠던 순간들을 떠올리는 것이 분명했다.

"……벌써 사십 년의 세월이 흘렀사옵니다. 폐하의 훈육과 잘 이끌어주신 가르침이 있었기에 오늘의 부항이 있었사옵니다. 사람으로 태어나…… 평생 이 같은 대복大福을 누렸으면 됐지, 더 이상 바랄 게 뭐가 있겠사옵니까? 다만…… 미얀마에서 촌척寸尺의 공로도 없이 전량錢糧만 축내고 철수했다는 것이…… 마음에 걸리옵니다. 당초 군기처의 다른 신하들은 전쟁을 주장하지 않았사오나 신이 고집을 부려 출전했사온데, 싸움다운 싸움 한번 제대로 못해보고……. 이는 신의 커다란 불찰이고 유감이옵니다. 엄히 벌하여 주시옵소서."

급기야 부항의 두 눈에서 눈물이 주르륵 흘러내렸다. 침대 앞에 무릎을 꿇고 있던 태감 복의가 황급히 손수건을 꺼내 닦아줬다. 건륭이 다시 부드러운 어조로 입을 열었다.

"그 당시에는 용병用兵이 불가피한 상황이었네. 책임을 묻는다면 짐의 책임이 먼저이네. 경이 미얀마에서 첫 승리를 거뒀을 때 짐은 경에게 삼안 공작화령三眼孔雀花翎을 상으로 내렸지. 그러나 경은 완승을 거두고 개선하는 날 상을 받겠노라고 주장을 올렸었지. 이제 완승을 거두지 못했으니 화령만 없던 일로 하면 되네. 벌은 무슨 벌인가? 그래도 고집불통 미얀마 왕이 표表를 올려 죄를 청하고 화해를 구걸하게 만들었으니 그 공로만 해도 어디인가. 너무 자책하지 말게. 계속 그렇게 말하면 짐은 더 괴로워질 걸세."

건륭의 눈가에도 눈물이 그렁그렁 맺혔다. 그는 진심으로 부항의 괴로움을 안쓰러워하면서 마치 형이 어린 아우를 달래듯 다정하게 말을 이어나갔다.

"지금은 오로지 어서 병석에서 일어날 생각만 하고 다른 생각은 하지 말게. 병이 나아 건강을 회복하면 그때 다시 짐을 위해 뛰면 되지 않겠나!"

부항은 혼신의 힘을 다해 버티고 있는 티가 역력했다. 그래서일까, 오래도록 건륭에게 눈물 어린 시선을 고정시킨 채 아무 말도 하지 못했다. 얼굴은 열이 올라 벌겋게 상기되었다. 한참 후 그가 힘겹게 침을 삼키면서 입을 열었다.

"미얀마의 정국은 점차 안정되어가는 상태이옵니다. 유관정부流官政府를 두어 상시적으로 관할하지 못할 바에는 온 나라의 국력을 다 쏟아 전사를 치를 필요까지는 없다고 사료되옵니다. 운남雲南에서 출발할 때 삼만 일천 명이었던 우리 군은 지금 고작 일만 삼천 명밖에 남지 않았사옵니다. 군수물자 공급이 난항을 겪었을 뿐만 아니라 병력 배치도 여간 힘든 게 아니었사옵니다. 우리 군은 사실…… 전투로 전사한 쪽보다는 수토水土가 몸에 맞지 않아 전염병에 걸려 죽은 사람이 더 많사옵니다. 천시天時, 지리地理, 인화人和 모두 우리에게 불리

한 실정이옵니다. 어지를 내리시어 완전 철군을 명하시는 것이 바람직할 것 같사옵니다."

옆에서 건륭과 부항의 대화를 듣고 있던 아계는 적이 안도했다. 드디어 종전終戰의 가능성이 보인 탓이었다. 순간 그는 부항에 대한 존경심과 흠모의 감정이 절로 솟아올랐다. 사실 미얀마 출정을 강력히 주장한 사람은 부항이었다. 그랬던 사람이 지금은 승산 없는 전쟁을 종식할 것을 강력히 주청하고 있는 것이다. 촌척의 공로도 없이 이처럼 병력을 철수시킨다면 책임도 그리 가볍지 않을 터였다. 더불어 일세 영웅의 위상과 체통도 바닥에 떨어질 지경이었다. 그럼에도 그는 당당히 '과오'를 인정하고 책임을 떠안으려 했다. 어지간한 용기가 없이는 불가능한 선택이었다.

사람은 사실 성현이 아닌 이상 그릇된 판단을 피하기 어렵다. 그러나 질못을 과감하게 인정하고 고치려는 용기는 누구에게나 있는 것이 아니다. 아계는 담담하고 평온한 부항의 얼굴을 들여다보면서 위로의 말을 건넸다.

"부상, 염려하지 마세요. 만 리를 굽어 살피시는 폐하이십니다. 조만간 적절한 대응책을 강구하실 것입니다."

홍주 역시 숙연해진 듯 즉각 입을 열었다.

"부 여섯째, 어서 빨리 털고 일어나게. 폐하를 위해 적어도 몇 년은 더 뛰어야 하지 않겠나! 나한테 좋은 게 많으니 먹고 싶은 거나 필요한 게 있으면 주저하지 말고 말하게. 지난번에 보니 고사기의 그림을 욕심내는 것 같던데 오늘 가져다 자네 부인에게 줬네……."

홍주는 목이 메는 듯 끝내 말을 잇지 못했다.

"화친왕마마에게도 약한 면이 있으시다는 걸 오늘 처음 알았습니다."

부항이 홍주의 말에 희미한 미소를 지었다. 그리고는 가볍게 기침을 하면서 덧붙였다.

"이런 말은 제가 직접 꺼내지 않으면 안 됩니다. 폐하와 군기처에서는 저의 체면을 고려해 쉽게 얘기하지 못하실 테니 말입니다. 제가 하고 싶었던 말은 주장에 다 적어두었습니다. 저기 저……."

부항이 떨리는 손을 들어 책상 위에 차곡차곡 쌓아놓은 서류를 가리켰다. 이어 덧붙였다.

"……저 안에 다 들어…… 있습니다. 유서까지도……."

부항은 말을 더 잇지 못하고 컹컹 크게 기침을 해댔다. 호흡이 갑자기 가빠지기 시작했다. 코가 벌름거리더니 가슴이 무섭게 오르락내리락했다. 기윤이 황급히 소리쳤다.

"태의는 어디 있어, 태의! 당직 태의가 누군가?"

건륭은 조급한 마음에 자신도 모르게 자리에서 벌떡 일어났다. 그리고는 한쪽에 물러서서 태의들이 침을 꽂고 맥을 짚는 모습을 멍하니 바라보았다. 부항의 맥박은 시녀들이 약을 떠먹이고 한참 지나서야 천천히 돌아왔다. 그러나 안색은 핏기 하나 없이 창백했다. 입만 맥없이 달싹일 뿐 말소리는 전혀 들리지 않았다. 분명 건륭을 향해 뭐라고 말했으나 좌중에서 그의 말을 알아들을 수 있는 사람은 한 명도 없었다. 그럼에도 그의 눈은 건륭에게서 떨어질 줄 몰랐다. 조금이라도 더 황제 가까이에 있고 싶어 하는 간절한 눈빛이었다.

건륭의 두 눈에도 다시 눈물이 언뜻 비쳤다. 그러나 건륭은 눈물을 보이지 않으려고 애를 쓰면서 부항 가까이로 천천히 다가갔다. 이어 조용히 이불깃을 여며주고는 부항의 이마를 부드럽게 쓸어주면서 자상한 어투로 말했다.

"마음을 편히 먹고 정양하게. 조급해 하지 말고 때를 기다리게. 짐은 이만 돌아갔다가 경이 좀 나으면 그때 또 보러 오겠네. 필요한 게 있으면 아들을 내무부로 보내게."

건륭은 말을 마치자마자 부항의 애절한 눈빛이 부담스러운 듯 애써 외면하고 돌아섰다. 홍주, 아계, 이시요도 묵묵히 목례를 올리고는 건륭을 따라 나섰다.

화청과 서재가 통해 있었는지라 당아는 이미 기척을 듣고 서재 입구로 나와 무릎을 꿇고 있었다. 건륭이 나오자 다시 한 번 머리를 조아리면서 아뢰었다.

"졸부拙夫의 견마질환犬馬疾患에 폐하께서 친히 거동해주시니 노비 일가는 무한한 성총에 감격해 목이 멜 따름이옵니다. 소인은 오로지 지극 정성으로 졸부의 병상을 지키겠사옵니다. 졸부가 살아 있는 동안 여전히 만승지군萬乘之君의 수족이 돼 폐하의 은총에 조금이나마 보답할 수 있도록 진력할 것이옵니다……."

건륭이 희끗희끗한 머리를 조아린 채 발밑에서 떨고 있는 당아를 내려다보더니 서재를 가리키면서 입을 열었다.

"가까운 친척간이네. 그렇게까지 말하지 않아도 되네. 안에 들어가서 얘기를 좀 나누지."

"예, 폐하……."

좌중의 신하들은 따라 들어오라는 말이 없었던 탓에 그 자리에서 머뭇거리는 수밖에 없었다. 물론 평소 언행이 다소 파격적인 이시요는 따라 들어가려고 한 걸음을 떼었다. 그러자 홍주가 옆에서 옷섶을 슬쩍 잡아당겼다. 이시요는 그 자리에 서 있는 아계, 복강안과 복륭안을 보면서 멋쩍은 듯 뒤로 물러섰다. 결국 모두 서재에서 조금 떨어진 대나무 숲에서 기다리기로 했다.

방안에는 건륭과 당아 둘만 남게 됐다. 대나무 숲에서 기다리게 된 신하들은 둘의 관계에 대해 전혀 모르고 있었다. 그러나 홍주는 그렇지 않았다. 복강안의 나이 만큼이나 된 과거에 일어난 둘의 풍류지사를 분명히 알고 있었다.

건륭과 당아는 젊은 시절 애틋한 정을 쌓은 바 있었다. 그러나 군신 관계가 엄연하고 남녀가 유별한 탓에 자주 만나지는 못했다. 각자 불혹不惑(40세)을 넘기고 지천명至天命(50세)을 지나 환갑을 바라보는 지금까지 단 둘이 마주 앉아 본 지가 10년도 더 되고 있었다.

건륭은 책상 앞에 앉아 당아의 일거수일투족을 뚫어지게 바라봤다. 당아는 서둘러 차를 따르고 다과를 가져온 뒤 손수 더운 물수건을 짜서 건륭에게 건넸다. 그리고는 조용히 건륭의 옆에 시립했다.

두 사람은 한참 동안 묵묵히 서로를 마주보기만 했다. 도대체 무슨 말을 어떻게 꺼내야 할지 몰라 그저 난감하고 어색할 뿐이었다. 한참 후 건륭이 찻잔을 들어 한 모금 마시면서 입을 열었다.

"돌아가서 신하들하고 점심을 같이 해야 하니 다과는 됐네."

"예……."

당아가 짧게 대답했다.

"그래, 달리 어려운 점은 없나?"

건륭의 물음에 당아가 기다렸다는 듯 대답했다.

"폐하의 홍복에 힘입어 어려운 점은 없사옵니다. 다만 강아가 승진이 너무 빨라 사람들의 구설이 좀 두려울 뿐이옵니다. 여러 아들들 간에 차이가 너무 벌어지면 위화감이 생기지 않을까 저어되옵고……."

건륭이 찻잔을 내려놓으면서 말했다.

"그건 부질없는 걱정이네. 엄연히 논공행상을 한 것이야. 누가 감히 뭐라고 하겠는가! 짐은 아무런 사심 없이 강아의 공로를 평가한 것이라고. 그런데 그깟 구설이 뭐가 두렵겠나! 위화감 따위도 당치 않다고 생각하네. 유용의 경우 공로는 강아보다 크지 않으나 민정民政에 공들인 노력이 강아보다 낫다고 판단해 이미 시랑에 상서 계급까지 내렸네!"

건륭이 잠시 멈췄다가 다시 물었다.

"요즘도 자주 입궐하나?"

당아가 숙인 머리를 더욱 낮추면서 대답했다.

"며칠에 한 번씩 그나마 자주 드나드는 편이옵니다. 입궐해서 태후마마께 문후를 올리고 지패도 같이 놀아드리고 향배 올리러 다니기도 하옵니다. 어떨 때…… 아주 가끔…… 멀리서 폐하의 용안을 뵈올 때도 있었사옵니다."

"억지로 틈을 내서라도 자주 입궐하게. 삼 년 동안 찾지 않으면 친척간도 멀어진다고 하지 않는가……."

건륭은 잠시 말을 멈추고 짧게 탄식을 내뱉었다.

"황후가 가고 나서 나랍씨가 황후 자리에 올랐지. 우리 사이를 알고 있어도…… 자네를 미워하지는 않는다네. 짐이 다 알고 있네. 자네 얘기만 나오면 늘 좋은 말만 골라서 하려고 애쓰는 것 같네. 여염집에서라면 비록 두 번째이기는 하나 나랍씨한테는 자네가 올케가 아닌가? 자주 드나들면서 서로 위로해주고 아껴주면서 잘 지내게."

"예! 폐하의 말씀 명심하겠사옵니다……."

잠깐의 대화 후에 두 사람의 말문은 다시 막혀버리고 말았다. 이어 숨 막힐 정도로 무거운 침묵이 흘렀다. 그러다 건륭이 천천히 일어섰다. 그리고는 책상 위에 한 폭의 그림이 펼쳐져 있는 걸 봤는지 천천히 그 앞으로 다가갔다. 그림은 '월하당하'月下塘荷라는 제목의 수묵화였다. 연대가 무척 오래된 듯 종이 색깔이 누렇게 바래 있었다. 그림

위에는 짧은 글이 적혀 있었다.

　　노을은 구름의 혼백이고,
　　벌은 꽃의 정신이다.


안진경체의 명필이었다. 건륭이 물었다.
"고사기의 자화字畵인가?"
"그렇사옵니다."
"홍주가 보내왔나?"
"예, 폐하."
"이는 성조 때 오차우伍次友 선생이 소마라고蘇麻喇姑라는 분에게 선물한 글귀인데……."
당아가 낮은 소리로 대답했다
"예……, 노비도 알고 있사옵니다. 노비가 원했던 것은 아니옵니다. 노비의 남정네가 화친왕마마께 상으로 내려 주십사 하고 청을 드렸던 것이옵니다."
건륭은 그 말에 몹시 의외라는 표정을 지었다. 그러나 이내 짚이는 바가 있는 듯했다. 부항이 흑사산에서 비적들을 소탕했을 때였다. 당시 건륭은 미모의 여자 비적과 부항이 풍류를 즐긴 적이 있다는 얘기를 전해들은 바 있었다. 그런데 연연娟娟이라 불린 그 여인은 산 속의 도림桃林에 묻힌 지 벌써 20년도 넘었다. 부항은 아마 젊은 시절한 단락의 분홍색 추억을 간직하고자 이 그림을 갖고 싶어한 것인지 몰랐다.
'인간은 너 나 할 것 없이 어쩔 수 없는 정물情物이로군! 참으로 불가사의하고도 또 불가사의한 것이 남녀 간의 정이로군!'

건륭은 속으로 그렇게 탄식을 금치 못하면서 오래도록 그림에서 눈을 뗄 줄 몰랐다. 그러다 갑자기 무슨 생각이 떠오른 듯 눈빛을 반짝이면서 물었다.

"국태國泰라는 기인旗人을 알고 있나? 산동 순무 국태 말이네. 평소에 부항과 왕래가 잦은 사이인가? 음……, 짐이 기억하기로는 부항의 문생이었던 것 같은데?"

당아가 건륭의 뜬금없이 질문에 의아해 하면서 고개를 저었다.

"순무까지 지냈으면 필히 왕래가 있었을 법하옵니다만 소인은 남정네의 문생록門生錄에서 그런 이름을 본 기억이 없사옵니다. 아, 언젠가 한번 십육황숙께서 왕부에 연극 구경을 오라면서 소인의 남정네를 부른 적이 있었사옵니다. 그때 막 퇴조退朝해 피곤하고 더웠던 남정네는 짜증을 내면서 이런 얘기를 했었사옵니다. '이게 모두 국태 그자식 탓이야! 명색이 봉강대리가 돼 가지고 툭하면 북경으로 쫓아와 여기저기 기웃거리면서 투계鬪鷄(닭끼리 싸움을 붙이는 도박), 주구走狗(개들을 달리게 하여 승부를 겨루는 도박. 경견競犬)에 연극까지 판이라는 판은 다 벌이고 다닌다니까……. 업무는 뒷전이고 군기처와 친왕들을 찾아다니면서 아부만 하면 만사대길인 줄 아는데, 어디 한번 두고 봐! 크게 혼을 내줄 거야!'라는 얘기였사옵니다. 노비는 남정네가 그렇게 화를 내면서 흥분하는 걸 분명히 들었사옵니다. 하온데 갑자기 그건 어찌 물으시옵니까?"

건륭이 당아의 물음에는 대답하지 않은 채 여전히 그림만 뚫어지게 바라봤다. 이어 다시 화제를 돌렸다.

"그림도 좋고 글도 좋아. 그런데 너무 음침하고 처량한 느낌이 드네. 전에 명주, 색액도, 융과다, 눌친이 차례로 이 그림을 소장했었거든……. 결코 길하다고 할 수 없는 물건이니 소장하지 말고 대내大

內에 바치는 것이 좋겠네."

건륭이 그러더니 바로 그림을 돌돌 말기 시작했다. 당아는 의아한 표정으로 건륭을 힐끔 훔쳐봤다. 명주, 색액도, 융과다와 눌친 등은 모두 재상에 군기대신을 지냈던 사람들이었다. 그러나 모두 가산을 몰수당하고 연금 내지 주살을 당하는 등 좋은 말로를 맞지 못한 사람들이기도 했다. 그런데 이 그림이 그들과 무슨 관련이 있다는 말인가. 또 국태와는 무슨 상관이 있다는 말인가? 당아는 도무지 이유를 알 수 없었다.

"하오면 폐하께서 거둬 가시옵소서. 폐하께서는 홍복洪福이 하늘같으신 분이시오니 그 어떤 사악한 기운도 능히 몰아내실 수 있을 것이옵니다."

건륭이 그림을 말아 쥐고는 한숨을 내쉬었다.

"부항의 병세는 솔직히 낙관하기 어렵네. 진인사대천명이라고 했네. 혀끝에 올리기조차 싫은 말이지만 만에 하나 부항이 먼저 가게 되더라도 자네는 마음을 단단히 먹어야 하네. 아이들이 모두 훌륭하게 장성했으니 짐이 당연히 보살펴 줄 것이네. 아무 염려하지 말게. 무슨 어려움이 있으면 아들들에게 일러 대신 상주하도록 하게. 짐은 그만 가봐야겠네. 짬이 나면 대각사大覺寺로 가서 방생도 하고 향도 사르면서 부항을 위한 액땜 겸 자네 자신을 위한 기도를 올리도록 하게."

건륭은 선 자리에서 한참 당부의 말을 하고는 천천히 돌아서서 밖으로 나왔다. 당아는 두어 걸음 따라 나서더니 갑자기 뭔가 생각난 듯 다급하게 건륭을 불렀다.

"폐하!"

"응?"

건륭이 걸음을 멈추고 돌아섰다. 그리고는 다정한 어조로 물었다.

"무슨 일인가?"

"소인의 무모함을 용서하시옵소서. 별일도 아니면서 언성이 너무 높았사옵니다."

당아가 수줍은 몸짓으로 건륭에게 다가갔다. 그리고는 기어들어가는 소리로 말했다.

"……실은 강아의 혼사 문제로 아뢸 말씀이 있사옵니다. 간친왕簡親王과 예친왕睿親王 댁에서 사람을 보내 귀한 공주와 짝을 맺으면 어떻겠느냐고 혼사 얘기를 꺼냈사옵니다. 그런데 저 '원수'는 하나도 마음에 들어 하지 않사옵니다. 폐하께서도 아시다시피 워낙 외고집이라 소인으로서는 어찌해 볼 도리가 없사옵니다."

건륭이 다급히 물었다.

"부항은? 부항은 뭐라고 하던가?"

당아가 즉각 대답했다.

"그이는 무슨 배짱인지 만사태평이옵니다. 돼도 그만, 안 돼도 그만이라는 태도이옵니다. 혼사는 하늘이 정한다느니, 대장부가 어디 간들 처자 하나 구하지 못하겠느냐면서 남의 다리 긁는 소리만 하고 있사옵니다. 강아는 마음속에 두고 있는 여식이 따로 있는 것 같사옵니다. 예전에 양주에서 리아鸝兒라는 여식을 데리고 왔사옵니다. 둘이 서로 좋아하는 것 같았사오나 여식의 출신이 미천해 반대했었사옵니다. 아무리 생각해도 그 여식이 강아와 가정을 이룬다는 건 당치 않은 것 같아 무척 신경이 쓰였사옵니다. 궁여지책으로 그 여식을 다른 방에 보냈사오나 남녀 간의 정이라는 것이 어디 몸이 떨어져 있다고 해서 마음까지 멀어질 수 있겠사옵니까?"

당아가 말을 하고 보니 쑥스러운 듯 고개를 숙인 채 웃었다. 그리고는 한숨을 내쉬며 덧붙였다.

"둘이 몰래 만나고 다니는 걸 발견하고 이러다 큰일이 나지 싶어 아예 그 여식을 머리 올려 강아의 소실로 들였사옵니다. 그런데 문제는 엊그제 함친왕誠親王(윤비允祕) 댁의 홍창弘暢……, 이번에 군왕郡王을 세습 받은 그분의 복진福晉을 만났사온데 글쎄 태후마마와 나랍마마께 의지懿旨를 청하겠다고 하지 않겠사옵니까? 폐하의 열다섯째 공주 화영和英공주와 강아를……."

건륭이 당아의 말허리를 싹둑 자르면서 다그쳐 물었다.

"그래서 자네는 뭐라고 했나?"

"소인은 아비가 내일일까 모레일까 병세가 위태로운 지경에 혼사는 무슨 혼사냐고 얼버무려 넘겼사옵니다."

건륭이 당아의 말에 후유 하고 안도의 한숨을 내쉬었다. 당아가 다시 입을 열었다.

"하오나 함군왕(홍창)의 복진은 한번 물었다 하면 놔주는 법이 없는 성격이라 저대로 포기할 것 같지 않사옵니다. 둘째 복륭안도 폐하의 천금이신 공주마마와 성혼해 액부가 됐사옵니다. 복진께서는 그 사실까지 거론하면서 폐하의 성총이 남다른 강아를 아무나하고 혼인시킬 수는 없지 않느냐면서 무척이나 성화였사옵니다!"

건륭은 잠시 난감해졌다. 함군왕의 복진이라면 죽은 사람도 살려낸다는 입담으로 유명했다. 또 당아의 말마따나 한번 물었다 하면 쉬이 놔주지 않는 성격이었다. 그런 사람이 잘되면 '술 석 잔'으로 끝나지 않을 매파 역할을 마다할 리 만무했다. 태후 역시 총각과 처녀를 엮는 '월하노인'月下老人 역할이라면 항상 발 벗고 나서는 편이었다. 그러니 태후까지 나서서 이 혼사를 밀어붙이는 날에는 자칫 남매간에 살을 섞는 난륜亂倫이 벌어질 수도 있었다. 이 일을 어찌해야 하나……! 한참 동안 고민하던 건륭이 갑자기 묘수가 떠오른 듯 웃으면서 말했다.

"그 리아라는 여식을 불러오게. 짐이 좀 봐야겠네. 괜찮다 싶으면 즉시 강아의 정실로 들여 예상되는 파란을 미연에 막아야겠네."

잠시 어리둥절해 있던 당아가 곧 뭔가 깨달은 듯 미소를 지었다. 그리고는 돌아서서 나가더니 서재 입구에 시립해 있는 시녀에게 귀엣말을 했다. 시녀는 빠르게 내원內院으로 달려갔다. 대나무 숲에서 기다리던 몇몇 대신들은 까닭을 몰라 멍하니 서로를 번갈아 보면서 고개만 저을 뿐이었다.

잠시 후 두 시녀가 스물네댓 살쯤 돼 보이는 젊은 여인을 서재로 모시고 들어가는 모습이 보였다. 복륭안이 귀엣말로 복강안에게 말했다.

"리아인데……, 무슨 일이지?"

복강안도 고개를 가로저었다.

"글쎄요?"

그때 당아가 문 앞에서 복강안에게 손짓을 했다.

"강아는 이리 오너라."

복강안이 큰 소리로 대답하면서 성큼성큼 서재 쪽으로 걸어갔다. 리아가 책상 동쪽에 무릎을 꿇고 있는 모습이 보였다. 복강안은 말없이 리아의 옆으로 가서 나란히 무릎을 꿇었다.

건륭은 리아라는 여인을 찬찬히 살펴봤다. 빼어난 미모는 아니었다. 그러나 다소곳하고 수더분한 모습이 얌전하고 듬직할 것 같아 마음에 들었다. 생김새도 갸름한 얼굴에 오관이 오목조목 제대로 박힌 것이 아녀자다웠다. 건륭이 흡족한 미소를 지으면서 물었다.

"올해 몇 살이냐?"

"아뢰옵니다, 폐하. 노비 올해 나이 스물하고 넷이옵니다."

리아가 떨리는 목소리로 대답했다.

"이름이 리아라고 했더냐?"

"……예."

"복강안의 곁에서 몇 년 동안 시중을 들었느냐?"

"팔 년이옵니다."

"음!"

건륭이 고개를 끄덕였다. 그리고는 다시 물었다.

"금기서화琴棋書畵에 능하다고 들었노라. 사실이냐?"

"능한 정도는 아니옵니다. 도련님을 만나 하나씩 배웠을 따름이옵니다. 아직 서투르기 짝이 없사옵니다."

"글공부는 했느냐?"

"이름자나 아는 정도이옵니다. 마님께서 아녀자는 글을 너무 많이 알 필요가 없다고 하시면서 《이십사효》二十四孝, 《여사서》女四書정도의 책이나 읽을 수 있으면 된다고 하셨사옵니다."

건륭이 의자로 돌아가 앉았다. 그리고는 말했다.

"맞는 말이네. 아녀자는 재학才學이 없는 것이 곧 덕德이야. 아녀자는 오로지 시부모님 공경, 남정네 뒷바라지와 자식 양육에만 모든 정력을 쏟아 부어야 하느니라. 아녀자가 갖춰야 할 덕德, 용容, 언言, 공功 네 가지 덕목 가운데서 '덕'이 우선임을 항상 명심하거라."

리아가 재빨리 머리를 조아렸다.

"폐하의 훈육을 가슴에 새기겠사옵니다."

건륭이 이번에는 고개를 돌려 복강안에게 말했다.

"너의 아비 병세를 보니 앞날을 낙관할 수만은 없더구나. 지금 보니 이 여식은 아들을 많이 낳고 집안을 잘되게 할 귀상貴相이 틀림없느니라. 비록 출신은 미천하지만 이 가문에 해가 되는 일은 없을 것 같다.

너의 집안을 괴롭히는 사악한 기운도 밀어낼 겸 이참에 이 여식을 강아 너의 정실로 들일까 하는데, 너는 어찌 생각하느냐?"

복강안으로서는 바라마지 않던 바였다. 다만 너무 갑작스러운 물음에 놀랐을 따름이었다. 그는 잠시 멍한 표정을 짓고 있다가 곧 머리를 조아리면서 대답했다.

"성은이 망극하옵니다. 신이 오매불망 바라마지 않던 일이옵니다. 불민하고 모자란 신에게 폐하께서 이토록 크고 깊은 관심을 내려주시니 실로 저희 일문의 광영이 아닐 수 없사옵니다. 부친께서도 이 일을 아시면 대단히 즐거워하실 줄로 믿사옵니다……"

"그러면 이의가 없는 걸로 알겠네."

건륭이 환하게 미소를 지으면서 덧붙였다.

"짐은 오늘 봤으니 됐고, 당아 자네는 내일 이 여식을 데리고 입궐하게. 태후마마와 나랍 황후께 문안을 여쭈도록 하게."

건륭이 시계를 꺼내 보고는 흡족한 표정으로 일어나 서재를 나섰다. 밖에 서 있던 신하들을 비롯한 태감, 가인들은 마치 바람에 풀이 넘어 가듯 일제히 무릎을 꿇었다. 건륭이 미소를 지으면서 고개를 끄덕였다. 그리고는 큰 소리로 말했다.

"이 가문에 경사가 있네. 짐은 복강안의 측부인이었던 리아를 정실로 승격시켜줬네. 짐이 맺어준 혼인이니 군기처와 예부에서는 당연히 축하를 해야 할 것이네. 부항이 와병 중이니 요란하게 할 것까지는 없고 간소하게 가례를 올려주도록 하게."

건륭이 천천히 계단을 내려서면서 덧붙였다.

"다섯째 홍주도 안색이 썩 좋아 보이지 않으니 어가를 따라 입궐하지 않아도 되네. 조혜와 해란찰은 여기 남아 부항의 시중을 들도록 하게."

복강안 형제는 건륭이 걸음을 옮기자 곧 뒤따라 나갔다. 이어 대문 밖까지 어가를 배웅했다. 복강안은 안으로 돌아와서는 말했다.

"둘째형님, 피곤하시면 먼저 들어가 쉬십시오. 나는 조혜 군문과 해란찰 군문에게 갔다가 서화청으로 가겠어요. 형님 안색이 많이 안 좋아 보이네요. 얼굴도 푸석푸석한 게 어제 잠을 잘 못 주무셨나요?"

복륭안이 대답했다.

"괜찮아. 하룻밤 못 잤다고 큰일이야 나겠냐?"

복륭안이 말을 마치고는 천천히 서화청을 향해 걸어갔다. 이렇게 해서 동쪽 서재에서는 조혜와 해란찰이 나지막한 어조로 조용히 담소를 나눌 기회가 생겼다. 화신은 물러가지 않은 채 끼어들 틈을 찾아 두 장군의 주위에서 눈치를 보고 있었다. 찻물을 따라주면서 가끔 한두 마디씩 대화에 끼어들기도 했다. 그러나 두 사람은 화신 따위에게는 전혀 관심을 주지 않고 둘만의 얘기에만 몰두했다.

화신은 두 사람의 얘기를 듣고 나서야 비로소 해란찰이 '하루 세 끼 쌀밥과 고깃국을 배불리 먹는' 태호 수사의 임지任地에서 온 것이 아니라는 사실을 알게 되었다. 그는 부항을 따라 미얀마에 갔다가 이제 막 돌아온 터였다. 그러나 그는 아무리 봐도 적들과 총칼을 맞대고 목숨을 건 전쟁을 치르다 돌아온 사람 같지 않았다. 타고난 천성을 어쩔 수 없는 듯 마냥 느긋하고 여유로운 모습을 보였다. 화신은 속으로 탄복하지 않을 수 없었다.

"미얀마 쪽 애들은 태생적으로 부실한 것 같았어. 다섯 명씩 달려들어도 몽고족이나 회족들에 비하면 상대하기 쉬웠지."

해란찰이 마치 옆 동네에 놀러갔다 온 얘기라도 하듯 천하태평인 얼굴을 하고는 빈랑檳榔을 질겅질겅 씹으면서 말을 이었다.

"그자들은 진부 불교신자로 일명 화상병和尚兵(스님) 부대였어. 피만 보면 낯빛이 파랗게 질려 두 손 모아 기도하느라 정신이 없더군. 그렇게 뭉그적거리니 단칼에 맞아 뒈지지. 문제는 워낙 악천후인 데다 지세까지 험악해 그놈들이 순식간에 어디로 새버렸는지 알 수가 없다는 거야. 작년 십일월 삼일인가, 그날따라 장대비가 어찌나 퍼부어 대는지 불과 이십 보 앞에 있는 사람도 보이지 않을 정도였다고! 그 틈을 이용해 적군 만 명이 부통수의 중군을 들이쳤지. 그래서 내가 통수의 명을 받고 천오백 명을 거느리고 그들과 바로 지척에서 접전을 벌였어. 결과는 좋았다고. 선봉대 오백 명을 신나게 쳐버렸으니까. 그러나 돌아서니 엇, 이것들이 그새 땅으로 꺼졌는지 하늘로 솟았는지 하나도 보이지 않는 거야. 비가 그친 뒤에 보니 땅굴이 거미줄처럼 쳐져 있는 거 있지! 철저한 사전 준비 없이 덤벼들었다가는 큰코다치기 십상인 곳이더라고!"

해란찰이 말을 마치고는 코를 벌름거리면서 인상을 썼다. 이어 연신 재채기를 해댔다. 화신이 재빨리 수건을 내밀었다. 워낙 말수가 적은 조혜는 가만히 듣고만 있더니 한참 후에야 입을 열었다.

"우리는 식수가 없어서 죽다 살았어. 설상가상으로 식량과 채소마저 제때에 공급받지 못했지. 병사들이 하나둘씩 픽픽 나가쓰러지는데 어찌해 볼 도리가 없더라고. 물과 음식만 배불리 먹고 마셨더라도 그 자식들을 만두소로 만들어 버렸을 텐데. 눈앞에서 벌벌 기어 도망가는 꼴을 뻔히 보면서도 기운이 없어 쫓아갈 엄두도 못 냈지 뭐야."

해란찰이 그러자 한숨을 내쉬었다.

"제기랄! 조정에서 보냈다는 군비나 군량미가 절반이라도 제때에 도착했더라면 상황이 백팔십도로 달라졌을 거야. 전염병을 예방하고 벌레 물린 데 바르는 약이라면서 보내왔다는 것이 약 창고 바닥을 쓸어서 보냈는지 전부 곰팡이투성이더군. 악취는 또 얼마나 심하던지

도무지 먹고 바를 수가 없었어. 술이라면 오래된 것일수록 좋다고 하겠지만 이놈의 곰팡이 슨 약은 대체 어디다 쓰라는 건지. 요즘은 병부, 호부에도 속이 검은 놈들뿐이야!"

화신이 순간 이때다 싶었는지 슬쩍 끼어들었다.

"호부는 병부로 군비나 군량미를 넘길 때 먼저 이 푼을 뗀답니다. 병부에서 또 이푼을 남기죠. 그렇게 서안까지 가면 은자 한 냥에 일 전 이 푼이 줄어드는 셈입니다. 거기서 또 감숙까지 가고 나면 일 전 사 푼, 결국 군부대까지 군비나 군량미가 조달되면 한 냥당 삼 전이 증발해버리죠. 이렇게 너 나 할 것 없이 해먹으니 워낙 얼마 안 되는 군비나 군량미 중에서 병사들에게 돌아가는 것이 얼마나 되겠어요? 벼룩의 간을 빼먹어도 유분수지. 중간에서 엉뚱한 것들만 횡재한답니다. 저마다 북경에 화원과 연못이 달린 궁궐 같은 집을 짓고 산다고 하니 이게 말이 됩니까?"

화신의 말에 조혜가 고개를 끄덕였다.

"그 말 참 잘했어, 현실을 잘 꼬집었네."

"하여튼 이놈은 막대기가 없어서 오르지 못하는 족속이라니까."

해란찰도 웃으면서 화신에게 말했다. 이어 다시 칭찬인지 야유인지 모를 말을 덧붙였다.

"뭐든 모르는 게 없어요! 방금 그 말은 참 잘했어. 요즘 세상에 횡재한 것들치고 군비나 군량미에 손대지 않은 자 없고 재해 복구비, 하공河工 예산, 관세 등에 손가락이 젖지 않은 자가 없지. 예부는 더해. 빙경氷敬에 탄경炭敬, 사첩오처四妾五妻나 되는 안사람들의 생일, 아들의 돌잔치, 아비 죽은 장례식까지……. 구실이 없어 남의 주머니를 털지 못해 안달이라니까? 자네는 숭문문을 지키고 섰으니 배곯는 일은 없겠구먼!"

조혜와 해란찰 두 사람은 처음부터 화신을 윙윙 대면서 들러붙는 파리 취급을 하고 있던 차였다. 그러나 왼쪽 뺨을 때리면 오른쪽 뺨을 내밀 위인인 화신은 전혀 아무렇지 않은 듯했다. 둘의 푸대접에도 여전히 웃는 얼굴로 뻔뻔스럽게 말했다.

"《시경》詩經에 보면 '꾀 많은 쥐야, 나의 기장은 먹지 마라'라는 대목이 있습니다. 저는 남의 것에는 관심이 없는 편입니다."

조혜는 화신의 말에 그저 쓴웃음을 짓고 말았다. 그러나 성격이 불같은 해란찰은 가만히 있지 않았다. 그가 뭐라고 한마디 쏘아 붙이려고 하는 순간 복강안이 들어섰다. 두 사람은 곧 입을 다물고 자리에서 일어났다.

안으로 들어온 복강안은 건륭의 구유口論를 전했다. 조혜와 해란찰이 어지를 받고 자리에 앉자 복강안이 깊은 한숨을 내쉬면서 말했다.

"가부께서는 대단히 힘들어 보입니다. 둘째형님이 곁에 있으니 우리까지 가 있을 필요는 없을 것 같아요. 우리는 여기서 기다리다가 나중에 둘째형님과 교대로 들어가는 게 좋겠습니다."

복강안의 말이 떨어지기 무섭게 화신이 또 끼어들었다.

"넷째도련님, 세관에 자질구레하게 처리해야 할 일이 있어 저는 이만 가봐야겠습니다. 주문하신 부 중당의 약은 곧 도착할 것입니다. 그러면, 나중에 다시 중당께 문후 올리러 오겠습니다."

화신은 말을 마치고는 약간 겁에 질린 듯 복강안을 힐끔 훔쳐봤다. 이어 복강안이 가타부타 말이 없자 그제야 조심스레 물러갔다. 그리고는 월동문에서 밖을 몰래 내다봤다. 건륭은 아직 의문儀門을 나서기 전이었다. 한 무리의 태감과 어멈들이 건륭을 에워싸고 의문 쪽으로 향하고 있었다. 그는 감히 월동문 쪽으로 가지 못하고 마구간으로 향했다. 이어 자신의 말을 풀어 끌고 조용히 동쪽 측문으로 나와

지름길인 동화문을 통해 궁으로 향했다.

그가 유유자적 천가天街를 지나 영항 근처에 다다랐을 때였다. 막 점심을 먹고 난 태감들이 삼삼오오 궁중으로 들어가고 있었다. 그는 몇몇 낯익은 태감들과 알은체를 하면서 함께 안으로 들어갔다. 대문을 지키는 선박영 병사들은 그에게 아무것도 묻지 않고 통과를 시켰다. 거의 매일 보는 얼굴인지라 으레 양심전으로 관세와 관련한 보고를 하러 가려니 하고 생각한 모양이었다.

그가 양심전 수화문에 이르렀을 때였다. 갑자기 한줄기 바람이 휘몰아쳤다. 그는 고개를 자라처럼 움츠린 채 주변을 살펴봤다. 어느새 하늘은 눈이라도 쏟아질 것처럼 잔뜩 흐려 있었다. 화신은 가깝게 지내는 태감들의 방으로 들어갔다. 회계를 책임진 태감 왕렴이 주판알을 튕기다 말고 안으로 들어서는 화신을 반가이 맞았다.

"아이고! 어서 오십시오, 재신財神 할아버지! 안 그래도 기다리고 있었습니다. 경하 드립니다. 어서 이리 와서 앉으세요!"

화신이 왕렴의 호들갑에 영문을 모르겠다는 듯 어리둥절한 표정으로 되물었다.

"기다렸다니, 왜? 경하 드린다는 건 또 뭔가? 말을 좀 제대로 해봐, 정신이 없잖아!"

"그게 말입니다……."

왕렴이 일단 화신을 의자에 눌러 앉혔다. 이어 천천히 말을 이었다.

"제 말을 좀 들어보세요. 왜 기다렸느냐 하면요, 원명원을 책임진 왕의가 그러는데 궁녀들의 지분전脂粉錢이 올랐대요. 태감들의 월례도 스무 냥씩 올랐다지 뭐예요. 이게 다 재신 할아버지께서 내정內庭의 금고를 풍성하게 채워주신 덕분이 아니겠습니까? 고맙다는 말씀을 드리려고요. 성하 드린다고 한 건……."

왕렴이 갑자기 목소리를 낮추더니 화신의 귓전에 엎드렸다. 고약한 입 냄새 때문에 머리가 아팠으나 궁금증이 앞서 잠자코 듣지 않을 수 없었다.

"폐하께서 어제 패찰을 건네고 들어온 아계 중당께 이런 얘기를 하셨어요. '함군왕이 화신에 대해 칭찬을 많이 하더군. 유능하고 책임감이 강해 안팎으로 꽤 도움이 된다고 말이네. 화신을 광록시光祿寺 부경副卿으로 승진시키는 것이 어떻겠나?'라고요. 그러자 아계 중당께서는 문하의 편의를 봐줬다는 여론이 번질지도 모르니 기윤 중당이 표表를 내리는 것이 바람직할 것 같다고 말씀하셨습니다. 그러자 폐하께서는 나리를 먼저 외차外差로 내보내 좀 더 조련을 거친 연후에 크게 기용하실 의사를 비치시는 것 같았어요. 화 나리, 관운이 크게 터질 조짐입니다! 큰황자마마, 장친왕, 열째패륵 부인 모두 화 나리의 구만리 미래를 위해 박수갈채를 보내고 계십니다!"

화신은 펄쩍 뛸 듯이 좋았다. 그러나 겉으로는 짐짓 내색하지 않은 채 말했다.

"내가 보니 자네의 월례 은자가 왕팔치보다 한 냥이 적더군. 그 부분은 내가 채워줄 테니 방금 했던 그 소리는 다른 데 가서는 하지 말게. 폐하께서는 아직 상주문을 어람하고 계신가?"

"모르셨습니까? 폐하께서는 부상댁으로 납시었습니다."

왕렴이 연신 굽실거리면서 사은을 표하고는 다시 덧붙였다.

"여기서 기다리세요. 창문으로 폐하께서 돌아오시는 걸 볼 수 있으니……."

왕렴이 말을 마치고는 서둘러 찻잔을 두 개 가져왔다. 이어 찻물을 따라 하나를 건네면서 말했다.

"산동 순무 국태 대인이 내무부 조외삼趙畏三에게 서찰을 보내오셨어요. 그분의 조카가 현재 무고사武庫司에 있는데, 어떻게 세관 쪽으로 발령을 낼 수 없겠냐고 도와달라고 부탁했나 봐요. 그래서 조외삼이 저에게 부탁하더군요, 화 나리께 대신 청을 넣어달라고 하는데 너무 황당한 청이 아닌지 모르겠습니다.”

왕렴은 말을 하면서도 찻잔 너머로 화신을 힐끗 훔쳐보는 것을 잊지 않았다. 화신이 웃으면서 대답했다.

“무고사가 얼마나 편하고 공짜가 많이 생기는 곳인데! 그리 좋은 곳을 놔두고 왜 다른 데로 옮기려고 그러지? 국태 순무의 친인척이라니 한번 얼굴이나 보여주게. 자네 체면을 봐서 보기라도 하자는 거야. 자네도 알다시피 내가 어디 그리 한가한 사람인가?”

왕렴이 화신의 말에 입이 귀에 걸리도록 좋아했다. 그때 멀리서 긴 고함소리가 들려왔다.

“폐하께서 회가回駕하신다! 물러나라!”

왕렴이 황급히 일어나더니 발을 걷고 밖을 내다봤다. 그리고는 고개를 돌려 화신에게 말했다.

“폐하께서 의장儀仗도 없이 그냥 회가하셨습니다. 어서 나가보세요!”

화신은 서둘러 태감 방에서 나왔다. 밖에서는 어느새 눈이 내리고 있었다. 그러나 내리는 양은 얼마 되지 않았다. 소금 알갱이 같은 싸락눈으로 그저 흩날리는 정도였다. 화신은 허둥지둥 달려가서는 눈이 조금 깔린 바닥에 그대로 무릎을 꿇고 길게 엎드렸다.

“신 화신이 폐하께 문후를 올리옵니다!”

“화신인가?! 장부 보고를 올리기 위해 들어왔나? 그런데 여기서 뭘 하나?”

건륭이 눈 구경에 정신이 팔려 있다가 무심한 어조로 물었다. 이어 일어나라는 손짓을 했다. 화신이 조심스레 일어나 정중하게 아뢰었다.

"신은 눈 구경을 하고 있었사옵니다. 처음에는 작시作詩라도 해볼까 하고 머리를 굴려봤사오나 워낙 머리에 든 게 없어 포기했사옵니다. 나중에는 제발 눈이 조금만 내리다 그쳐야 하는데 하고 생각하고 있었사옵니다. 폐하의 홍복 덕분에 배곯을 일이 없는 소인이야 펑펑 쏟아지는 눈을 구경하면 좋겠지만 땔감이 없고 먹을 게 없는 백성들이 기한에 허덕일 것을 생각하니 가슴이 미어질 것 같았사옵니다. 지난 가을비에 젖었던 흙집들이 대설大雪에 짓눌려 폭삭 주저앉을 것 같아서 이래저래 걱정이옵니다. 생각 같아서는 관세에서 일부를 떼어내 구제해 주고 싶사오나 순천부에서 또 잔소리를 할까봐 이러지도 저러지도 못하고 고민하던 중이옵니다……."

건륭은 처음에는 화신의 말을 듣는 둥 마는 둥 했다. 그러다 마지막 말까지 다 듣고 나서는 시선을 천천히 화신에게 돌렸다. 당초 건륭은 화신을 특별하게 생각해본 적이 없었다. 가끔 마당에서 산책할 때 눈에 띄면 손짓으로 불러 세관 업무에 대해 물어보고는 했지만. 화신의 승진에 대해 언급한 것도 내무부와 종인부宗人府의 왕친들이 하도 칭찬이 자자해 가볍게 언급했을 뿐이었다. 그런데 눈이 내린다고 시를 쓸 궁리를 했을 뿐 아니라 백성들의 질고를 떠올리면서 고민했다는 말을 듣자 생각이 달라졌다. 눈앞의 젊은이가 새삼 다르게 보인 것이다. 그가 천천히 궁전 안으로 걸음을 떼어놓으면서 태감에게 명했다.

"어지를 전하라. 오선午膳 후 기윤, 아계, 이시요는 패찰을 건네 뵙기를 청하라. 그리고 화신, 자네는 짐을 따라오게."

# 5장
# 건륭의 파격적인 인사

화신은 그렇게도 소원하던 황제를 대면하는 기회가 이렇게 쉽게 올 줄은 꿈에도 몰랐다. 그랬으니 갑자기 두 다리에 힘이 빠지고 머리도 어지러웠다. 갑자기 날아든 행운이 너무 황홀해서 주위의 풍경들마저 눈에 잘 들어오지 않았다

그는 연신 두 눈을 비볐다. 다리도 꼬집어봤다. 몇 번이나 다시 확인해도 꿈이 아닌 생시가 틀림없었다. 그는 곧 태감 왕팔치를 따라 양심전으로 들어간 다음 금전金甎을 박은 차가운 바닥에 엎드린 채 머리를 조아렸다. 그리고는 반들반들한 금전에 비친 자신의 모습을 봤다. 고양이가 물어다 놓은 쥐처럼 초라하기 이를 데 없었다. 그는 문득 이래서는 안 된다는 생각에 정신이 번쩍 들었다. 애써 정신을 차리고자 팔뚝도 꼬집었다.

'하늘이 두 쪽 나는 한이 있더라도 황제 앞에서 실수를 해서는 안

돼. 뿐만 아니라 두 번 다시 오기 힘든 이번 기회에 반드시 천자에게 깊은 인상을 남겨야 해. 이번에 확실하게 눈도장을 찍어두지 못하면 두 번 다시는 기회가 오지 않을 거야!'

그는 그렇게 속으로 되뇌면서 이를 악물었다. 다행히 모든 것이 생각대로 착착 진행되고 있었다.

평소처럼 커다란 유리창을 향해 온돌 위에 다리를 괴고 앉은 건륭은 화신의 터질 듯한 감동에 대해서는 전혀 모르는 듯 상주문에만 시선을 두고 있었다. 이어 화신의 숨소리가 조금씩 평온해질 무렵 눈 내리는 창밖을 내다보고 있다가 입을 열었다.

"자네, 전에는 어디서 일을 했었나? 눈에 좀 익은 얼굴인 것 같아서 말이네."

화신은 나름 단단히 준비를 하고 있었으나 막상 건륭의 첫 마디를 듣자 흠칫 몸을 떨었다. 그러나 곧 침착한 표정으로 머리를 조아린 후 정중하게 아뢰었다.

"신은 원래 정홍기正紅旗 기하旗下의 일원이었사옵니다. 가세가 쇠락한 뒤에도 훈신勳臣의 후예라 해서 삼등경거도위三等輕車都尉의 세직世職을 은음恩蔭받았사옵니다. 어릴 적에는 함안궁咸安宮에서 글공부도 했었사옵니다. 부친이 세상을 뜬 후에는 아계 장군의 군중으로 가서 전량錢糧을 해결했사옵니다. 그 연줄로 군기처에 들어와 아계 중당의 필묵을 시중들게 됐사옵니다. 덕분에 신은 멀리서나마 용안을 경앙할 수 있는 기회가 자주 있었사옵니다. 폐하께서 신이 낯설지 않다고 하시오니 신은 황감해 몸 둘 바를 모르겠사옵니다."

"오, 정홍기 기하라? 그렇다면 덕승문德勝門에 있었는가? 그럼, 자네 만주 성씨는 어떻게 쓰나?"

건륭이 화신을 바라보면서 물었다.

"신의 만주 성씨는 유호록鈕祜祿씨이옵니다. 하오나 정홍기는 덕승문에 있지 않사옵니다. 덕승문은 정황기正黃旗의 속지屬地이옵니다."

건륭이 알겠다는 듯 고개를 끄덕였다. 그리고는 다시 물었다.

"세직이 있고 아비가 훈신인 데다 기하의 만주족이면 당연히 그 앞으로 전량이 나올 것 아닌가. 꼭 아계의 군중으로 가야 했던 이유라도 있었나?"

화신이 소리 나게 이마를 바닥에 찧으면서 대답했다.

"아뢰옵니다, 폐하! 부친이 복건福建 도통都統을 역임했사오나 가계는 늘 쪼들려 찢어지는 가난에 허덕였사옵니다. 게다가 남달리 총기가 있고 학문을 좋아하는 아우 화림和琳의 뒷바라지를 하느라 집안은 더욱 구차해졌사옵니다. 급기야 모친께서 일가의 생계를 꾸려가기 위해 삯바느질과 빨래를 하지 않으면 안 될 처지에 이르렀사옵니다. 모친은 평생 허리 펼 날이 없이 고생하셨사옵니다. 소인은 모친의 작고 꼬부라진 등이 애처로워서 더 이상 삯바느질과 빨래를 하지 않으시도록 군중으로 가게 됐던 것이옵니다. 모친께 미리 알리지 않고 출발하기 직전에 말씀드렸더니 크게 노하시면서 몽둥이로 소인을 힘껏 패셨사옵니다. 신은 땅에 쓰러진 채 머리를 조아리면서 모친께 사죄했사옵니다. 모친께서는 신을 껴안고 낙루하셨사옵니다. '아들아……, 미안하다. 다 못난 아비, 어미 탓이다. 아휴, 불쌍한 내 새끼……. 한창 글공부할 나이에 그 험한 곳으로……. 가여워 어떻게 하냐'라고 하시면서 한참을 흐느끼셨사옵니다."

가슴 아픈 과거를 얘기하며 화신은 눈물이 앞을 가리는 듯 고개를 숙였다. 그러나 감히 눈물을 닦지는 못하고 조금씩 훌쩍이면서 머리를 조아렸다.

"아계 군문께서는 신이 한어漢語뿐만 아니라 국어(만주어), 몽고어,

서반아어(스페인어)에도 능통하다고 대단히 흡족해 하시면서 열다섯 살밖에 안 된 신에게 천총千總 자격을 주셨사옵니다.”

사실 화신의 말은 반은 진실이고 반은 거짓이었다. 그러나 눈물까지 곁들여 자신의 ‘평탄’하지 않은 과거사를 하소연하고 나자 스스로도 어디까지가 진실이고 어디까지가 꾸며낸 것인지 헷갈릴 지경이었다.

사실 화신이 집을 나오게 된 진짜 이유는 따로 있었다. 그는 당시 매일 기반가棋盤街나 대랑묘大廊廟 일대에서 어중이떠중이들과 휩쓸려 다니면서 한 달 중 절반은 도박판에 파묻혀 있었다. 투계鬪鷄와 주구走狗는 말할 것도 없고 몹쓸 짓인 하화荷花팔이(여염집의 소녀들을 부자들에게 팔아 이익을 챙기는 일)까지 일삼는 부랑배였던 것이다. 당연히 모친의 야단과 처벌이 이어졌다. 급기야 그는 그 간섭이 싫어 홧김에 집을 나와 군중으로 향했던 것이다.

당시 아계 역시 화신의 거짓말에 넘어가 눈물을 흘리면서 어깨를 다독여줬다. 그런데 오늘 그것을 건륭 앞에서 똑같이 재현했더니 반응이 나쁘지 않았다. 건륭 역시 가슴이 뭉클해지는지 눈시울을 붉힌 것이다. 실제로 건륭은 진심으로 놀라움을 금치 못했다.

‘실로 충효의 마음이 대단하고 덕재德才를 겸비한 건전한 젊은이로구나. 만주족 자제들 중에 아직도 이런 ‘싹수’가 보이는 젊은이가 있다니! 정말 흔치 않은 일이야……’

건륭은 잠시 그렇게 생각을 하고는 탄식을 내뱉으면서 말했다.

“어린 나이에 그렇게 많은 우여곡절을 겪었다니 대단하다는 생각도 들지만 가슴도 아프네!”

건륭이 바로 만주어로 바꿔 말했다.

“허나 자네는 누가 뭐래도 아직까지 학문의 깊이가 부족하네. 단점이라면 큰 단점이지. 본업에 진력하는 동시에 짬을 내 글공부를 많이 하게. 그쪽으로는 부항과 아계가 훌륭한 본보기이지. 어떤 일은 마음만 가지고는 부족하거든."

화신은 건륭이 갑자기 만주어로 말을 하자 귀를 바짝 세웠다. 조용히 말뜻을 음미해 보니 자신이 건의한 의죄은議罪銀(잘못을 저지른 관리라 하더라도 벌금을 내면 처벌을 면해줌) 제도와 숭문문 관세 징수 건에 대해 누군가 이의를 제기한 것 같았다. 순간 갑자기 이시요가 등 뒤에서 자신을 음해했는지도 모른다는 생각이 들었다. 그는 잠시 생각을 정리하고 나서 역시 만주어로 대답했다.

"신은 어려서 아비를 여의고 노약한 어미, 어린 아우와 빈한한 나날을 보내면서 생계 때문에 전전긍긍했사옵니다. 그러다 보니 글공부 같은 건 애당초 사치였사옵니다. 이제 신은 부상과 아계 공은 물론 유용, 이시요 대인 모두를 본보기로 삼아 뒤늦게나마 글공부에 매진하도록 하겠사옵니다. 의죄은 제도는 신이 《예기》禮記에 수록돼 있는 팔의八議 제도에 근거해 생각해낸 바이옵니다. '팔의'에는 '의친'議親, '의귀'議貴, '의공훈'議功勳도 포함돼 있사옵니다. 다시 말씀올리자면, 우연히 실족해 죄를 범한 관리들에게 그 친귀親貴와 공훈功勳을 감안해 거듭날 기회를 주자는 발상이었사옵니다. 한편 숭문문 관세 징수 문제는 확실히 다시 심사숙고할 필요가 있다고 생각하옵니다. 이대로 두면 폐단이 적지 않사옵니다. 신의 소견으로는 공무 때문에 통관하는 사람, 고은庫銀을 수송하러 입경하는 지방관들의 통관세는 면제해주어야 마땅하다고 생각하옵니다. 전명前明 때의 규례를 그대로 이어 실시하는 터라 부당하고 적합하지 않은 구석이 많은 것 같사옵니다. 그래서 규례를 정돈해보고 싶은 생각도 있었사오나 자칫 개혁을 악용해 비리를 저지르는 무리들이 생겨날까 저어되옵니다. 물론

신이 교주고슬膠柱鼓瑟(고지식해서 조금도 융통성이 없음을 비유하는 말)해서 변통에 둔한 잘못도 있사옵니다. 그래서 그런지 사정을 모르는 일부 관리들은 신이 뒷주머니를 차고 있는 것으로 모함하고 오해하고 있사옵니다. 이 때문에 가슴이 아프기는 하오나 신은 폐하께서 믿음을 주시는 한 끊임없이 반성하고 노력해 훌륭한 일꾼으로 거듭날 것임을 약조 드리옵니다."

"좋지!"

건륭은 어린 나이에 비해 주견이 뚜렷하고 말에 조리가 정연한 화신에게 대단히 만족한 듯했다. 힘껏 고개를 끄덕이고는 덧붙였다.

"좋은 생각이네! 의죄은 제도는 자네의 제안을 받아들여 시행을 할 것이네. 그러나 명조明詔를 내려 공개적으로 시행하기에는 아직 때가 아닌 것 같네. 틈새가 없어 못 들어오는 일부 탐관오리들의 요행 심리를 부추길 수도 있기 때문이지. 자네는 하던 대로 하면 되네. 관세를 엄격히 책정해 받아들이고 의죄은 제도를 실시한다 해서 여론의 도마 위에 오를까 봐 두려워할 필요는 없네. 짐이 가렴주구를 위해 세금을 걷는 것이 아니잖은가. 짐이 서부의 연이은 용병으로 인해 취약해진 내정內廷의 재무를 건실히 하겠다는데 누가 감히 뭐라고 하겠는가? 짐은 대청의 태평성대를 위협하는 악의 무리들을 대적하는 데 그 돈을 요긴하게 쓸 것이네. 국고가 텅 비어 백성들에게 가렴주구의 아픔을 주느니 '관대한 정치'의 원칙에도 어긋남이 없이 죄질이 무겁지 않은 관리들에게 개과천선의 기회를 줄 수 있으니 일석이조가 아니겠는가?"

건륭이 말을 마치고는 몸을 움직여 온돌에서 내려왔다. 이어 신발을 신고 천천히 방안을 거닐었다. 한참 후 그가 고개를 끄덕이면서 다시 말을 이었다.

"오늘은 이쯤하고 그만 물러가게. 용선用膳 후에 군기처 회의를 소집할 예정이네. 돌아가서 여태 해왔던 대로 본업에 매진하도록 하게. 조만간 짐이 경에게 은지恩旨를 내릴 것이니 그리 알고 있게."

화신은 급히 삼궤구고의 대례를 올리고 나서 뒷걸음질로 양심전을 빠져나왔다. 화신이 태감 방을 지날 때 이제나저제나 하면서 고개를 빼들고 기다리던 왕렴이 구르듯 달려 왔다. 이어 미리 펼쳐 들고 있던 유의油衣를 입혀주고 허리띠까지 매주면서 나지막하게 말했다.

"제 말이 맞죠? 경사 났죠? 너무 흥분하셔서 그런지 안색이 다 창백해 보이시네요! 그새 눈이 엄청 내렸어요. 이대로 서화문까지 가셨다가는 장화가 다 젖겠어요⋯⋯."

화신은 왕렴의 호들갑에도 아무 말 없이 입을 꾹 다물고 있었다. 그러거나 말거나 왕렴은 혼자서 있는 수선 없는 수선을 다 떨어가면서 짚신 모양의 깔개를 화신의 장화에 끼워주었다. 장화가 눈길에 미끄러지지 않고 젖지 않도록 궁중에서 특별 제작한 것이었다. 화신은 짤막하게 고마움을 표하고는 성큼 밖으로 나섰다. 이어 어지러운 깃털처럼 분분히 쏟아지는 눈 속을 힘차게 걸어갔다.

군기처에서는 기윤, 아계, 이시요, 유용 등 네 신하들이 막 점심상을 물리고 있었다. 이곳 화식간伙食間에서는 평소에도 종종 당직 군기대신들에게 사채일탕四菜一湯의 식사를 제공해주고는 했다. 오늘 나온 음식은 죽순과 안심을 볶은 요리, 오이야채무침, 청피망과 양간羊肝 볶음요리, 잉어찜 그리고 두부당면탕이었다. 네 사람이 배불리 먹고 손을 닦고 있는데 태감이 들어와 아뢰었다.

"폐하께서는 이제 막 선膳을 부르셨사옵니다."

"들라!"라는 소리가 들리려면 아직 한참이나 더 기다려야 할 것 같왔다. 순간 이시요가 잘 됐다면서 천가로 설경雪景 감상이나 가자고 졸랐다. 아계가 빙그레 웃으면서 입을 열었다.

"숭여崇如(유용) 아우가 같이 다녀오게. 나하고 기윤 중당은 난로를 끼고 앉아 창밖 구경이나 하고 있어야겠소. 고도(이시요)도 폐하께서 하사하신 오리털 외투를 입고 둘이 함께 나갔다 오게."

유용은 아계가 기윤과 단 둘이 따로 할 얘기가 있다는 걸 눈치채지 못할 아둔한 사람이 아니었다. 웃으면서 오리털 외투를 이시요에게 건네주고는 유의를 걸치면서 말했다.

"자, 한 바퀴 획 돌고 오시죠."

'천가'天街는 융종문隆宗門에서 경운문景運門에 이르는 짧은 구간을 의미했다. 따라서 군기처의 문을 나서는 순간 사실상 천가에 나와 있는 셈이라고 할 수 있었다. 아무려나 점심시간인 데다 눈까지 내려서 천가에는 사람이 거의 없었다. 두 사람은 천천히 동쪽으로 산책을 나섰다.

눈꽃은 소리 없이 소복소복 내려앉고 있었다. 북쪽으로는 한옥漢玉 난간이 띠처럼 길게 이어져 있었다. 다리 건너로는 웅대한 모습의 건청문乾淸門이 보였다. 또 남쪽에는 보화전保和殿이 우뚝 솟아 있었다. 그 뒤로 중화전中和殿이 눈 속에서 보일 듯 말 듯했다. 백설로 뒤덮인 처마들은 마치 날갯짓을 하면서 날아가는 흰 비둘기 같았다.

건청문, 융종문, 숭루崇樓, 후좌문後左門, 후우문後右門 주변에는 선박영 호위護衛들이 쫙 깔려 있었다. 모두 눈사람이 된 채로 꼼짝 않고 서 있었다. 그런 광경에다 천자의 위엄을 상징하는 용루봉궐龍樓鳳闕들이 흰 이불을 덮고 있는 모습까지 더해졌으니 천가 주변은 한결 준엄하고 장려壯麗해 보였다.

두 사람은 뽀드득뽀드득 눈을 밟으면서 걸음을 옮길 뿐 한동안 말이 없었다. 얼마 후 둘은 경운문에 다다라 걸음을 멈췄다. 그새 머리와 몸이 온통 흰 눈으로 덮여 있었다. 이시요가 감격스러운 표정을 한 채 입을 열었다.

"장관이라는 말이 절로 나오네! 여기 오니 십년한창十年寒窓(십년 동안 공부함)에 금방제명金榜題名(과거 합격)이요, 건아개부建牙開府에 기거팔좌起居八座(여덟 명이 드는 가마를 탐)니 하는 모든 것들이 다 하찮게 느껴지네. 숭여 아우는 여기 오래 있다 보니 잘 모르겠지만 나는 오늘 비로소 천상궁궐天上宮闕이라는 말이 실감이 나네."

"저는 '천상궁궐'이라는 말을 떠올리기 싫습니다. '궁궐이 높을수록 추위가 더 두렵다'는 말이 있기 때문이죠."

유용이 이어 덧붙였다.

"가부家父께서는 생전에 이런 말씀을 하신 적이 있습니다. 현령으로 계실 때 어느 무더운 날 순시차 향리로 내려가게 됐다고 해요. 두 사람이 드는 가마에 앉아 온몸에 땀을 뻘뻘 흘리면서 가고 있노라니 갈증이 나서 참을 수가 없었다고 하더라고요. 그때 마침 가마 창문 너머로 길가의 풍경이 보였다고 해요. 아녀자가 두 아이를 데리고 수박을 먹고 있는데, 얼마나 시원하고 맛있어 보였는지 당장이라도 가마에서 내려 달려가 아이의 볼에 흐르는 단물을 빨아먹고 싶은 심정이었대요. 물론 그럴 수는 없었죠. 그런데 그 아낙네가 아이를 훈육하면서 이런 말을 하더래요. '저 가마 봤지? 너도 커서 저렇게 큰사람이 돼야 하느니라. 우리는 땡볕에서 수박이나 배터지게 먹으면서 더위를 달래고 있지만 저분들은 얼음물에 발 담그고 시원한 양교凉轎에 앉아 호사하지 않느냐. 가마에서 내리면 사람들이 달려가 굽실대고 아부하고……. 똑같이 눈, 코, 입이 달린 사람이지만 누구는 천상에 있고 누구는 평생 바닥에서 헤매고……. 처지가 천양지차 아니냐!'라고 말이에요. 그 말을 듣고 저는 많은 생각을 했어요. 사람이란 처지가 다르면 생각도 그렇게 달라지는 법이라는 것을요."

이시요가 말없이 고개를 끄덕였다. 그리고는 눈부신 설광을 빌어 유용을 자세히 뜯어봤다. 과연 생김새가 아버지 유통훈과 참 많이 닮아 있었다. 지난번 북경에 왔을 때는 유용이 외차<sup>外差</sup> 중이라 만나지 못했으니 이번이 꼭 7년 만에 보는 셈이었다.

유용은 그때보다 눈에 띄게 수척해져 있었다. 볼도 깊게 꺼져 광대뼈가 더 두드러져 보였다. 원래의 설안雪雁 보복 대신 한 단계 승진한 금계錦鷄 보복을 입고 있었으나 옷이 너무 커서 어중간한 사람이 하나 더 들어가도 될 정도였다. 이시요가 설경에 눈이 부신 듯 미간을 찌푸리고 서 있는 유용의 모습을 한참 지켜보더니 한숨을 내뱉었다.

"자네, 등이 벌써 조금 휘어진 것 같네."

"다리가 밖으로 휜 데다 허리까지 낙타 등처럼 휘어지면 꼴이 참 볼만하겠죠?"

유용이 자조하듯 웃으면서 말을 이었다.

"매일 적어도 대여섯 시간씩 책상머리에 엎드려 있고 사람 만나는 시간도 길어요. 길을 걸을 때조차도 허리를 구부정하니 숙이고 다니니 휘지 않고 배기겠어요? 가부께서는 입궐하시는 길에 가마 안에서 돌아가셨어요. 폐하께서는 가부의 장례 현장에 친히 걸음해주셨죠. 가부의 이름을 현량사賢良祠에 넣어 주시고 친히 다라니경陀羅尼經 이불을 덮어주셨고요. 제문祭文도 어필로 적어주셨어요. 그러니 저는 이 한 몸을 부서지도록 놀려도 성은에 보답할 길이 없어요……."

유용이 다시 가벼운 한숨을 내쉬면서 덧붙였다.

"오로지 이 한 몸 다 바쳐 공명功名에 얽매이지 않고 일에 매진하는 것만이 제가 할 수 있는 일이고, 또 그리 해야만 하는 것이 사람의 도리라고 생각해요. 어떤 사람은 저를 '유청천'劉靑天이라고 부릅니다. 제 손을 거친 사건은 억울한 누명을 쓰거나 선악이 전도되는 경우가 없기 때문이죠. 또 어떤 이는 저를 '유도호'劉屠戶(백정)라고도 하죠. 걸리면 가차 없다는 얘기일 텐데요. 그게 사실이기에 저는 이의가 없어요. 전에 황천패의 열두 제자들을 거느리고 산동성山東省 사수泗水현으로 간 적이 있었어요. 소작료 납부를 거부하고 지주를 납치, 감금한 무리들을 제압하기 위해서였죠. 수천 명의 소작농들이 지주를 사흘 밤낮 동안 꼬박 감금했다지 뭐예요. 복강안 공자가 친히 병사들을 인솔해 달려가서야 겨우 그 위기 상황이 타개됐다고 하더군요. 그때 저는 남의 땅을 부치면서 감히 소작료를 거부하고 살인 방화까지 서슴지 않은 무리들을 칠십사 명이나 처단해버렸어요. 마침 비까지 내려 길가에 핏물이 내가 되어 흘러내렸죠⋯⋯. 그 뒤로 사수현의 악당들은 유용의 '유'자만 들어도 부들부들 떤다고 들었어요. 이 정도면 가히 '백정' 소리를 들어도 당연하지 않겠어요?"

이시요와 유용 두 사람은 이런저런 얘기를 나누면서 다시 발길을 돌려 군기처로 향했다. 공문결재처 문 앞에 다다르자 올 때 털었던 머리와 옷에 다시 눈이 무겁게 얹혀 있었다.

둘은 손으로 몸에 내려앉은 눈을 대충 털고 문을 열고 들어섰다. 그러다 뜻밖의 풍경에 잠시 그 자리에 멈추었다. 안에서는 아계가 다리를 괴고 창문가에 앉아 있었다. 반면 기윤은 온돌 뒤편에 앉아 있었다. 둘 다 굳은 표정이었다.

바닥에는 붉은 술이 없는 산호정자珊瑚頂子를 단 관리 한 명이 무릎을 꿇고 있었다. 척 보아도 거상居喪중인 2품 대원임을 알 수 있었다. 그의 온몸은 후줄근히 젖어 있었다. 무릎을 꿇은 자리에는 설수雪水도 흥건했다.

설광이 눈부신 밖에서 방안으로 들어온 두 사람은 어둠에 적응되지 않은 두 눈을 껌벅거리면서 한참 동안 눈앞의 사람을 뜯어봤다. 그제야 꿇어 엎드려 있는 사람의 얼굴이 또렷이 보이기 시작했다. 2품 대원은 다름 아닌 윤계선尹繼善의 아들 윤경계尹慶桂였다.

'윤계선이 죽었다!'

붉은 술이 없는 정자를 보고 두 사람은 동시에 그 사실을 직감했다.

"그만 일어나게, 세형世兄……."

아계가 힘없이 두 손을 들어 일어나라는 시늉을 했다. 그러자 두 태감이 윤경계에게 다가가 부축해 일으켰다. 아계가 참담한 심정으로 다시 말을 이었다.

"참으로 의외의 변고가 아닐 수 없소. 요즘 부상이 와병 중이라 그쪽만 줄기차게 문병 다녔지 계선 공이 그리 위태로울 줄은 정녕 몰랐소. 어제 나 대신 문안 여쭙고 오라고 아들 녀석을 보냈었소. 다녀와서 하는 말이 계선 공은 기색을 비롯해 모든 것이 괜찮아 보이더라고 해서 한시름 놓았었는데, 이게 무슨 날벼락이란 말이오!"

아계가 황급히 손수건을 꺼내 두 눈에 가득 고인 눈물을 닦았다. 그 사이에 기윤이 입을 열었다

"이미 이렇게 됐으니 세형도 지나치게 상심하지 말고 절애節哀하기 바라오. 세형은 지금 폐하를 알현할 때가 아닌 것 같소. 우리가 폐하를 알현할 때 세형 대신 비보를 전하도록 하겠소. 틀림없이 어지가 계실 것이오. 예부 쪽에는 내가 알리고 장례식을 준비할 테니 염려하지 말고 돌아가 계시오."

윤경계는 그렇게 하겠노라고 대답했다. 이어 눈물을 흘리면서 말했다.

"태의들이 진맥을 하고 나서 하나같이 입동立冬 전이 고비라고 했습니다. 과연 가부께서는 입동을 전후해 병상에서 일어나셨어요. 손자 녀석들의 재롱을 보면서 흐뭇해하시기에 고비를 무사히 넘긴 줄 알고 온 집안 식구가 얼마나 좋아했다고요. 가족끼리 단란하게 마주 앉아 식사도 같이 하고 저녁에는 막내 여동생 영추咏秋가 가부께서 즐겨들으시던 〈명천〉鳴泉이라는 곡을 연주해 드리기도 했어요. 가부께서는 거문고 곡을 들으시면서 대단히 흡족해 하셨어요. '나는 영추만 한 나이에 부친을 따라 열하熱河로 영가迎駕를 나갔었다. 그리고 그 후 오십 년 동안 정계에 몸담고 있으면서 비록 완벽하지는 못했으나 나름 유감없는 세월을 보냈느니라. 세 분의 군주를 보필하면서 처음부터 끝까지 변함없는 은총을 받았느니라. 거문고를 뜯으면서 시작한 인생길을 거문고 소리를 들으면서 마치게 되니 이 또한 상천上天의 후애厚愛가 아니겠느냐……'라고도 하셨습니다. 어쩐지 임종을 앞둔 분의 유언처럼 들렸어요. 가족들은 불길한 말씀을 더 못하시게 하려고 자리로 모시고 가서 뉘어 드렸죠. 하지만 이튿날부터 곡기를 완전히 끊으시고 밤낮으로 자다 깨다를 반복하면서 불안한 증세를 보이기 시작했습니다. 그러더니 어젯밤에는 갑자기 입욕入浴을 원하셨어요. 그리고는 가족들의 시중을 받으면서 편안히 목욕을 마치고 자리에 누우셨어요. 그런데 온 가족과 태의들이 옆방에서 뜬눈으로 지새우고 있을 때 '날은 춥고 길은 멀기도 하구나……'라고 연거푸 말씀을 하시는 것이었습니다. 불길한 예감에 제가 달려가 봤더니 이미 마지막 숨을 몰아쉬고 계셨습니다……."

윤경계는 더 이상 말을 잇지 못하고 흐느끼기 시작했다. 여린 여자아이처럼 어깨도 세차게 들썩거렸다. 그러나 역시 장소가 장소인지라 큰 소리로 통곡하지는 못했다. 아계가 온돌에서 내려와 윤경계의 어깨를 감싸안으면서 위로를 해줬다.

"세형의 괴로움을 충분히 알고 공감하고 있으니 일단 댁으로 돌아가시오. 댁에도 세형이 처리해야 할 일이 한두 가지가 아닐 테니…….
우리가 곧 뒤따라 갈 테니 먼저 가보오."

아계가 이어 태감에게 명령을 내렸다.

"경계 나리를 댁까지 모셔다 드리고 돌아와 보고하게."

윤경계가 물러가자마자 눈을 잔뜩 뒤집어쓴 복의가 달려 들어와
어지를 전했다.

"폐하께서 수라상을 물리셨습니다. 기윤, 아계, 이시요, 유용 네 분
대인은 지금 즉시 들라 하십니다."

기윤 등 네 사람은 황급히 일어나 의관을 정제하고 복의를 따라
양심전으로 향했다. 미리 대기하고 있던 왕팔치가 유의를 벗겨주고
마른 신발을 건네줬다. 네 사람은 신발을 갈아 신은 뒤 동난각으로
들어갔다.

"방금 내무부에서 다녀갔네. 윤원장이 오늘 새벽 인묘寅卯(인시와 묘
시 사이)에 유명을 달리했다고 하네."

건륭은 평소처럼 온돌에 다리를 포갠 채 앉아 있었다. 표정이나 말
투도 평소와 변함이 없어 보였다. 그러나 줄줄이 들어서는 신하들에
게는 시선 한 번 주지 않은 채 덧붙였다.

"면례하고 걸상에 앉게."

건륭이 말을 마치고는 돌아앉아 찻잔을 집어 들었다. 기윤 등 네
대신은 물에 뜬 찻잎을 후후 불면서 차를 마시는 건륭을 조심스럽
게 바라봤다.

"이시요!"

건륭이 차분한 눈빛으로 끝자리에 앉아 있는 이시요를 불렀다. 이

어 물었다.

"올해 광동성의 작황은 어떠한가?"

이시요가 상체를 깊이 숙이면서 아뢰었다.

"광동 서부는 작년과 올해 흉작이었사옵니다. 비적떼가 출몰하면서 남자들이 비적 소탕 작전에 대거 동원돼 농사를 지을 사람이 적었기 때문이옵니다. 하오나 동부는 삼모작 모두 대풍작을 거둘 정도로 작황이 좋았사옵니다. 시중의 쌀값은 이 년 연속 내려가고 있는 실정이옵니다. 신은 곡물 가격이 너무 떨어지면 농민들이 타격을 받을까봐 시중가보다 비싼 가격에 식량을 사들여 서부를 지원했사옵니다. 다행히 쌀 가격이 어느 정도 안정되고 여러모로 이득도 많았사옵니다."

건륭이 잠시 생각하더니 다시 물었다.

"그러면 광동의 번고藩庫는 또 텅 비었겠네?"

이시요가 조심스럽게 대답했다.

"신은 어지 없이 함부로 번고의 은자에 손을 댈 수 없사옵니다. 신은 식량 구매에 필요한 은자를 두 곳에서 충당했사옵니다. 한 곳은 양상洋商들의 호주머니이옵니다. 바다 건너 광동으로 와서 장사를 하는 서양 상인들은 현지 치안에 대단히 민감한 편이옵니다. 비적들이 들끓어 치안이 어지러우면 장사를 하기 어렵사옵니다. 또 설사 물건을 판다고 해도 은자를 다 빼앗기기 마련이옵니다. 그래서 신은 비적들을 소탕하고 치안을 확보해 주는 대신 그들로부터 일명 '보호전'保護錢이라는 은자를 받기로 했사옵니다. 물론 당당하게 요구하고 당당하게 받았사옵니다. 또 한 곳은 부자들의 주머니이옵니다. 비슷한 이유를 들어 부자들에게서 낙수樂輸를 받았사옵니다."

은자 충당은 이시요가 자신의 업적 중에서도 가장 자랑스럽게 여기는 부분이었다. 그래서 군주 앞에서도 감히 자신있게 아뢸 수 있었다. 그러나 건륭이 장황한 설명을 싫어하는 것을 잘 아는지라 일부러 간단명료하게 말하고는 입을 다물어버렸다.

건륭의 굳어져 있던 표정이 약간 풀리는 듯했다. 다분히 궁금증이 동한 것 같았다. 건륭이 자세를 고쳐 앉으면서 천천히 고개를 끄덕였다.

"잘한 것 같기는 한데 그자들이 고분고분 주머니를 털어 돈을 내던가? 외국에서 장사하는 대가로 기부금에, 세금에, 각종 명목으로 뜯어내는 돈이 적지 않거늘 또 무슨 '보호전'이냐면서 반발하지는 않던가?"

이시요가 대답했다.

"구두쇠들의 쌈짓돈을 털어내는 건 신의 특기이옵니다. 양상이고 진신縉紳이고 간에 일단 신에게 미운 털이 박히면 절대 안 된다는 인식을 심어주는 것이 중요하옵니다. 말을 잘 듣지 않는 자들에 한해 잘되는 꼴을 못 보게 만들어주면 스스로 알아서 바리바리 싸들고 찾아오게 돼 있사옵니다."

이시요가 방금 했던 말은 이미 마음속으로 수없이 연습했던 것들이었다. 그래서 곁가지 없이 깔끔하게 쏟아내는 데 전혀 무리가 없었다. 좌중의 사람들은 모두 괄목상대하는 눈빛으로 이시요를 바라봤다.

"음……, 그렇군!"

건륭이 만족스런 표정을 짓더니 고개를 끄덕이면서 덧붙였다.

"봉강대리라면 그 정도 풍골風骨은 있어야지! 유감이라면 요즘 외임 총독, 순무들 중에 경처럼 실심모국實心謀國하는 이들이 거의 없다는 사실이네. 경은 올 때 호남, 강서, 강남 일대의 수로를 탔겠지? 하공河

工의 사정은 어떠하던가? 경유 지역들의 수한水旱 상황도 유심히 살폈는가? 보고 들은 바를 소상히 아뢰게."

이시요는 잠시 침묵했다. 사실 건륭의 질문은 '신중'하게 살피지 않은 사람이라도 대충 '때려 맞출 수' 있는 것들로 이뤄져 있었다. 그러나 일단 입을 열면 하공의 비리와 탐관오리들의 횡포에 대해 언급하지 않을 수 없었다. 또 물난리, 가뭄, 메뚜기떼 등 각종 재해에 시달리는 백성들의 고단함에 대해서도 말하지 않으면 안 되었다. 문제는 그렇게 되면 현지 총독과 순무가 죄를 면하기 어려워진다는 사실이었다. 그렇다고 황제 앞에서 무조건 모르쇠로 일관할 수도 없는 일이었다. 이시요는 잠시 고민한 끝에 목소리를 가다듬고 아뢰었다.

"신은 늑민을 만나기 위해 무창武昌에 들른 적이 있사옵니다. 호광은 올해 대풍작이었사옵니다. 의창義倉마다 곡물이 넘쳐나고 있었사옵니다. 늑민은 '십이분十二分 대풍작'이라고 보고하려다가 부하들의 잔소리가 듣기 싫어 이러지도 저러지도 못하고 있었사옵니다. '솔직히 보고하자니 내가 공로를 탐해 군자답게 굴지 못한다고 부하들이 비난할 테고, 거짓말을 하자니 폐하를 기만할 수는 없는 일이 아닌가? 참으로 난감하네'라고도 말했사옵니다. 그래서 십이분의 수확을 조금 낮춰 십일분十一分으로 호부에 보고 올렸다고 하옵니다. 창고는 오랫동안 손보지 않은 탓에 쥐구멍이 많고 비가 새고 있었사옵니다. 심지어 그런 창고라도 부족한 실정이어서 식량을 비축하는 문제도 여간 골칫거리가 아닌 것 같았사옵니다. 그래서 신이 늑민에게 조언을 좀 했사옵니다. 조혜에게 서찰을 보내 어차피 보낼 군량미를 빨리 보내버리라고 말이옵니다. 그러면 창고 걱정도 한시름 덜고 병사들도 햅쌀을 먹을 수 있어 일석이조 아니겠사옵니까? 반면에 강남은……."

"잠깐!"

건륭이 갑자기 손짓으로 이시요의 말허리를 잘랐다. 그리고는 물었다.

"서두를 거 없네. 천천히 얘기하게. 십이분의 수확을 십이분이라 보고해야 함은 당연지사이거늘 부하들이 무슨 '잔소리'를 한다는 말인가? 그게 무슨 말인가? 자세히 말해보게!"

"구중九重에 고거高居하시는 폐하께서 어찌 외관外官 잡것들의 상스러운 작당을 알 수 있겠사옵니까?"

이시요가 건륭의 질문에 한숨을 지었다. 그리고는 말을 이었다.

"기윤과 아계 두 중당은 지방관을 지내신 적이 없사옵고, 유용 공자 역시 형옥刑獄만 관장해왔기에 상세한 연유를 잘 모를 것이옵니다. 신이 알기 쉽게 설명해드리겠사옵니다. 예컨대 신이 현령으로 부임했다고 하면 일단 전임보다 치적이 뛰어나다는 소리를 들어야 하지 않겠사옵니까? 그러니 전임이 남긴 부채를 불릴 수 있는 데까지 불려놓고 본인이 부임한 뒤 단시일 내에 적자를 흑자로 바꿔놓았다는 식으로 수작을 꾸미는 것이옵니다. 예전에 화모은자火耗銀子를 챙기던 탐관오리들이 화모은자를 국가에 납부하도록 한 지금은 어떤 수작을 부려 뒷돈을 챙기는지 아시옵니까? 금을 누고 은을 싸지 않는 이상 그 많은 탐관오리들이 무얼 처먹고 살겠사옵니까? 바로 수확량을 줄이는 수법이죠. 첫 해에 일단 목숨을 내걸고 수확량을 팔할이나 줄여서 보고하옵니다. 그리고 이듬해에는 칠할, 그 다음 해에는 육할 순으로 줄여서 보고하는 것이옵니다. 이렇게 하면 차액을 저희들끼리 나눠먹을 수 있사옵니다. 또 조정으로부터 '해마다 사정이 호전되었다'는 칭찬까지 들을 수 있어 치적 부풀리기에도 큰 도움이 되는 것이옵니다. 실로 그자들의 입장에서는 꿩 먹고 알 먹을 뿐 아니라 둥지 털어 불을 때는 식이 아닐 수 없사옵니다. 그러니 늑민이 십이분의 수확을 그대로 보고 올리도록 그자들이 가만히 놔두겠사옵니까?"

건륭은 이를 악문 채 말을 하지 않았다. 조정의 재원에 이토록 큰 구멍이 뚫려 있었다니! 그동안 얼마나 많은 '영악한 쥐새끼'들이 살판 만났다면서 은자를 제 주머니에 퍼 넣었을까? 생각하면 할수록 분노와 허탈함만 몰려왔다. 건륭이 그렇게 생각하고 있을 때 아계가 악에 받친 목소리로 먼저 입을 열었다.

"폐하께서는 백성들이 따뜻하게 먹고 살 수 있도록 민생고를 해결해주기 위해 하늘과 같으신 인덕仁德으로 해마다 전량을 면제해 주셨소. 그런데 일각에서는 저리 패리무도悖理無道한 자들이 사리사욕을 챙기느라 혈안이 돼 있었다니……. 폐하, 이부에서 철저한 수사를 거쳐 엄히 처벌해야 할 것이옵니다!"

건륭은 한동안 가타부타 응답이 없었다. 그러자 이시요가 다시 천천히 입을 열었다.

"한쪽에서 탐관오리들이 사욕을 챙기느라 혈안이 돼 있는 와중에 신이 오면서 보니 재해 상황이 가장 심각한 곳은 회북淮北 일대였사옵니다. 팔월에 크게 물난리를 겪는 바람에 일 년 내내 애써 가꾼 농작물을 낟알 한 톨도 거두지 못했다고 하옵니다. 그래서 이십만 명도 넘는 기민饑民들이 산동, 강소, 하남, 호광으로 살길을 찾아 뿔뿔이 흩어졌다고 하옵니다. 수마가 할퀴고 간 수십 리 들판에는 기아에 허덕이다 못해 관음토觀音土(밀가루같이 보드랍고 푸른 기운이 내비치는 흰 흙. 백토白土)를 파먹고 배가 부풀어 올라 죽은 시체들이 수도 없이 널려 있었사옵니다. 들리는 소문에 의하면 안휘성의 어느 산간지대에서는 죽은 사람의 인육을 먹는 무리도 있었다고 하옵니다. 실로 참담하고 소름끼치는 일이 아닐 수 없사옵니다. 신은 도중에 안휘 순무에게 서찰을 보내 구제양곡을 화급히 내려 보내라고 독촉을 했사옵니다만 어찌 됐는지는 알 길이 없사옵니다. 이와 같은 폭설에는 또 얼마나 많은 기민들이 죽어나갈지 눈 녹은 뒤의 참혹한 광경이 두렵사옵니다!"

이시요는 말을 마치고는 북경으로 오던 길에 보고 들은 참혹한 광경이 다시 눈앞에 떠오르는 듯 몸을 부르르 떨었다. 건륭은 여전히 침묵을 지키고 있었다. 궁전 안에는 갑자기 쥐죽은 듯한 적막이 내려앉았다. 창밖에서는 그에 아랑곳하지 않고 함박눈이 미친 듯이 춤을 추면서 펑펑 쏟아지고 있었다.

보정재상輔政宰相인 기윤과 아계는 입이 열 개라도 할 말이 없는 입장이었다. 민간의 질고에 대해 어느 정도 짐작은 했었으나 그 정도로 처참할 줄은 몰랐으니 말이다. 두 사람의 고개는 점점 더 내려갔다. 단조로운 자명종 소리는 바윗돌이 얹힌 듯 갑갑한 둘의 가슴을 더욱 무겁게 내리눌렀다. 건륭은 원단元旦에 신하들을 소집한 자리에서 "천하에 일실一室의 불안不安이 있고, 일부一夫의 불식不食이 있다면 그건 곧 재상의 책임이다"라고 훈육을 내린 바 있었다. 기윤과 아계는 그 말을 떠올리자 마음이 불안하기 이를 데 없었다.

얼마 후 아계가 궁금증을 이기지 못하고 고개를 들어 살짝 주변을 훔쳐봤다. 건륭은 미동도 하지 않고 굳어버린 듯 의자에 앉아 있었다. 창밖의 풍설風雪을 뚫어지게 바라보는 눈빛에 독기가 서려 있었다. 장내의 분위기는 걷잡을 수 없이 팽팽해졌다. 난각 밖의 태감들도 이상한 분위기를 감지했는지 더욱 조심스럽게 숨죽이고 시립해 있었다.

한참 후에야 건륭이 입을 열었다. 그의 목소리는 얼음장처럼 차가웠다.

"아계, 팔월에 황하가 범람해 회북 지역이 커다란 수해를 입었을 때 중양절重陽節 전까지 반드시 구제양곡을 현지에 조달하라고 하지 않았나? 그때 경이 어지를 작성하고 발문하지 않았던가? 그 뒤로 여러

성省들에서 보고 올라온 바가 없었나?"

"예, 폐하!"

깊은 생각에 잠겨 있던 아계가 흠칫하면서 황급히 정신을 가다듬고 나서 아뢰었다.

"그때 당시 호부에서 구제양곡을 징집했었사옵니다. 동참한 하남, 직예, 호광, 산동, 강남 다섯 개 성에서 각각 이십오만 석씩 안휘성에 보내준 걸로 알고 있사옵니다. 달리 보고 올라온 바는 없었사옵니다……. 어찌 됐건 이는 기추機樞에 몸담고 있는 재상들의 불찰이옵니다. 폐하의 성려를 덜어드렸어야……."

"됐네!"

건륭이 힘을 주어 잡고 있던 의자 손잡이를 탁 내리치면서 아계의 말을 잘라버렸다. 이마에는 시퍼런 힘줄이 솟아 있었다. 치미는 화를 참느라 얼굴이 벌겋게 달아올랐다. 곧이어 입가에 냉소를 띠우며 분노를 터트렸다.

"백성들이 다 굶어죽고 뿔뿔이 흩어져 피난길에 올랐는데, 지금에 와서 깃털보다 가벼운 사죄의 말을 백 마디 한들 무슨 소용이 있는가?"

좌불안석이던 기윤 등 네 대신은 급기야 나란히 건륭 앞에 무릎을 꿇었다. 건륭이 다시 말을 이었다.

"홍수가 무려 여섯 개 현을 덮쳤네. 이재민이 백만이라 해서 구제양곡 백만 석을 보냈네. 그중 절반만이라도 기민들에게 전달됐더라면 하루에 여덟 냥씩 일인당 오십 근이면 힘든 고비를 어떻게든 넘겼을 것이네. 거기에 내년 봄에 한 번 더 구제양곡을 보내면 춘궁기도 무사히 넘길 것이 아닌가. 그 사이 여름 곡물을 재배하면 굶어 죽는 이재민이 나오지 않는 게 당연한 일이지."

건륭의 언성은 그다지 높지 않았다. 그러나 다분히 위압적이었다. 좌중의 신하들은 온몸을 사시나무 떨 듯 떨면서 머리만 조아렸다. 갑자기 건륭이 벼락 치듯 언성을 높였다.

"사지로 내몰려 관음토를 먹고 죽어 가는 백성들이 지천에 널렸는데 민생은 나 몰라라 하고 사리사욕만 채우는 자들은 대체 인두겁을 쓴 짐승이라는 말인가? 어서 어지를 전하라! 호부 상서 덕주德柱, 병부 상서 반사원潘思源은 즉각 모든 업무를 중단하라. 관품을 두 등급 강등시키고 벌봉罰俸 이 년의 죄를 묻는다! 안휘 포정사 두광내竇光鼐는 정자를 떼어놓고 관품을 세 등급 강등시켜 유임하도록 한다. 재해 복구가 끝난 연후에 그 죄를 물을 것이다!"

기윤 등 네 명의 신하는 얼굴이 사색이 된 채 와들와들 떨기만 했다. 그 와중에도 유용은 침착하게 생각을 가다듬고 있었다.

'기윤 공의 경우 비록 예부와 형부의 업무를 겸하고 있다지만《사고전서》편수작업에 매달려 있었어. 그러다 보니 재해 복구에 대해서는 큰 책임을 물을 수 없을 것이야. 이시요 공은 외신外臣이니 책임범위 밖에 있는 것은 당연한 일이지. 아계 대인은 서부 용병을 지원하느라 여념이 없었으니 나설 처지가 못 돼. 따라서 이 상황에서 총대를 멜 수 있는 사람은 나뿐이야.'

유용은 그런 생각이 들자 바로 머리를 조아린 채 아뢰었다.

"폐하께서 민생民生을 체휼體恤(처지를 이해하여 가엾이 여김)하시어 진노하신 것은 모두 신하들의 실직失職으로 말미암은 것이옵니다. 실로 죽을죄를 지었다고 생각하옵니다. 하오나 신이 알기로 두광내 공은 치민지술治民之術에 능하고 품행이 방정한 사람이옵니다. 호부에서 보낸 구제양곡을 되돌려 보냈다고 했사온데 틀림없이 그럴 만한 연유가 있었을 것이라고 생각하옵니다. 서남 전사戰事는 비록 잠시 휴전

상태에 들어갔다지만 서부 변방의 안정을 도모하려면 아직도 시일이 더 필요하다고 사료되옵니다. 호부와 병부는 서부 전사를 지원하는 데는 그나마 큰 실책이 없었사오니 업무에 서투른 다른 누군가를 투입하느니 차라리 덕주와 반사원을 계속 유임시키는 것이 어떨까 하옵니다. 그리고 속히 무호, 강서, 청하 등지에 사람을 파견해야 할 것이옵니다. 그쪽 지역의 이재민 구제 상황을 낱낱이 조사하고 내년에 또다시 황하가 범람하지 못하도록 조운漕運과 하방河防을 튼튼히 해야 할 것이옵니다……."

"폐하!"

그 사이 아계도 정신을 추슬렀는지 무릎걸음으로 한 발 나서면서 입을 열었다. 그리고는 말을 이었다.

"조금 전 군기처에서 신과 기윤도 이 문제에 대해 상의했었사옵니다. 산동 순무 국태가 번고의 적자를 막기 위해 재해 복구의 명목으로 민간의 곰팡이 낀 식량을 헐값에 사들여 안휘 이재민들에게 보냈다고 하옵니다. 그를 통해 무려 칠십만 냥에 달하는 차액을 챙겼다고 해서 지금 조사 중이옵니다. 이 모든 것은 군기처에 몸담고 있는 신하로서 무덕, 무능한 신의 책임이옵니다. 기윤 공과 공동으로 죄를 청하오니 부디 크게 죗값을 치르게 해 주시옵소서."

기윤 역시 연신 머리를 조아렸다.

"회북의 재해 현황을 제때 파악하지 못하고 늑장 대응을 한 신의 죄를 엄히 물어주시옵소서. 신들은 안휘 포정사 두광내가 산동 순무 국태로부터 지원 받은 구제양곡을 한 줌 담아서 보내온 것을 보고서야 비로소 현지 상황을 알 수 있었사옵니다. 명색이 군기대신들이라는 신들의 직무유기죄를 엄히 물어주시옵소서."

아계가 부들부들 떨리는 손을 품속에 넣어 천으로 기워 만든 자그마한 주머니 하나를 꺼냈다. 이어 그것을 두 손으로 건륭에게 받쳐 올렸다.

자루의 주둥이는 이미 열려 있었다. 건륭이 무게를 가늠해보니 약 두 냥 정도 될 것 같았다. 자신의 손바닥에 조금 쏟아놓은 내용물은 아주 이상했다. 좁쌀과 흰쌀이 드문드문 보일 뿐 모래와 흙, 지푸라기, 그리고 도대체 무슨 물질인지 알 수 없는 분말들이 대부분이었다. '흰쌀'이라는 것도 손으로 비비자 그대로 가루가 돼 흩어져버렸다. 곰팡이 냄새가 진동하는 것이 도무지 '곡식'이라고 할 수 있는 것이 아니었다.

사실 건륭은 처음에 두광내를 벌하려고 작심했었다. 성정이 지나치게 까다로워 '쌀'에 '뉘'가 섞인 꼴을 못 보는 두광내가 구제양곡을 그대로 되돌려 보냈기에 이재민들의 인명피해가 더 심해졌다고 생각했던 것이다. 하지만 방금 본 '쌀'은 짐승들에게조차 먹일 수 없을 정도로 한심한 것이었다. 두광내가 군말 없이 이를 받았다면 오히려 죄를 면하기 어려울 것이었다!

'산동 순무 국태라는 자는 도대체 어떻게 생겨먹었기에 섶을 지고 불 속에 뛰어드는 무모한 짓을 범할 수 있다는 말인가. 간이 배 밖으로 나온 자가 아니고서는 도저히 불가능한 짓이군!'

건륭이 그렇게 생각하고는 알곡 주머니를 탁자 위에 던졌다. 이어 왕팔치가 받쳐 올린 수건으로 손을 닦으면서 말했다.

"군기처에 일손이 부족해 경들도 나름대로 어려움을 겪고 있다는 것을 알고 있네. 그래서 이번에는 기과처벌記過處罰(경고 다음의 가벼운 처벌)만 하고 달리 죄를 묻지 않겠네. 단, 이번 일을 계기로 민명民命이 곧 천명天命임을 철저히 깨닫기 바라네. 수십만 명에 달하는 이재민들이 몇몇 현에 집중되었네. 죄다 포독고抱犢崓, 맹량고孟良崓, 미

산호微山湖 등 비적들의 소굴과 그리 멀지 않은 곳들이지. 그러니 그 옛날의 진승陳勝, 오광吳廣과 같은 자들이 머리를 동여매고 팔을 내두르면서 모반을 선동하지 말라는 법도 없다는 걸 명심하게. 무슨 말인지 알겠는가?"

"알겠사옵니다, 폐하!"

"그만 일어나게."

건륭이 말을 마치고는 길게 한숨을 토해내면서 왕팔치를 불러 명령을 내렸다.

"지금 즉시 윤계선의 집으로 가서 어지를 전하라. 계선 공의 승학서거乘鶴逝去(별세를 의미함)에 애통함을 금할 수 없다는 짐의 뜻을 전하라. 아울러 여덟째황자 옹선顒璇에게 다라니경陀羅尼經 이불과 백은白銀 오천 냥을 보낼 테니 장례를 치르는 데 요긴하게 쓰라고 하라. 모든 상의喪儀는 예부에서 주재할 테니 그에 따르라고 하라."

왕팔치는 건륭의 명령을 복창하고 나서 물러갔다. 건륭은 다시 하던 말을 계속 이었다.

"방금 군기처에 일손이 부족하다고 했는데, 그래서 새로 두 사람을 보태줄까 하네. 상서방 대신 겸 육경궁 황자들의 총사부總師傅직을 맡았던 대학사大學士 우민중于敏中을 군기대신 겸 영시위내대신으로 승진시킬까 하네. 유용은 협판대학사協辦大學士, 직예 총독과 공부 상서를 겸하게 할 예정이네. 북경에 있으니 군기처에서 도움이 필요할 때 언제든지 가까이에서 도와줄 수 있을 것이네. 그리고 아직 신참이기는 하지만 잠재 능력이 무한한 사람을 천거할까 하네. 전 난의위鑾儀衛 총관 화신을 군기처의 행주行走로 임명할까 하네. 이시요는……."

건륭이 고개를 돌려 말없이 앉아 있는 기윤 등의 대신을 바라봤다. 이어 다시 천천히 덧붙였다.

"이시오. 자네는 경사보군통령京師步軍統領 겸 직예 총독 실직實職을 서리하도록 하게. 그리고 내년의 춘위春闈 시험은 자네와 우민중이 주관하게. 춘위를 무사히 치르고 나면 그때 가서 군기대신 자리에 발령낼까 하네."

건륭이 말을 마치고는 의자로 돌아와 찻잔을 집어 들었다. 그리고는 다시 침묵을 지켰다. 사실 그가 연이어 발표한 인사人事는 사전에 그 누구하고도 상의한 것이 아니었다. 좌중의 기윤 등 네 대신이 모두 멍한 표정으로 듣고만 있었던 것은 그럴 만한 이유가 있었다.

우민중이라면 모두가 잘 알고 있는 사람이었다. 건륭 3년의 장원壯元이었다. 어린 나이에 청운의 꿈을 실현할 정도로 재학이 뛰어난 사람이었다.

문제는 성격이 "화통을 삶아먹었다"고 할 정도로 보통내기가 아니라는 점이었다. 실제로 그는 이번원理藩院의 주지主持로 있을 때는 예부와 담을 쌓고 지냈다. 한림원翰林院과 국자감國子監에 있을 때는 우민중과 등을 지고 나간 동료들이 한둘이 아닐 정도였다. 그 정도로 성격이 괴팍했다. 육경궁의 총사부로 자리를 옮긴 뒤에도 불같은 성격은 어디 가지 않았다. 세상천지에 무서운 구석이 없는 황자들과 종실 자제들도 우민중만 보면 고양이 앞의 쥐처럼 도망 다니기에 바빴다고 했다.

'누구 앞이든지 고개를 빳빳이 쳐들고 다니는 안하무인을 하필이면 군기대신에 발탁하다니……'

좌중의 신하들은 모두들 그렇게 생각하는 듯했다. 전혀 수긍이 가지 않는다는 표정이었다. 화신에 대한 파격적인 인사발령도 석연치 않기는 마찬가지였다. 팔방미인으로 불릴 정도로 아첨꾼 기질이 다분하고 상대에 따라 안색이 달라지는 칠면조 같은 사람을 어찌 국가의 막중한 대사를 논하는 자리에 들여앉힐 수 있다는 말인가!

네 명의 신하는 서로 말은 하지 않았으나 그렇게 거의 똑같은 생각을 하고 있었다. 그러나 건륭은 그들의 의견을 전혀 묻지 않았다.

아계는 속이 타서 죽을 지경이었다. 그러나 방금 기윤과 더불어 죄를 청해놓은 상태인지라 감히 말을 꺼낼 수가 없었다. 유용이 가벼운 기침으로 목소리를 가다듬는 사이 다행히 이시요가 먼저 입을 열었다.

"우민중은 재학이 뛰어나고 품행도 단정해 흠잡을 바가 없음은 주지하는 바이옵니다. 하오나 신이 알기로 화신은 군정, 민정, 사법 어느 것 하나에도 인정을 받은 바가 없사옵고 신망이나 경력 역시 거론할 가치조차 없는 자이옵니다. 그런 자를 갑자기 목마 태워 군기처로 들이면 여론이 비등할 걸로 사료되옵니다. 부디 통촉해 주시옵소서."

"우민중에 대해서는 왜 장점만 언급하나? 굳이 감추느라 하지 말고 단점도 말해보게."

"신은 우민중과 왕래가 거의 없어서 잘 알지 못하옵니다. 단지 전해들은 소리이옵니다."

이시요는 건륭의 말투에서 불만을 느낀 듯했다. 황급히 정색을 하면서 다시 온건한 어조로 아뢰었다.

"혹시 재학을 뽐내 타인 앞에서 겸손하지 못한 언행을 보인다든가, 아집이 강해 타인의 의견을 수용하지 못한다든가 하는 옥의 티가 있지 않을까 싶사옵니다."

"우민중과 화신은 모두 자격미달이다 그 얘기인가? 그러면 자네 생각에는 덕재德才를 겸비하고 군정, 민정, 사법 모두에 능한 자가 누가 있다는 말인가? 부항이나 아계에 비해 나았으면 나았지 못하지 않은 자가 있다면 적극 천거해 보게!"

이시요는 순식간에 말문이 막혀버리고 말았다. 뭔가 잘못돼 가고 있다는 생각도 들고 있었다. 급기야 다급히 죄를 청했다.

"신이 경망스럽게 망발을 하고 말았사옵니다. 엄히 죄를 물어주시옵소서."

이시요는 말을 마치자마자 바로 여전히 속내를 가늠할 수 없는 표정으로 자리를 지키고 있는 아계와 기윤, 유용 세 사람을 슬쩍 바라봤다. 동시에 자신의 경거망동을 크게 후회했다.

"짐은 스스로의 지인지명知人之明을 믿네."

건륭이 단호하게 말했다. 그러나 신하들이 자신의 인사에 대해 흔쾌히 수긍하지 않는다는 걸 눈치채고는 말을 이었다.

"현직에 있는 군기대신들 중에서 윤계선만 선제 때부터 군기처에 몸담아 왔을 뿐 나머지는 모두 짐이 친히 간택해 임용한 사람들이 아닌가? 경들은 짐의 인사 배치에 문제가 있다고 생각하는가? 사실 불명예를 안고 죽어간 눌친도 군기대신으로서는 현능賢能했었네. 욕심이 과해 섶을 지고 불 속에 뛰어드는 과오를 범했을 뿐이지. 그가 형장의 이슬로 사라진 마당에도 짐은 그리 생각하네."

건륭이 다시 천천히 덧붙였다.

"자고로 완벽한 사람은 없는 법이네. 우민중도 그렇고 화신도 그렇고 지금 이 자리에 있는 경들 모두 흠이 없는 사람이 어디 있겠나! 물론 타협을 모르고 아집과 독선으로 일관하는 우민중의 단점을 짐이 모르는 바가 아니네. 그리고 화신도 여러모로 부족한 사람이라는 것도 잘 알고 있지. 처음부터 군정, 민정, 사법에 능한 사람이 어디 있겠나. 그걸 잘 아는 경들이 곁에서 도와주면 하나씩 배워나갈 게 아닌가. 그 대신 그는 이재理財에 능하다네. 경들은 그의 상대가 안 될 걸세. 소위 군기대신이라는 사람들이 그리 옹졸하고 흉금이 좁아서야 되겠는가!"

군주의 뜻이 이러할진대 신하된 자로서 더 이상 무슨 말을 하랴.
기윤을 비롯해 아계, 이시요와 유용 등은 그저 공손히 머리를 조아
린 채 수긍할 수밖에 없었다.

"폐하의 훈육을 가슴에 새기겠사옵니다!"

# 6장
# 우민중의 화려한 등장

건륭이 손사래를 치면서 말했다.

"그만 물러들 가게. 기윤과 이시요는 한림원으로 가서 우민중에게 어지를 전하게. 아계는 부항의 집에 들러 짐의 안부와 어지를 전해주게. 가는 김에 조혜와 해란찰도 만나보게. 산동 순무 국태의 사건은 유용 자네가 한번 내려가서 해결하고 와야겠네. 준비하고 있다가 눈이 멎으면 곧 출발하게."

기윤 등 네 사람은 나란히 대례를 행했다. 이어 셋은 모두 일어났으나 유용만은 엎드린 채 머리를 조아리면서 아뢰었다.

"어지를 받들겠사옵니다! 자고로 왕명은 일각도 지체해서는 안 된다고 했사옵니다. 신은 내일 묘시卯時에 대궐을 향해 대례를 올리고 눈길을 무릅쓰고 출발하겠사옵니다. 신이 떠나기에 앞서 언제쯤 다시 폐하의 교시 말씀을 들을 수 있을는지 가능한 시간을 정해주시옵소서."

"경은 정흠차正欽差이고 새로 군기처 행주로 발탁된 화신은 부흠차이네."

건륭이 이어 덧붙였다.

"가기 전에 도찰원都察院 어사 전풍錢灃을 만나보게. 담력을 비롯해 재학, 기백, 자질 모두 뛰어난 유생儒生이네. 가장 먼저 국태의 비리를 파헤치고 탄핵안을 올린 사람이네. 하루 이틀 빨리 가는 것이 문제가 아니라 차질이 없어야 하니 충분히 준비해서 사흘 후에 출발하도록 하게. 그럼, 이렇게 하세. 경은 잠시 군기처에서 기다리고 있게. 짐이 태후마마께 문후를 올리고 다시 올 테니."

"그리 하겠사옵니다, 폐하!"

기윤 등 네 신하는 조용히 물러갔다. 건륭은 곧이어 궁전 출입문 어귀로 걸어가 밖을 내다봤다. 눈발이 지칠 줄 모르고 계속 휘날리고 있었다. 순간 한 줄기 찬바람이 면렴棉帘 사이로 스며들었다. 오싹 한기가 느껴졌다. 길고 무거웠던 의사議事 뒤의 울적하고 갑갑한 기분이 단숨에 씻겨나가는 듯했다.

건륭은 대신들 앞에서 참고 있던 하품을 줄지어 터트렸다. 내친김에 기지개도 힘껏 켰다. 그러자 정신이 번쩍 드는 것 같았다. 그가 발을 사이에 두고 밖에 서 있는 태감 왕렴에게 물었다.

"눈이 제법 내리는군! 그칠 기미가 보이는가?"

왕렴이 지체없이 아뢰었다.

"한참 더 내릴 것 같사옵니다! 설광에 비쳐서 날이 훤해 보이오나 하늘은 까맣게 흐려 있사옵니다. 먼저 내린 눈이 녹았다가 다시 얼어 길이 미끄럽사옵니다. 폐하께서 설경을 감상하시려면 녹피鹿皮 유화油靴 대신 굽이 톱니무늬로 된 단화를 신으시는 것이 안전할 것 같사옵니다!"

태감 왕팔치가 왕렴의 말이 끝나기 무섭게 건륭의 등 뒤에서 입을 열었다.

"폐하께서 하문하시는 것만 아뢰면 되지 무슨 쓸데없는 말이 그리도 많나? 어서 가서 가마나 대놓게!"

"그럴 거 없네. 짐은 눈밭에서 좀 거닐고 싶네. 왕렴도 짐을 위해서 한 말이니 너무 꾸짖지 말게!"

건륭이 히죽 웃으면서 몇 마디 덧붙였다.

"똥 묻은 개가 겨 묻은 개를 비웃는 격이네. 자네는 왕렴보다 잔소리가 더 많을 때도 있으면서 누구더러 잔소리인가! 자네는 따라 나올 것 없고 왕렴이 짐을 따라 자녕궁으로 가면 되겠네."

왕팔치는 황급히 건륭에게 오리털 겉옷을 입혀줬다. 이어 더 두꺼운 외투도 걸쳐줬다. 그리고는 어린 태감을 시켜 태후전에 미리 알리도록 했다. 건륭은 왕렴을 앞세우고 양심전을 나와 자녕궁으로 향했다.

건륭을 궁전을 나서자마자 바로 왕렴의 말이 허튼소리가 아니라는 사실을 실감할 수 있었다. 양심전의 눈은 설경을 유난히 좋아하는 건륭의 어지에 따라 쓸지 않은 상태였다. 그러나 영항永巷의 눈은 달랐다. 내리기 무섭게 쓸어내서 그리 많이 쌓이지는 않았다. 문제는 먼저 내린 눈이 녹고 그 위에 다시 눈이 내리면서 얼어붙은 땅이 대단히 미끄러웠다는 사실이었다. 아니나 다를까, 목치木齒가 박힌 미끄럼 방지용 단화를 신고 걷자 딱딱 얼음 부딪치는 소리가 들렸다.

영항에서 눈을 쓸고 있는 태감들은 모두 각 궁전에서 파견한 말단 태감들이었다. 대부분 아직 어린 티를 벗지 못한 아이들이라 일을 하면서도 장난기가 발동해 깔깔 웃음소리가 끊이지 않았다. 가끔 누군가 헛발질하다 엉덩방아라도 찧으면 와! 하고 한바탕 홍소를 터뜨리면서 까불어댔다.

그들은 간편한 옷차림에 수행 시위도 없이 태감 한 사람만 달랑 앞세우고 가는 사람이 설마 건륭이리라고는 아무도 생각 못한 것 같았다. 게다가 풍설 때문에 시야가 희미해 더욱 알아보기가 어렵기도 했다. 어린 태감들은 삽을 비롯해 밀대, 빗자루까지 죄다 동원해 눈사람을 만들고 있었다. 그것도 부족해 갖은 재주를 다 부려 설마雪馬와 설구雪狗까지 만들어놓았다. 그뿐만이 아니었다. 눈사람 위에 누군가의 이름을 몰래 적어놓고 욕을 하는 자가 있는가 하면 그것이 발각돼 쫓고 쫓기는 추격전이 이어지기도 했다. 왕렴이 고함을 쳐 그들을 제지시키려고 하자 건륭이 웃으면서 말렸다.

"내버려두게! 저렇게 망아지처럼 뛰어다니면서 노는 것도 한 철이네. 짐이 유년 시절에 성조를 따라 설천雪天에서 수렵할 때도 열하熱河의 아이들은 저렇게 놀았다네!"

왕렴이 그러자 궁금한 눈빛으로 물었다.

"하오면 양심전의 눈은 왜 쓸어내지 않는 것이옵니까? 저 아이들이 밖에서 눈을 쓸면서 장난치는 걸 구경하는 것도 재미나지 않겠사옵니까?"

"눈으로 조각을 만드는 것도 좋지만 자연 그대로의 설경을 감상할 줄도 알아야지. 순백의 미가 주는 매력을 자네들은 모를 거야. 꾸며놓은 것은 연극 같아서 재미가 없네."

"폐하, 연극이 얼마나 재미있는데 그러시옵니까!"

왕렴이 쫄래쫄래 건륭의 꽁무니를 따라오면서 다시 아뢰었다.

"소인은 돼지대가리라 자연의 아름다움이 뭔지 모르옵니다. 작년에 화친왕부로 어지를 전하러 갔더니 마침 왕부에서 〈고총도활차〉高寵挑

滑車라는 연극이 한창이었사옵니다. 곤장 백대 맞을 일이오나 그때 얼마나 재미있던지 그만 넋을 잃고 보다가 어지를 전하는 것도 깜빡했었사옵니다. 고총高寵이 무대 위에서 물 찬 제비처럼 날렵하게 허공을 가르면서 다니니 무대 아래에 있던 기윤 중당과 유통훈 중당 그리고 한 무리의 고관대작들이 떠나갈 듯한 박수갈채를 보냈사옵니다. 노장친왕老莊親王께서도 취권醉拳을 하듯 무대 아래에서 이 사람 저 사람에게 덮치시면서 갖은 우스꽝스런 동작을 하시는 바람에 소인은 배꼽이 빠지는 줄 알았사옵니다."

왕렴은 손짓발짓을 하면서 수다를 떨다가 그만 발이 쭉 미끄러졌다. 급기야 쿵! 하고 엉덩방아를 찧고 말았다. 순간 그는 우는 듯 웃는 듯 오만상을 찌푸리면서 벌벌 기었다. 그 모습을 봤는지 저 앞에서는 한바탕 웃음소리가 터져 나왔다. 이어 왕렴이 겨우 이를 악물고 일어나는가 싶더니 갑자기 찰싹 소리 나게 자신의 뺨을 때렸다.

"등신 머저리 같으니라고! 겨우 폐하를 한 번 시중들면서 이 같은 추태를 보이다니!"

건륭이 웃으면서 앞서 걸었다. 그리고는 한마디를 건넸다.

"조금 전에 '자연'이 뭔지 모른다고 했나? 그게 바로 자연이네. 고꾸라져 코가 깨지고 넘어져서 엉덩이 까지는 것이 얼마나 자연스러운가! 자네가 짐을 웃겨주고자 일부러 넘어지거나 춤을 추고 아첨을 한다면 짐은 오히려 역겨워 했을 테지!"

그 사이 건륭은 어느새 자녕궁 대문 앞 공터에 다다랐다. 건륭이 온다는 사실을 미리 알린 뒤라 자녕궁 총관태감 진미미가 10여 명의 태감과 시녀들을 거느리고 영접을 나와 있었다. 모두 자라목을 하고는 발을 동동 구르면서 서 있었다.

건륭이 계단을 오르다 말고 갑자기 걸음을 멈췄다. 이어 고개를 들어 하늘을 보더니 왕렴에게 지시를 내렸다.

"자네는 가서 나귀 두 마리를 끌어다 놓게."

"물고기(물고기 '어'魚와 나귀 '여'驢는 발음이 비슷함) 두 마리라고 하셨사옵니까?"

왕렴이 코를 훌쩍거리면서 되물었다. 그리고는 덧붙였다.

"수라간에 물고기는 얼마든지 있사옵니다. 잉어와 붕어 어느 쪽을 말씀하시는 것이옵니까?"

"물고기가 아니라 나귀 말이야, 나귀!"

건륭이 기가 막히는지 히죽 웃으면서 말을 이었다.

"돼지 대가리라고 하더니, 귀도 돼지 귀인가? 짐은 태후마마께 문후 올리고 나와 궐 밖으로 행차할 거라는 말일세. 짐과 유용이 각각 한 마리씩 나눠 타고 자네는 뒤에서 걸어오면서 시중들게. 가서 유용에게도 전하게. 변복變服하고 나오라고 말이야!"

왕렴이 그제야 말귀를 알아듣고는 미소를 지으면서 아뢰었다.

"말이라면 백 필도 끌어다 놓을 수 있겠사오나 궁중에 나귀는 없사옵니다. 아, 있사옵니다. 동화문에 궁중으로 탄을 실어 나르는 나귀가 있사옵니다. 지금 당장 가서 끌어오겠사옵니다!"

왕렴이 말을 마치자마자 바로 구르듯 달려갔다. 그러나 건륭이 바로 불러 세웠다.

"잠깐! 시위들과 왕팔치에게 절대 들키지 않도록 하라! 네놈이 들켜서 짐의 계획이 수포로 돌아가는 날에는 가죽을 벗겨버릴 줄 알아!"

왕렴은 건륭의 말에 기분이 날아갈 듯 기뻤다. 궁중의 태감들이나 외관들을 마론하고 오롯이 혼자서 황제의 시중을 들 수 있는 기회는 그리 흔하지 않았으니 그럴 만도 했다. 이번 기회에 황제에게 눈도장이 제대로 찍히기만 하면 출세 길은 떼어 놓은 당상이 되는 것이 아닌가.

아무려나 얼마 후 진미미가 종종걸음으로 달려와서는 눈가리개를 머리 위에 펼쳐준다, 몸에 묻은 눈을 털어준다 하면서 한바탕 수선을 떨었다. 그리고는 태감, 궁녀들과 함께 건륭을 에워싸고 자녕문으로 들어갔다.

자녕문 북쪽에는 자녕궁과 대불당이 있었다. 복도를 통해 서쪽으로 갔다가 다시 북쪽으로 꺾어들면 또 하나의 정원이 있었는데, 자녕궁은 바로 그곳에 있었다. 이를테면 궁 안의 궁인 셈이었다. 이곳에서 다시 북으로 수강궁壽康宮을 지나면 후전後殿과 이어지는 복도가 있었다. 이쪽은 전부 창호지로 밀봉한 상태라 바깥과 달리 온기가 느껴졌다.

궁 안에는 묘령의 아리따운 궁녀들이 얇은 옷차림을 한 채 통로 양측에 시립해 있었다. 안에서는 앵성연어鶯聲燕語(앵무새와 제비의 우는 소리. 여성들의 수다스러운 말소리)의 웃음소리와 태후의 말소리가 섞여 새어나왔다. 건륭의 얼굴에 어느새 미소가 서렸다. 그가 빠른 걸음으로 들어서면서 웃음 띤 어조로 말했다.

"어마마마께서 대단히 즐거우신가 봅니다!"

방안에는 정안定安 태비太妃와 열째황숙의 복진이 온돌 위 태후의 옆자리에 앉아 있었다. 또 온돌 아래 의자에는 황후 나랍씨를 비롯해 귀비로 승격된 위가씨, 유호록씨, 진씨, 왕씨, 금가씨와 품계가 높은 궁녀들이 앉아 있었다. 온돌 아래에는 지패놀이를 하면서 팔괘八卦를 보고 깔깔대는 이들도 있었다. 그런가 하면 태후의 등을 두드려주고 다리를 주물러주면서 도란도란 얘기를 나누는 이들도 있었다. 바깥은 겨울이었으나 이곳은 완전히 만화방창萬化方暢한 봄기운이 물씬 풍기고 있었다.

건륭이 들어서자 태후와 황후를 제외한 나머지 사람들은 모두 그 자리에서 무릎을 꿇었다. 황후 역시 천천히 일어나 미소를 머금고는 건륭을 영접했다. 건륭이 기분 좋게 웃으면서 입을 열었다.

"분위기가 아주 좋군요! 소자는 은근히 걱정했었습니다. 밖에 대설이 내리는데 어마마마께서 밖에 나가셨다가 감기라도 걸리시면 어떻게 하나 하고 말입니다. 태비와 열째숙모님께서도 오셨군요. 이럴 줄 알았더라면 좀 더 일찍 와서 천륜의 낙을 누릴 걸 그랬습니다."

건륭의 말에 태비와 열째황숙의 복진이 그에게 예를 갖추기 위해 온돌에서 내려서려고 했다. 그러자 태후가 웃으면서 말렸다.

"조하朝賀하거나 사연賜宴을 받는 자리도 아닌데, 그런 허례허식이 우리 사이에 필요 있겠나? 황제도 거기 앉으세요! 지패놀이를 하던 사람은 놀이를 계속하게. 점괘를 보던 사람도 점괘를 보고 다들 편하게 놀다가게."

좌중의 사람들은 태후의 말에 어쩔 수 없이 '편하게' 놀기 시작했다. 그러나 아무래도 군주의 면전이라 모두들 황공스러워했다. 동작들이 부자연스럽기 짝이 없었다.

아니나 다를까, 방금 전까지 깔깔 웃음소리가 넘치던 궁전 안은 갑자기 기침소리 하나 없이 정적이 흘렀다. 아무도 먼저 말을 꺼내거나 담소를 나눌 엄두를 못 내는 것 같았다. 태비와 열째황숙 복진의 얼굴에도 긴장한 기색이 역력했다. 눈치 빠른 건륭이 어색한 분위기를 감지하고 웃으면서 말했다.

"이러고 있으니 태후마마는 《홍루몽》에 나오는 가모賈母 같고 짐은 가정賈政 같구먼? 짐이 뭐 고양이라도 되나? 다들 잔뜩 숨죽이고 있으니 짐도 앉아 있기가 민망스럽지 않은가. 어마마마, 염려 마십시오.

소자는 잠깐만 앉아 있다 곧 갈 겁니다. 유용이 군기처에서 기다리고 있습니다. 오늘처럼 눈이 펑펑 내리는 날에는 어디에 집이 허물어진 곳은 없는지 살펴보고 와야겠습니다."

"그럼요, 그러셔야죠!"

태후가 얼굴 가득한 주름을 활짝 펴면서 덧붙였다.

"다들《홍루몽》을 금서禁書라고 하던데 황제께서도 그 책을 읽으셨습니까?"

"강남서국江南書局에서 내놓은 금서 명단에《홍루몽》도 포함되어 있다고 들었습니다."

건륭이 빙그레 웃으면서 대답했다. 그리고는 천천히 말을 이었다.

"그러나 워낙 명성이 자자한 서적이온지라 내무부를 통해 은밀히 구해서 읽어봤습니다. 딱히 금서라고 딱지를 붙일 만큼 거슬리는 부분은 없었던 것 같습니다. 소자는 다만 학술을 단정히 하고 세상의 인심을 바로 세우기 위해 지금 한창 진행 중인《사고전서》편수작업에 대해 몇 마디 어지를 내렸사온데 그것이 과민반응을 불러온 것 같습니다. 우리 대청大淸의 열성조들을 폄하하고 민변民變을 선동하는 글귀들을 미리 차단하고자 제창했던 것인데 아랫것들이 소자의 뜻을 곡해한 것 같습니다. 지난번에 어느 지부知府의 아비가 죽어 묘비에 '황고皇考'라는 두 글자를 새겨 넣었나 봅니다. 이튿날 당장 그 지부의 목을 쳐야 마땅하다는 상주문이 올라왔지 뭡니까? 그래서 소자가 상주문의 장본인을 불러 따끔하게 일침을 놓았습니다. '자네는《이소》離騷라는 글도 안 읽어봤는가? 거기에 짐의 황고皇考는 백용伯庸이라는 구절이 있는데, 그러면 '짐'으로 자칭한 굴원屈原은 뼈를 발라내야 마땅한 난신적자亂臣賊子라는 말인가?' 이랬더니 그 뒤부터 툭하면 금서를 운운하던 풍기가 바로 잡혀가는 것 같습니다."

건륭의 말에 좌중의 여인들이 모두 웃었다. 황후 나랍씨가 태후가 빙그레 웃는 모습을 보고는 입을 열었다.

"폐하께서도 기분이 좋으시고 태후마마께서도 즐거워하시니 소인이 전에 듣고 배꼽을 잡았던 얘기를 해드리겠사옵니다. 시골에만 박혀 있어 평생 성城 안으로 들어가 본 적이 없는 사람이 있었답니다. 그 흔한 포고문布告文도 본 적이 없었다고 하옵니다. 어느 날 그 사람이 어쩌다 성 안으로 들어가고자 차비를 하니 아비가 신신당부했답니다. '성 안에 들어가면 허튼소리를 하지 말고 모르는 게 있으면 무조건 물어야 하느니라'라고 말입니다. 어쨌거나 일자무식인 이 사람은 성 안에 들어섰습니다. 그런데 한 무리의 사람들이 웅성거리면서 고시문을 열심히 들여다보고 있었다고 하네요. 호기심에 끼어들기는 했으나 봉사가 촛불을 든 격으로 무슨 내용인지 알 리 만무했죠. 갑자기 모르면 무조건 물으라던 아비의 말이 떠올라 옆 사람에게 물었답니다. '저게 뭐요?'라고요. 그러나 옆 사람도 글을 모르기는 마찬가지였는지라 뜯어먹고 있던 호떡을 들어 보이면서 '호떡이요'라고 대답했다고 하옵니다."

황후 나랍씨의 얘기는 언제 들어도 재미있었다. 좌중의 사람들은 모두 나랍씨의 입만 뚫어지게 쳐다봤다. 황후가 다시 말을 이었다.

"그러자 일자무식의 사내는 '호떡인 건 알겠는데, 위에 뭐가 저리 많소?'라고 물었대요. 이에 옆 사람이 대답하기를 '맛있으라고 깨를 뿌렸으니 그렇지'라고 했다고 하옵니다……."

나랍씨의 말이 채 끝나기도 전에 좌중의 사람들은 모두 배꼽을 잡고 말았다. 건륭과 태후 역시 체통과 위엄을 잊은 채 하나가 돼 웃음을 터드렸다. 이렇게 해서 건륭 때문에 다소 어색해졌던 분위기는 어느새 다시 원래의 화기애애함을 되찾을 수 있었다.

"황제께서 방금 유용이 기다리고 있다고 하셨는데 혹시 유통훈의 아들이 아닙니까? 언제인가 도대道臺 직을 주어 외임外任으로 내보냈다고 하지 않으셨습니까?"

태후가 한참 웃다가 벌겋게 상기된 얼굴을 한 채 건륭에게 물었다. 건륭이 소리 내 웃으면서 대답했다.

"어마마마, 그건 오래 전의 일입니다. 유용의 관직은 지금 엄청나게 높아졌습니다. 곧 군기대신으로 중용하고 흠차 자격을 줄 계획입니다."

"아미타불!"

태후가 고개를 끄덕이면서 감탄사를 터트렸다.

"아비가 일대 충신으로 회자되더니 이제는 그 아들이 조정을 위해 충성을 바치고 있으니 얼마나 보기 좋습니까! 아직 젊겠죠? 황후, 이 같은 신하는 그리 흔치 않네. 잘 아껴뒀다가 자네 아들들까지 맡기면 더할 나위 없을 테지. 먼저 간 황후는 유통훈을 얼마나 지극 정성으로 대해줬는지 모르네. 언제 우리 아녀자들도 한번 접견해보세. 주복主僕 사이는 그렇게 해서 가까워지게 되는 거지."

그런데 나랍씨는 태후의 말을 듣고 안색이 확 변했다. 만면하던 웃음기도 언제 그랬느냐는 듯 사라졌다. 그럴 수밖에 없었다. 그녀는 사실 미모만 따지면 서른 명도 넘는 건륭의 비빈들 중에서 단연 으뜸이라고 할 수 있었다. 당연히 건륭의 성총도 유난했다. 아직도 그녀의 처소를 찾는 일이 많을 정도였다. 어떻게 보면 아쉬울 것이 없었다. 하지만 그녀에게도 남모르는 고충은 있었다. 바로 자식 운이 여의치 않다는 사실이었다. 그녀는 첫아이로 공주를 낳았다. 그러나 그 아이는 미처 이름을 지어주기도 전에 요절해버렸다. 둘째는 아들이었으나 역시 붙잡지 못했다.

그 뒤로 낳은 셋째 옹기顒琪(원래 건륭의 황자들은 '영'永자 돌림이었으나, 나중에 피휘의 일환으로 모두 '옹'顒자 돌림으로 바꾸었음)는 우여곡절 끝에 간신히 장성했다. 그러나 몸이 형편없이 허약했다. 전생에 무슨 약골이었는지 인삼을 밥 먹듯 먹이는 등 온갖 정성을 다해도 언제 한번 씩씩한 모습을 보인 적이 없었다. 늘 골골댄다는 표현이 과하지 않았다. 심지어 바람만 불면 어느 집 우물 안에 날아가 떨어지지 않을까 걱정될 정도였다. 그렇게 체력이 부실했으니 다른 것들도 따라주지 못했다. 자연히 글공부는 한낱 그림의 떡일 수밖에 없었다. 육경궁에 떡하니 자리는 차지하고 있었으나 날이면 날마다 보충수업을 하는 사람은 십중팔구 옹기였다.

　황자들의 사부인 우민중은 몸이 부실한 이 아이에게 매질은 하지 않았다. 그러나 황후 앞에서도 옹기를 무시하는 티를 팍팍 내고는 했다. 그러다보니 건륭도 옹기를 태자감으로는 마음에 두지 않는 것 같았다. 나랍씨는 아들 생각만 하면 이래저래 기분이 좋지 않을 수밖에 없었다. 그러나 속이 상했음에도 애써 웃음을 지어보였다.

　"태후마마의 말씀이 참으로 지당하시옵니다!"

　황후가 마음속으로 어떤 생각을 하고 있는지 알 수 없는 건륭 역시 미소를 지었다.

　"역시 혜안이 돋보이시는 어마마마이십니다. 유용은 듬직하고 믿음직하면서도 유능한 인재입니다. 문필도 기윤을 넘어섰습니다. 황자들의 사부 우민중도 군기처로 입직하게 됐고, 화신과 이시요도 곧 군기처의 문턱을 넘게 될 것입니다. 유용은 곧 화신과 함께 흠차 임무를 수행하러 가게 될 것입니다. 돌아오면 어마마마와 황후에게 문후 여쭙도록 하겠습니다."

　"화신이라는 젊은이는 도대체 어떤 사람이기에 그리 소문이 자자

한 겁니까? 사람은 보지 못했어도 이름만큼은 귀에 딱지가 앉을 정도로 많이 들었습니다."

태후가 고개를 갸웃거리고는 다시 덧붙였다.

"숭문문 관세 업무를 맡고 있다지요?"

"예, 재물에 욕심이 없고 의리가 쇠말뚝처럼 든든한 젊은이입니다. 영리하고 업무에도 능하죠. 글공부는 많이 하지 못했어도 기억력이 뛰어납니다. 근자에는 독서양성讀書養性의 중요성을 크게 깨달은 듯 책을 가까이하는 것 같았습니다. 아직까지는 부초浮草처럼 들떠 있으나 군기처에서 몇 년 구르다 보면 단단해질 것입니다."

건륭이 태후의 질문에 자세하게 대답했다. 태후가 그러자 기억을 더듬는 듯 고개를 갸웃거렸다.

"언제인가 세관 수입을 보고하고자 자녕궁의 장방賬房(장부 회계실)으로 드나드는 모습을 창문 너머로 몇 번 봤습니다. 영리한 정도가 지나쳐 좀스러운 느낌이 들더군요. 아계나 군기처의 다른 신하들이 미꾸라지 하나 때문에 흙탕물을 뒤집어쓰는 일은 없어야 할 텐데 말입니다."

태후가 잠시 멈췄다가 다시 말을 이었다.

"아녀자가 무얼 알겠습니까만 폐하의 신변에는 오로지 충신만 있어야 한다는 생각에 쓸데없는 소리를 좀 해봤습니다."

건륭이 빙그레 웃으면서 화답했다.

"어마마마께서는 지금껏 정무에 간섭하신 적이 없습니다. 방금 하신 말씀도 정무에 간섭하는 것이 아니옵고 소자를 향한 어마마마의 금석양언金石良言이라 하겠습니다. 심려 놓으세요, 어마마마. 소자는 절대 쉬운 군주가 아닙니다. 신하된 자로서 정치적 치적이 없이 오로지 입에 발린 화술話術로 성총을 편취하려 든다면 그것은 불가능한 일입니다. 숭문문의 관세는 백 년 동안 방치돼 왔습니다. 그동안 누가 얼마나 많이 받아 챙겼는지 조사하려고 해도 장부조차 마땅치 않은 실정입니다. 화신은 그런 '사각지대'를 철저히 정돈해 호부와 내무부에 해마다 이백만 냥씩 바치고 있습니다. 사실 지방뿐만 아니라 우리 천가天家에서도 해마다 재정 적자가 심각한 상태였습니다. 그래서 각 궁의 말단 태감과 말단 시녀들의 의복비와 월례까지 조금씩 줄여오지 않았습니까? 그야말로 벼룩의 간을 내먹을 정도였죠. 허나 몇 해 전부터 내정의 재정이 넉넉해지면서 화식방의 음식부터 달라지지 않았습니까? 태감들도 신수가 훤해지고 궁녀들의 지분향脂粉香도 달라졌고요. 어마마마께서 그렇게 소원하시던 불당도 몇 개 더 지어드릴 수 있게 됐습니다. 어마마마의 여든 살 대수大壽에 소자가 선물하기로 했던 금발탑金髮塔 주조에 필요한 금도 거의 다 준비된 상태입니다. 고은庫銀에 손댈 수 없고 백성들에게 더 큰 부담을 지울 수도 없는 상황에서 이렇듯 재정난을 해결하기까지는 화신의 공로가 제일 큽니다. 지겹도록 궁상을 떨던 경관京官들도 화신의 덕을 톡톡히 보고 있으니 일각에서는 화신을 '재신財神 할아비'라고 부른다고 합니다."

건륭은 말이 나온 김에 숭문문 관세와 의죄은 제도의 장점에 대해 상세히 설명했다. 화신이 어떻게 해서 돈줄을 찾고 재정낭비를 최소화하는 선에서 조정, 관리, 백성 모두의 이익을 극대화했는지에 대해서도 소상히 아뢰었다. 태후는 흡족한 표정으로 연신 고개를 끄덕였다. 방안 가득한 후궁들 역시 열심히 귀를 기울이고 있었다. 곧 얘기를 다 듣고 난 태후가 만면에 웃음을 머금은 채 말했다.

"아휴! 그런 재신 할아비를 이 늙은이가 매도했다니 참으로 부끄럽습니다. 감히 생각지도 못했던 금발탑까지 선물 받게 됐으니 여한이 없습니다. 궁중 자물쇠에 붙어 있던 금피金皮가 다 벗겨져 있기에

'아이고, 조정의 재정이 심각한 위기를 맞았구나!'라고 걱정했었는데 며칠 후에 전부 새것으로 바뀌어 있더군요. 그래서 이 늙은이는 적이 안도를 했었습니다."

건륭이 웃으면서 태후의 어깨를 살짝 껴안았다. 이어 회중시계를 꺼내봤다. 태후는 건륭이 떠나려는 눈치를 보이자 당부의 말을 했다.

"하늘이 잔뜩 흐린 것을 보니 아직도 한참 더 쏟아 부을 것 같습니다. 혼자서만 뛰어다니지 말고 주현관州縣官들도 동원시키세요."

건륭이 고개를 끄덕이고는 웃으면서 일어섰다. 그리고는 황후에게 말했다.

"저녁 수라상은 황후에게서 받을까 하네. 뜨끈한 국물에 먹을 만한 걸로 두어 가지 준비해 놓으시게."

"그리하겠사옵니다."

황후가 다소곳이 옷섶을 여미면서 일어섰다. 이어 살짝 미소를 지은 채 아뢰었다.

"수라간 정이鄭二의 아들도 이제는 제법 입맛을 잘 맞추는 것 같사옵니다. 꿩, 비둘기, 노루고기와 싱싱한 오이, 가지, 배추 등 야채가 다 준비돼 있사오니 정이의 아들을 불러 정성껏 수라상을 봐놓겠사옵니다!"

건륭이 웃으면서 태후를 향해 다시 정중하게 작별인사를 했다. 마침 열다섯째황자 옹염顒琰, 다섯째황자 옹기顒琪, 여덟째황자 옹선顒璇, 열한째황자 옹성顒瑆이 나란히 병풍을 돌아 나오다가 건륭과 정면으로 맞닥뜨렸다. 순간 네 황자의 얼굴에 스며들어 있던 웃음기는 동시에 얼음처럼 굳어지고 말았다. 그러나 예를 갖추는 것은 잊지 않았다. 옹염이 먼저 무릎을 꿇자 나머지 셋도 따라서 목석처럼 꼿꼿하게 무릎을 꿇었다. 이어 네 황자가 일정하지 않은 목소리로 인사를 올렸다.

"소자, 아바마마께 문후 올리옵니다!"

"벌써 공부가 끝났느냐?"

건륭의 얼굴에는 이미 서리가 덮여 있었다. 아들들을 하나씩 힘주어 쏘아보면서 물었다.

"오늘은 어느 사부님이 강학을 하셨느냐?"

사실 건륭은 아들들을 매우 사랑하는 사람이었다. 다만 황실의 가법상 아비는 아들을 친근하게 대해서는 안 되고 오직 엄하게 훈육해야 한다는 원칙이 있었기 때문에 아들들에 대한 사랑을 내색하지 않았다. 때로는 그 정도에서 그치지 않았다. 화를 내면서 때리고 벌할 때 보면 부모자식 같지 않고 마치 원수지간 같기도 했다. 그래서 건륭의 아들들은 아버지 앞에서 신하들보다 더 긴장하고 주눅이 들고는 했다.

늘 그렇기는 해도 오늘은 특히 묻는 어조가 예사롭지 않자 아들들은 모두 고개를 푹 숙였다. 이어 열다섯째황자 옹염이 겨우 마음을 다잡고 아뢰었다.

"우 사부님께서는 오늘 강학을 끝으로 다른 부서로 옮기신다고 하옵니다. 오늘은 전풍 사부님께서 강학을 하셨사옵니다. 소자들에게 눈雪을 노래하는 시를 한 수씩 지으라고 하셨습니다. 한 시간 동안 《중용》中庸에 대한 가르침도 주셨사옵니다. 소자들은 국어 공부를 마치고 제 시간에 하학했사옵니다. 아바마마께서 여느 때보다 이르다고 생각하시는 건 눈이 내려 날이 아직 훤하기 때문인 것 같사옵니다. 소자, 감히 거짓을 아뢸 수 없사옵니다."

건륭이 알겠다는 듯 짧게 대답하고는 시계를 꺼내봤다. 과연 이미 신시申時가 넘은 시각이었다. 그러나 여전히 딱딱하게 굳은 얼굴을 풀지 않은 채 황자들을 쓸어보면서 훈계를 했다.

"거울을 좀 보거라. 너희들의 꼴이 그게 뭐냐? 어디 한 구석이라도 금지옥엽의 황자 같은 곳이 있느냐? 어찌 씩씩하게 걷지 못하고 하나같이 비실비실 바람에 날아갈 것처럼 행동하느냐? 옹선은 허리춤에 달고 있는 꽃술 달린 하포荷包를 당장 떼어내 버려. 네가 계집애냐? 옹기, 너는 연극을 너무 본 게로군. 사내가 머리채에 웬 붉은 댕기냐!"

건륭이 이번에는 서늘한 눈길을 옹염에게 돌렸다. 그러나 깨끗하게 빨아 입은 낡은 두루마기에서부터 시작해 노란 와룡대, 단정하게 뒤로 빗어 내린 머리채, 한 치의 흐트러짐도 없는 몸가짐에 이르기까지 옹염에게서는 꼬투리를 잡을 만한 구석이 전혀 없었다. 건륭이 더 이상 말이 없자 태후가 웃으면서 온돌 위에서 손짓을 했다.

"얘들아, 이리 할미 가까이 오너라. 너희들에게 주려고 아껴둔 게 있느니라! 바쁘신 황제께서는 그만 가보세요."

궁전 가득한 사람들은 그제야 숨통이 트이는 듯한 표정을 지었다. 건륭은 돌아서서 태후를 향해 웃어 보이고는 바로 물러갔다. 귀비 위가씨의 소생인 옹염은 그제야 땀이 흥건한 손을 스르르 풀었다.

건륭이 자녕궁을 나오자 왕렴이 밖에서 대기하고 있었다. 옷가지들을 부둥켜안은 채였다. 건륭이 콧물을 훌쩍거리면서 서 있는 그를 보고 물었다.

"자네, 안고 있는 그건 뭔가?"

왕렴이 어쩔 수 없이 옷을 안은 그대로 허리를 굽혀 고개를 숙이면서 대답했다.

"폐하께서 출궁하시려면 행색을 달리 하셔야 하옵니다. 깨끗이 빨아뒀던 군기처 기윤 중당의 편복을 가져왔사옵니다. 폐하와 체격이 비슷한 사람을 찾다보니……. 회색 양가죽 겉옷에 이 양털 모자를 눌러쓰시면 따뜻하고 좋을 것이옵니다. 좀 무거운 게 흠이기는 하옵니다만……."

건륭이 못 이기는 척하고 왕렴을 따라 문간방으로 들어갔다. 곧 태감들이 서둘러 옷을 갈아 입혔다. 건륭은 새롭게 변신한 자신의 모습에 만족스러운 표정을 한 채 아래위로 훑어봤다. 이어 입을 열었다.

"그래, 태감이라면 이 정도로 눈치가 빠르고 동작이 시원시원해야지. 절대 입 밖에 내서는 안 된다. 아무 데서나 입을 열고 다녔다가는 곤장이 사십 대야!"

왕렴을 비롯한 태감들이 연신 굽실거리면서 대답했다. 왕렴은 건륭을 모시고 서화문으로 나가지 않고 영항永巷을 통해 바로 북으로 향했다. 이어 어화원御花園을 돌아 순정문順貞門과 신무문神武門을 지나 금수교金水橋 북쪽의 광활한 눈밭으로 걸음을 옮겼다. 과연 그곳에서는 유용이 건륭을 기다리고 있었다. 늙은 나귀 두 마리도 기다림에 지친 듯 시커먼 뒷다리를 툭툭 걷어차면서 허연 입김을 푸우, 푸우 토해내고 있었다.

건륭은 유용을 향해 웃어 보이고는 올라타라는 손짓을 했다. 왕렴은 건륭이 혹시 나귀 등에서 떨어지기라도 할세라 고삐를 꼭 잡고 따라가면서 여쭈었다.

"오늘은 어디로 가시는 것이옵니까, 폐하?"

"위갱葦坑, 서하와자西下洼子, 난면爛麵 골목, 여육驢肉 골목 일대로 다녀오지."

말을 마친 건륭의 시선이 유용에게 향했다. 건륭의 눈길을 받은 유용이 황급히 입을 열었다.

"폐하께서 말씀하신 곳들은 외지에서 북경으로 살길을 찾아 올라온 가난한 사람들이 집거하고 있는 동네들이옵니다. 흙집들이 오밀조밀 들어앉아 있사옵니다. 거기에서 좀 더 가면 제법 경치가 좋은 홍과원紅果園과 백운관白雲觀이 나옵니다. 그리로 한 바퀴 돌고 서화문으로 돌아가도 될 것이옵니다."

건륭은 유용의 말을 듣는 둥 마는 둥 했다. 아마도 이미 눈앞의 설경에 매료되어 정신이 팔린 때문이 아닌가 싶었다. 주변 풍경은 그를 충분히 그렇게 만들 만했다. 우선 저 멀리 북쪽의 매산煤山이 흰 눈으로 단장을 마친 상태였다. 또 산 위의 소나무와 잣나무에는 온통 백설이 내려앉아 있었다. 그 광경은 마치 거대한 미옥美玉이 하늘을 향해 솟은 것처럼 산천山天의 경계를 모호하게 만들고 있었다.

평소에 거뭇거뭇 우중충하던 민가들 역시 이 순간만큼은 고래등 같은 기와집인지 게딱지같은 초가집인지 구분하기 어려울 정도로 흰 눈 속에서 소담하게 보였다. 건륭은 그런 광경들이 얼마나 보기 좋은지 여기저기를 두리번거리면서 눈빛을 반짝였다. 마치 장난감 무더기 속에서 눈 둘 곳을 모르고 좋아하는 어린아이 같았다. 건륭이 갑자기 저 멀리 자금성 서북쪽 일대의 얼어붙은 호수를 가리키면서 물었다.

"지금 저기 있는 사람들은 뭘 하는 사람들인가? 얼음 위에서 뭔가를 타고 노는 것 같은데? 저 얼음이 꽁꽁 얼기나 한 건가? 얼음이 깨져 빠지는 불상사는 없어야 할 텐데……."

"아……, 저기 말씀입니까?"

유용이 건륭이 가리킨 곳을 한참 뚫어지게 바라보더니 바로 고개를 숙였다. 이어 상심에 찬 어조로 말했다.

"황공하오나 신은 근시가 심해 시켜면 줄밖에 보이지 않사옵니다."

왕렴이 그러자 대신 아뢰었다.

"당직 시위들이 미끄럼을 타고 노는 것 같사옵니다. 일반 사람들은 감히 저기 들어올 수 없죠. 폐하, 잊으셨사옵니까? 어느 해인가 어떤 시위가 미끄럼을 잘 타지 못한다고 해서 폐하께서 그를 봉천奉天으로 쫓아 보내시지 않았사옵니까! 저 사람들은 지금 집을 짓고 남은 나무 조각으로 썰매를 만들어 타고 있사옵니다. 저 얼음은 심려 놓으시옵소서, 폐하. 큰 수레가 지나가도 깨지지 않을 정도로 단단하게 얼어붙은 견빙堅氷이옵니다."

건륭 일행은 이런저런 말을 주고받으면서 계속 앞으로 나아갔다. 그러다 보니 어느새 외성外城에 당도했다. 이어 북옥황묘北玉皇廟에서 서쪽으로 정절패루貞節牌樓를 돌아 나오자 눈앞에 시끌벅적한 장터가 모습을 드러냈다.

혼잡한 거리에는 마차와 사람들이 북적거리고 있었다. 길 양옆에 즐비한 가게들은 손님을 끄느라 신경전이 한창이었다. 설광 때문에 가게 안에서 어떤 물건들을 파는지는 잘 보이지 않았다. 그러나 가게 밖에 온갖 골동품을 잔뜩 늘어놓고 손님을 부르는 목소리는 사람들의 귀청을 찢어놓을 정도였다. 그 와중에 쭈그리고 앉아 점쟁이에게 손금을 보이면서 심각한 표정을 짓고 있는 사람들도 있었다. 또 어느 허름한 천막에서는 파를 송송 썰어 넣은 칼국수 냄새가 구수하게 풍겨 나왔다. 그 냄새에 끌렸는지 얼굴 전체에 기름때가 번지르르한 여인이 손짓하는 곳으로 걸음을 옮기는 사람들도 보였다. 아무려나 장사치들의 열띤 호객 소리는 사방에서 끊어질 줄 몰랐다.

"이리 오세요, 이리 와 보세요. 둘이 먹다 둘 다 죽어도 모르는 장씨네 원조 족발입니다! 하나만 뜯고 가시면 중년의 남성들 잠자리가 두렵지 않답니다……"

"육수 맛이 일품인 마씨네 칼국수요! 언 몸 녹이는 데는 따끈따끈한 국물이 최고랍니다!"

"바삭바삭하고 맛좋은 소병燒餅이요. 값싸고 맛있는 소병……"

"빙당호로氷糖葫蘆(산사山査나무의 빨간 열매를 대꼬챙이에 꿰어, 녹인 설탕을 발라서 굳힌 것)요, 달고 시원한 빙당호로! 동전 이 문文에 한 꼬챙이요……."

온통 백설白雪로 뒤덮인 청정세계에서 갑자기 인파가 북적대는 저잣거리에 온 건륭은 눈앞의 모든 것이 마냥 신기하기만 했다. 급기야 고개를 돌려 유용에게 말했다.

"내려서 좀 걷지. 여기는 어찌 이리 법석대나?"

유용이 건륭을 부축하더니 나귀에서 내리게 했다. 그 사이 왕렴이 건륭의 장화에 미끄럼 방지용 나막신을 끼워주었다. 그리고는 신이 나서 아뢰었다.

"옥황묘의 장터는 날씨와 상관없이 밤낮으로 이렇게 시끌벅적하옵니다. 하늘이 두 쪽 나지 않는 한 문을 닫는 일이 없사옵니다!"

건륭 등 세 사람은 천천히 인파 속으로 걸어갔다. 그때 어디에선가 "반공자半空子요, 반공자! 비싸지 않아, 반공자!"라는 소리가 들려왔다. 건륭은 '반공자'가 뭔지 몰라 궁금한 눈빛으로 유용을 바라봤다. 유용이 얼굴 가득 웃음을 머금은 채 아뢰었다.

"반공자는 쭉정이 땅콩을 가리키는 말이옵니다. 팔다 남은 찌꺼기 땅콩을 넘겨받아 저렇게 다시 파는 것이옵니다. 긴긴 겨울밤 입은 심심하고 마땅한 먹을 것이 없는 가난한 사람들이 많이 사다 먹는다고 하옵니다."

유용의 말이 끝나기 무섭게 길 북쪽 찻집에서 "탁!"하는 당목 두드리는 소리가 들렸다. 동시에 웬 노인의 쉰 목소리가 들려왔다.

"건륭황제가 강남으로 순유를 가셨을 때 어가를 호위한 사람이 바로 유용, 즉 유 대인이었다는 거 아니오!"

건륭 등 세 사람은 깜짝 놀라 제자리에 멈춰 섰다. 그러나 곧 찻집에서 누군가 얘기판을 벌였다는 걸 깨닫고는 마주보면서 웃었다. 이야기꾼의 말이 이어졌다.

"궁중 처마 밑에는 동학銅鶴이 달려있거든! 동학 이놈은 매인 몸이라 어가를 수행할 수 없었지. 폐하를 가까이에서 섬길 수 없다는 생각에 속이 상했던 거야! 세상 만물은 모두 영적으로 사람과 통하는 데가 있다네. 여기 있는 여러분은 반드시 이 사실을 알아야 하오. 문무백관들이 어떻게든 군주에게 잘 보여 관운과 재물을 한 손에 움켜잡으려고 드는데 처마 밑에 매달린 수두獸頭라고 예외이겠소? 누구는 위풍당당하게 어가를 수행해 출세 길에 오르는데 나는 허구한 날 처마 밑에서 오는 바람, 가는 비를 다 맞으면서 궁전을 지키고 있으니 억울하다 이거였지."

건륭 등 세 사람은 어느새 이야기꾼의 얘기에 흠뻑 빠져 버렸다. 다시 노인의 말이 이어졌다.

"동학은 폐하께 충효를 다해 공훈을 인정받고 싶은 마음에 이런 생각을 했어. '폐하를 호위하려면 유용 한 사람만으로는 부족해. 너무 위험해! 내가 어떻게든 쫓아가야 해!'라고 말이야. 그렇게 해서 그날 밤 자정 무렵, 모두가 잠들고 천가에 정적이 깃들자 동학은 휙! 하고 화살처럼 하늘로 날아오른 거야. 날개를 푸드득거릴 새도 없이 진짜 화살처럼 날아올라 어가가 머물러 계신 강남 양주로 찾아갔다는 거 아니오!"

노인의 얘기는 그럴 듯했다. 사람들은 모두 숨을 죽이고 그의 얘기에 귀를 쫑긋 세웠다.

"마침 폐하께서는 그때 고 국구(고향)의 비리 사건 때문에 번뇌를 거듭하시다가 머리를 식힐 겸 유 대인과 함께 밤하늘을 바라보고 계셨다오. 그런데 갑자기 하늘에서 학의 울음소리가 들려온 거야. 폐하의 혜안은 명경明鏡 같으시니 한눈에 알아보신 거야. '저건 대궐 처마 밑의 동학인 게로구나'라고 말씀도 하셨소. '너 이 축생 놈이 감히 어지도 없이 함부로 출궁했다는 말이지?' 대로하신 폐하께서는 이렇게 말씀하시면서 대뜸 활을 꺼내 동학을 향해 쏘셨지. 화살이 쌩! 하고 무섭게 날아가자 동학은 미처 몸을 피할 사이도 없이 거기를 명중당하고 말았다지 뭔가!"

안에서는 바로 배꼽 잡는 웃음이 터져 나왔다. 밖에서 듣는 세 사람 역시 이야기꾼이 말한 거기가 어딘지를 알고도 남음이 있는지라 웃음을 금치 못했다. 이야기꾼의 말은 계속 이어졌다.

"그래서 동학은 화살 맞은 거기를 치료받고 다시 궁궐 처마 밑 제자리로 돌아갔다고 하네. 세상만사에는 모두 연분이라는 것이 따로 있는 법이네. 우리 모두 자신의 본분을 지키고 동학처럼 주제 넘는 망상을 품지 말아야 한다 이 말이오!"

유용은 혹시라도 이야기꾼이 자신을 흉악하고 부덕한 인물로 그려낼지 모른다는 생각에 은근히 걱정을 하던 차였다. 그러나 노인은 그를 그렇게 야멸차게 몰아붙이지 않았다. 유용은 그제야 몰래 안도의 숨을 내쉬었다. 건륭이 빙그레 웃으면서 말했다.

"제동야어齊東野語도, 패관소설稗官小說도, 희문창사戱文唱詞도 억지로 금기시할 필요는 없겠네. 저렇게 세상인심을 안정시키는 데 도움만 된다면 오히려 상을 줘야겠지. 왕렴, 부스러기 은자가 있으면 들어가서 상을 내리고 오게."

왕렴은 건륭의 명령에 바로 주머니를 들춰봤다. 이어 웃으면서 찻집 안으로 들어갔다.

길에 남은 건륭과 유용은 얼굴과 머리에 온통 눈을 뒤집어쓴 서로를 보면서 말없이 웃었다. 그때 갑자기 멀리서 징소리가 눈의 장막을 뚫고 은은하게 들려왔다. 두 사람은 점점 가까워지는 소리에 귀를 기울였다.

"현지 백성들은 잘 듣거라! 채앵채앵……. 세관아문에서 채앵…… 우리에게 덕음德音을 전해왔다. 채앵채앵……. 과부와 고아만 남아 있거나, 육십을 넘긴 노인이 있는 집들과 채앵…… 재해 지역에서 살길을 찾아온 외지인들에게 챙……채앵…… 겨울날 전량錢糧을 내준다. 호적이나 여타 신분증을 가지고 토지묘土地廟로 와서 타 가거라! 채앵채앵…… 화 나리께서 죽을 끓여 내준다고 하셨으니 유시酉時에 천막 앞으로 모이거라!"

징소리와 고함소리는 한때 가까워지는 듯했다. 그러다 저쪽에서 북으로 방향을 틀면서 다시 점점 멀어져갔다. 거리에는 삽시간에 큰 소동이 일어났다. 어디서 나왔는지 가장 먼저 거지들이 떼로 몰려나와 누더기 자루를 머리 위로 휘두르면서 옥황묘 쪽으로 달려갔다.

"죽 먹으러 가자! 돈 타러 가자!"

찻집 안에서도 한 무리가 몰려 나왔다. 낡은 솜옷을 걸치고 야담을 듣고 있던 빈민들이었다. 그렇게 그 많던 사람들이 거의 다 빠져나가자 거리에는 사람이 얼마 남지 않았다. 목청껏 호객행위를 하던 장사꾼들의 목소리도 어느새 시들해졌다. 그때 멀지 않은 곳에서 나귀 울음소리가 들려왔다. 왕렴이 잡고 있던 나귀 두 마리가 그 소리에 고개를 번쩍 쳐들더니 그쪽으로 가려고 몸을 틀었다. 왕렴은 얼떨결에 몇 걸음 끌려갔다. 그러다 화가 나는지 나귀 궁둥이를 툭 차면서 건륭에게 말했다

"폐하, 서하와자까지는 아직도 한참 더 가야 하옵니다. 어서 떠나시옵소서."

건륭이 갑자기 무슨 생각이 들었는지 근엄한 말투로 왕렴에게 물

었다.

"짐이 출궁한다는 얘기는 아무에게도 하지 않았겠지?"

왕렴이 고개를 주억거리면서 황급히 대답했다.

"물론이옵니다. 소인이 목이 열두 개도 아니고 어찌 감히 함부로 주둥이를 놀리겠사옵니까? 소인은 나귀를 끌고 올 때도 화친왕마마의 분부에 따른 것이라고 말했사옵니다."

건륭이 그제야 환한 미소를 지은 채 유용에게 말했다.

"화신이 이재민들을 위한 대책 마련에 앞장서겠다고 하더니 이렇게 빨리 행동에 옮길 줄은 몰랐네. 자, 따라가 보세!"

그때까지만 해도 화신을 실속 없는 아첨꾼 정도로만 생각해 왔던 유용도 이런 일을 보자 생각을 바꿀 수밖에 없었다. 재물을 탐내지 않고 오로지 가난한 백성들을 구제하려는 마음씀씀이에 감복한 것이었다. 유용이 아뢰었다.

"이는 원래 순천부에서 해야 할 일이 아니옵니까? 돌아가서 곽영년郭英年에게 이 사실을 알려야겠사옵니다. 그의 얼굴 표정이 어떻게 변할지 좀 봐야겠사옵니다."

유용이 말을 마치고 돌아서다 말고 정색한 표정을 지었다. 이어 나직이 아뢰었다.

"폐하, 저 앞에 오는 게 화신이 아니옵니까?"

건륭이 유용의 말에 흠칫 하면서 그가 가리키는 방향을 바라봤다. 과연 화신이 틀림없었다. 두툼한 솜옷을 껴입고 뭔가 깊은 생각에 잠긴 듯 발끝을 내려다보면서 걸어오는 사람은 틀림없는 화신이었다.

건륭은 잽싸게 몸을 돌려 한쪽에 있는 골동품 가게 앞에서 서성이면서 화신이 자신을 보지 못하도록 피했다. 화신이 이런 자리에서 갑자기 자신을 만나 크게 놀라는 날에는 영락없이 정체가 들통나버릴 수 있다고 생각한 탓이었다.

건륭 등 세 사람은 아예 화신을 완전히 피하기 위해 골동품 가게 안으로 들어갔다. 마흔 살쯤 된 말라깽이가 주인인 가게였다. 그는 손난로를 껴안고 손님을 기다리다가 세 사람이 들어서자 황급히 일어서더니 환하게 반색을 했다.

"또 오셨군요, 나리! 어서 오십시오. 그동안 은자를 두둑이 버셨습니까? 오늘은 뭘 보러 나오셨습니까?"

주인은 건륭이 미처 대답하기도 전에 따끈한 차 한 잔을 내밀었다. 이어 구리로 된 손난로도 안겨줬다.

"천천히 구경하십시오. 진열대에는 몇 가지 없지만 안에는 쓸 만한 물건이 많습니다. 월왕越王의 검劍, 상商나라 때의 정鼎, 선덕로宣德爐, 여자대원앙汝瓷大鴛鴦 쟁반……. 강태공姜太公의 낚싯대와 탁문군卓文君의 술 주전자만 빼고 뭐든지 다 있습니다!"

주인은 말로는 진열대에는 물건이 몇 가지 없다고 했으나 전혀 그렇지 않았다. 고색古色이 창연蒼然한 크고 작은 골동품들이 가득 진열돼 눈 둘 곳을 모르게 만들 정도였다. 서화書畫, 자기瓷器, 구리 솥, 옛날 동전, 벼루, 한전漢甎, 송묵宋墨, 오래된 거문고…… 등등 종류도 다양했다. 건륭이 왼쪽 벽에 걸려 있는 그림을 가리키면서 물었다.

"이 〈태종팔준도〉太宗八駿圖는 동향광董香光의 작품이오? 자세히 보게 좀 내려주시오!"

주인이 건륭의 말에 웃음을 지어보였다.

"역시 물건 볼 줄 아시는 분은 다릅니다그려! 동향광의 작품은 북경의 온 성을 다 뒤져도 이것처럼 완벽하게 보존된 것을 찾기 어려울 겁니다."

"여기 동향광의 그림이 있다고 했소?"

공교롭게도 마침 그때 가게 앞을 지나던 화신이 주인의 말을 듣고 호기심이 생긴 듯 걸음을 멈췄다. 그리고는 가게 안으로 불쑥 들어왔다. 이어 비스듬히 돌아서 있는 건륭 일행에게는 시선도 주지 않은 채 그림만 열심히 들여다봤다. 건륭은 터져 나오려는 웃음을 참느라 너무나 힘들었으나 꾹 참았다. 화신이 한참 뚫어지게 그림을 뜯어보더니 이내 실망한 듯 돌아서면서 내뱉었다.

"또 모조품이잖아! 어떤 고수가 만들어냈는지 언뜻 봐서는 모르기는 하겠다만."

화신이 투덜대면서 막 가게를 나서려다 말고 주춤하더니 바로 돌아섰다. 이어 눈을 비비면서 다시 건륭을 바라봤다. 그리고는 깜짝 놀라 더듬거리면서 입을 열었다.

"혹시……. 아니 여기는……?"

화신이 놀란 김에 큰 소리라도 지를세라 다급해진 유용이 황급히 앞으로 나서면서 소리쳤다.

"맞네! 이분이 바로 그 용 도련님이시네. 나를 모르겠나? 나는 유숭여인데!"

화신이 그제야 눈치를 챈 듯 바보처럼 히히 웃었다. 그리고는 너스레를 떨었다.

"이 개 눈깔을 어디에 써먹겠습니까? 본주本主도 못 알아 뵙고! 어서 인사 받으십시오."

화신이 잽싸게 한쪽 무릎을 꿇었다. 건륭 역시 히죽 웃으면서 입을 열었다.

"일어나게, 젖은 바닥에 그러고 있지 말고! 헌데 이 그림이 모조품이라는 건 어떻게 알았나? 자네에게 그런 재주도 있었나?"

가게 주인이 건륭의 말에 기분이 나쁜 듯 바로 끼어들었다.

"모조품이라뇨? 이분이 잘못 보셨습니다."

이번에는 유용도 나섰다.

"이분이 바로 그 유명한 화 나리이시네. 속여 먹을 사람이 따로 있지. 누구를 속이려고 드나?"

건륭 역시 거들고 나섰다.

"나에게도 동향광의 그림이 꽤 있는데, 이 그림은 지색紙色이나 필묵筆墨을 보면 진품인 것 같은데?"

건륭의 말을 듣고 난 화신이 차분하게 설명했다.

"도련님! 요즘은 모조품을 만드는 수법도 갈수록 교묘해지고 있습니다. 지금은 더 이상 원본 위에 대고 그리는 어설픈 수준이 아닙니다. 유리 두 장 사이에 송지宋紙와 그림을 따로 따로 끼우고 거울을 이용해 햇빛을 반사시키면 태양빛이 그림에 투사돼 필획 하나 틀림없이 똑같이 그림을 옮겨놓을 수 있답니다. 따로 손댈 필요도 없습니다. 그러니 겉보기에는 진품과 똑같을 수밖에요. 문제는 인장印章입니다. 보세요, 아무리 고수라도 빨간색 인장까지는 생생하게 투사해낼 수 없을 거 아닙니까? 그러니 원본의 인장보다 희미하고 조금씩 조작한 부분도 보이지 않습니까?"

화신의 말에 건륭과 유용은 그제야 크게 깨달은 표정을 지었다. 가게 주인은 잔뜩 기가 죽어 중얼거렸다.

"진품인 줄 알고 이천 냥에 사들였는데. 어제도 누군가 삼천오백 냥을 줄 테니 팔라고 통사정을 하는 걸 쫓아버렸건만……, 이게 가짜라니!"

화신이 낙심천만해 울상이 된 주인을 향해 말했다.

"소문 내지 않을 테니 임자가 나서면 본전 이천 냥에 얼른 줘버리게."

화신의 말에 주인이 바로 기쁜 표정을 지었다. 이어 연신 굽실거리면서 화신에게 차를 따라줬다. 그리고는 얼른 부탁을 했다.

"다행히 오늘 나리 덕분에 진위를 가리게 됐습니다. 이왕이면 다른 물건도 좀 봐주시죠."

"뭘 그 정도를 가지고……."

화신이 웃으면서 진열대를 획 둘러봤다. 자신감 넘치는 어조로 빠르게 몇 가지 얘기해주었다.

"저 옛날 동전들은 진품이 틀림없고, 이 자기 사발은……."

화신이 웃음 띤 얼굴을 한 채 도자기로 된 사발을 가리키면서 말을 이었다.

"가게 안의 물건을 다 팔아도 이 사발 하나의 가격에 못 미칠 걸? 어마어마한 물건이 틀림없어! 불상佛像도 진품이고……. 저 붓통은 몇 백 년 된 진품이라고 보기는 힘들 것 같소."

건륭이 곧 웃으면서 유용에게 눈짓을 보냈다. 갈 길이 급하다는 뜻이었다. 두 사람이 가게를 나서자 화신 역시 주인의 만류를 뿌리치고 따라 나왔다. 화신이 사람이 없는 조용한 곳에 이르자 건륭에게 아뢰었다.

"폐하, 사실 아까 보셨던 동향광의 그림은 진품이옵니다. 폐하께서 마음에 들어 하시는 것 같아서 소인이 값을 깎기 위해 일부러 모조품이라고 했던 것이옵니다."

유용은 화신의 말에 기가 막힌다는 듯 두 눈을 휘둥그렇게 떴다. 이어 마치 낯선 사람을 보듯 화신을 바라보았다.

"자네, 그리고도 글공부를 한 사람이라고 할 수 있는가? 대체 자네 말은 어디까지가 진실이고 어디까지가 거짓인가?"

화신이 웃으면서 대답했다.

"당연히 폐하 앞에서는 항상 진실만 아뢰어야죠. 숭여 나리, 세상 만사에 다 똑같은 잣대를 들이댈 필요는 없지 않습니까? 군자와 사귈 때는 '의'義를 앞세우고 소인배 앞에서는 당연히 '이'利를 따져야죠."

건륭이 즉각 화신의 편을 들었다.

"아는 것이 많으면 많을수록 좋은 게 아닌가? 숭여도 너무 그러는 게 아니네. 화신이 군주를 기만하거나 벗을 속인 것도 아니고 도덕에 위배되는 짓을 한 것도 아닌데 그렇게 나무랄 필요가 있겠나?"

유용도 웃으면서 입을 열었다.

"그런 뜻이 아니옵니다, 폐하! 신은 다만 화신이 장사와 이재에 어찌 이리 능할까 하는 생각을 했을 뿐이옵니다."

건륭 등 네 사람은 함께 북옥황묘를 나섰다. 화신은 더 이상 따라갈 수 없다고 판단한 듯 눈치 빠르게 건륭에게 작별 인사를 했다. 바로 그때였다. 멀리서 눈보라를 휘날리면서 말을 타고 달려오는 사람이 보였다. 건륭 일행은 잠시 멈춰 섰다.

가까이 다가온 사람은 관세아문의 세리税吏였다. 화신이 그를 알아보고는 다급히 고함을 질렀다.

"격서格舒, 자네가 여기는 어쩐 일인가? 어디 불이라도 난 거야?"

"화 나리! 죽…… 죽을 끓이는 천막에서 순천부의 개놈들과…… 우리 애들 사이에…… 싸움이 붙었습니다!"

격서가 숨이 턱에 차는지 헉헉거리면서 겨우 입을 열었다.

# 7장
# 기민 구제에 나서라!

화신이 당황한 표정을 감추지 못한 채 건륭을 재빨리 훔쳐봤다. 이어 미간을 찌푸리면서 말했다.

"두서없이 그러지 말고 천천히 말해봐. 우리 쪽에서 먼저 시비를 걸고 나선 거야? 내가 평소에 뭐라고 그랬나? 여기는 황제폐하의 발밑이자 황성皇城의 뿌리이기 때문에 매사에 조심해야 한다고 하지 않았나! 북경성에는 아문이 곳곳에 있기 때문에 여러 아문과 사이좋게 지내야 한다고 누누이 강조하지 않았던가?"

화신의 훈계가 끝나자 겨우 숨을 고른 격서가 건륭 일행을 힐끗 쳐다보면서 대답했다.

"순천부에서 갑자기 저리 거칠게 나오는 이유를 모르겠습니다! 다짜고짜 듣기 거북한 욕설을 퍼붓고 멱살을 잡더군요. 저희는 그래도 참고 좋은 말로 했습니다. 그랬더니 더욱 기고만장해지더라고요! 오늘 오전에 저희들은 나리의 지시에 따라 천막을 치려고 토지묘土地廟를 찾았습니다. 그곳 이장里長이 정해준 곳이 바람을 등진 데다 햇볕도 잘 들더군요. 날씨가 좋을 때는 밥을 먹고 밖에서 햇볕을 쬐고, 눈이 내리면 토지묘로 들어갈 수 있을 테니 좋겠다 싶어 천막을 치려고 준비하고 있었습니다. 이장하고 상의하고 있을 때 마침 순천부 사람이 나왔어요. 처음에는 아무 말 없이 쓱 보더니 그냥 가더라고요. 그러더니 죽을 한창 끓이고 있는데 와서 트집을 잡는 거 아니겠습니까. 자기네 순천부에서 이곳에 천막을 치고 죽을 나눠주고자 하니 저희들에게 당장 옮겨가라는 겁니다. 커다란 죽 가마에서 죽이 벌렁벌렁 끓고 있는데 어디로 들고 가라는 얘기입니까? 사정 얘기를 했더니 '옥황묘 북쪽으로 갈 테면 가고 아무튼 우리는 알 바 아니야!'라고 말도 안 되는 소리만 하는 겁니다. 옥황묘 북쪽은 호수와 인접한 곳이라 북풍이 세게 몰아치고 바람막이 나무조차 없어 아무것도 할 수 없는 곳이거든요."

격서가 입에 거품을 물고 침까지 튀기면서 사건의 자초지종을 늘어놓았다. 이어 다시 입에 침을 튕겼다.

"그래서 여기서 같이 하면 안 되겠느냐고 한 발 양보했더니 급기야 거친 욕설을 퍼붓는 것이었습니다. '네놈들이 뭔데 함부로 천막을 쳐? 육부삼사六部三司라 하더라도 북경성 어딘든 말뚝을 박으려면 우리 순천부의 허락 없이는 안 돼! 쌍놈의 새끼들, 당장 뽑아 내치지 못해?'라고 말이죠. 하도 억장이 막혀 제가 '그럼 법원사法源寺, 대각사大覺寺, 성안사聖安寺, 묘응사妙應寺 등 절에서 천막을 치고 죽을 끓일 때도 순천부의 허락이 있어야 합니까? 스님들은 괜찮은데 우리는 왜 안 된다는 겁니까?'라고 정중하게 따져 물었더니 호총胡總인가 뭔가 하는 자가 갑자기 삽으로 눈을 퍼 담아 죽 가마에 집어넣는 것이 아니겠습니까? 주린 배를 안고 다 깨진 사발을 들고 이제나저제나 때를 기다리던 이백여 명의 굶주린 백성들이 그걸 보고 가만히 있겠습니까? 어떤 젊은이가 와락 달려들더니 호아무개의 뺨을 사정없이 갈기더군요. 그러자 순천부의 졸병들이 숭문문 세관놈들이 사람을 팬다면서 아우성을 치는 겁니다.”

격서가 말을 마치고 나더니 길게 숨을 몰아쉬었다. 화신이 즉각 물었다.

“지금은 어떤 상황인가? 사상자는 없었나?”

격서가 대답했다.

“굶주린 백성들 수백 명이 달려드는데 당해낼 수 있겠습니까? 실컷 쥐어터지고 짓밟혔죠. 다행히 저희가 분노한 백성들을 뜯어말려 사상자는 없었습니다. 그러나 아직도 대치상태에 있습니다. 순천부아문에서 곧 사람을 파견해 난동을 부린 자들을 붙잡아 간다고 합니다. 그래서 제가 이렇게 달려왔습니다. 어떻게 대응하는 게 좋겠습니까?”

사건의 전말을 듣고 난 건륭과 유용은 가슴속이 부글부글 끓어올랐다. 원래 죽을 끓여 굶주린 백성들을 구제하는 것은 순천부 본연의 업무였다. 그런데 본인들이 늑장대응을 한 것도 모자라 발 벗고 도우려 나선 쪽을 오히려 욕되게 하다니! 어떤 이유라 하더라도 순천부는 이번 소동의 책임을 피해갈 수 없을 터였다.

건륭이 그렇게 생각에 잠겨 있을 때였다. 화신이 갑자기 차가운 냉소를 터트렸다.

“설마 순천부에서 아무 이유 없이 그렇게 몰상식하게 굴었을까? 손뼉도 마주쳐야 소리가 난다고 했어. 너희들이 맞받아쳤기에 그렇게 된 거 아니야? 한쪽 말만 듣고는 알 수 없어!”

화신의 말에 격서가 두 눈을 왕방울처럼 치켜떴다. 이어 억울하고 초조한 마음에 그 자리에서 펄쩍펄쩍 뛰면서 목소리를 높였다.

"못 믿으시겠다면 직접 가보십시오! 저희들이 순천부 사람들을 물 먹이려고 이러는 게 절대 아닙니다. 오죽하면 굶주린 백성들이 들고 일어났겠습니까? 저희들이 말리지 않았다면 그자들은 오늘 떼거지로 제삿날을 맞았을 것입니다!"

화신은 그러나 격서의 말을 채 듣지도 않고 손사래를 쳤다.

"됐어, 가봐! 내가 곧 뒤따라갈 테니. 감히 경거망동을 하는 자가 있다면 내 손에 살아남지 못할 거라고 이르게!"

격서가 울며 겨자 먹기로 대답을 하고는 말 위에 올라 채찍을 날렸다.

"폐하, 소신은 그만 가보겠사옵니다."

화신이 건륭을 향해 공손히 인사를 올렸다. 그리고는 난감한 미소를 지으면서 덧붙였다.

"아랫것들이 객기를 부려 불미스런 일을 저지른 것 같사오니 소인이 직접 가서 중재를 해야겠사옵니다."

건륭이 노여움 가득한 어조로 물었다.

"어찌할 셈인가?"

화신이 미리 생각이라도 한 듯 즉각 대답했다.

"어느 아문에서 나왔든 모두 폐하의 신하들이옵니다. 순천부도 나름 그렇게 할 수밖에 없었던 이유가 있었을 것이옵니다. 순천부처럼 큰 아문의 위상이 바로 서지 못하면 조정의 위상에도 흠이 가게 돼 있사옵니다. 너 나 없이 한 곳을 바라보는 일조一朝의 신하들로서 서로 얼굴 붉히는 일은 없어야 하지 않겠사옵니까? 신도 언젠가 순천부로 발령이 날 수도 있고, 반대로 그들이 숭문문 업무를 맡게 될지도 모르는 일이오니 서로의 체면을 짓밟는 일은 없도록 처리하겠사옵니다. 춥고 배고픈 기민들이 홧김에 일을 저질러 폐하께 성려聖慮를 끼쳐 드릴까 그게 심히 걱정이옵니다."

건륭은 처음 격서의 얘기를 들었을 때 친히 문제의 현장으로 가봐야겠다는 생각을 했었다. 그러나 화신의 말을 듣고 보니 굳이 그럴 필요는 없을 것 같았다. 화신이 자신보다 더 주도면밀하니 적이 마음이 놓인다는 표정도 지어 보였다. 그가 고개를 끄덕이면서 말했다.

"가보게! 가서 순천부 사람들에게 전하게. 난동까지 부려가면서 좋은 일을 할 필요는 없다고 말이네. 자기들이 못하는 걸 다른 사람이 대신 해내니 심통이 나나 보지? 못된 것들!"

유용이 멀어져 가는 화신의 뒷모습을 한참 동안 지켜보고 나서 입을 열었다.

"보기보다 속이 깊고 이해심 또한 많은 사람인 것 같사옵니다."

이어 잠깐 숨을 돌리고는 다시 덧붙여 아뢰었다.

"처음에는 너무 영악하고 잔망스러운 것처럼 느껴졌사오나 갈수록 괄목상대하게 되는 사람이옵니다. 군인으로 전선에 출정한 사람들 중에 품행이 저리 단정한 자도 그리 흔치 않다고 사료되옵니다. 폐하의 말씀대로 순천부에서는 자신들의 일을 화신이 빼앗아갔다고 생각해 심통을 부리는 것 같사옵니다."

유용의 말에 건륭이 허탈한 웃음을 지었다.

"순천부에서도 출동했다니 자칫 우리 정체가 드러날 수도 있네. 서하와자 쪽에는 가지 말지! 유용, 자네는 군기처로 돌아가 직예 총독과 순무에게 정기廷寄를 발송하게. 순천부 부윤府尹을 만나 이번 폭설로 인한 재해 상황을 신속히 파악하고 대책 마련에 서두르라고 말이네. 저녁에는 집으로 돌아가지 말고 기다리게. 황후가 꿩으로 곰국을 끓여 자네에게 상으로 내린다고 하네!"

유용이 대답과 함께 정중하게 사은을 표했다. 건륭은 왕렴의 시중을 받으면서 나귀 등에 올라탔다. 다시 유용이 아뢰었다.

"신무문까지 바래드리겠사옵니다. 춘경春耕에 필요한 종자를 이재민들에게 조달했는지 확인해 폐하께 상주문을 올리도록 하겠사옵니다. 굶어죽고 얼어 죽은 시체도 거둬 묻어줘야 할 것이옵니다. 이는 결코 작은 일이 아니라고 생각하옵니다. 어떤 지방에서는 종자가 없어 파종도 못하는데도 관부에서는 나 몰라라 한다고 하옵니다!"

건륭이 가볍게 고개를 끄덕였다. 유용의 제안에 수긍을 한다는 의미였다.


화신은 토지묘로 달려가 상황을 살펴봤다. 격서의 말대로 쌍방은 그때까지 한 치의 양보도 없이 팽팽한 대치상태에 있었다. 그래서일까, 천막 앞 공터는 온통 설수雪水와 진흙으로 엉망진창이 돼 있었다. 반 토막이 난 몽둥이와 깨어진 대접조각들도 어지러이 널려 있었다. 몸싸움 중에 찢어진 것을 홧김에 벗어 던졌음직한 낡은 솜옷은 물에 젖어 걸레처럼 변해 있었다. 격렬한 몸싸움 현장을 입증이라도 하듯 진흙탕 속에는 발자국들이 어지러웠다.

호아무개는 10여 명의 아역들을 데리고 천막 서쪽에 떡하니 버티고 서 있었다. 아역들은 저마다 손에 군곤軍棍, 동아줄, 족쇄, 쇠사슬, 항쇄 등의 형구刑具를 들고 기세등등한 표정을 한 채 천막 쪽을 노려보고 있었다.

숭문문 세관의 세리들도 천막 옆에서 싸움닭처럼 벼슬을 빳빳이 세우고 호아무개의 무리들을 째려보고 있었다. 얼굴에는 흙탕물이 엉겨 붙어 꼴불견이었다. 또 세리들 옆에는 굶주린 백성들이 끝이 보이지 않을 정도로 길게 줄을 지어 서 있었다. 허리춤에 양을 잡는 데

쓰는 칼을 꽂은 젊은이 몇 명이 맨 앞에 서 있었다. 여차하면 순천부 아역들과 사생결단이라도 내겠다는 듯 모두들 비장한 표정들이었다.

화신은 바삐 달려오느라 온몸이 땀투성이가 되었다. 그나마 다행인 것은 양측이 아직까지 대치만 하고 있을 뿐 걱정했던 사태는 벌어지지 않았다는 사실이었다. 그는 일단 안도의 한숨을 길게 내쉬었다. 이어 큰 소리로 세리들에게 물었다.

"유전, 유전은 어디 있어? 안 왔어?"

격서가 바로 대답했다.

"유 나리는 좌가장左家莊에 계십니다. 화장터에서 시체 한 구를 태우는데 은자 이 전씩 내라고 해서 그리로 가셨습니다. 무슨 놈의 세상이 돈밖에 모르는지. 얼어 죽은 시체를 태우는 데도 돈을 받겠다고 아우성이니!"

화신은 격서의 불평불만에는 아랑곳하지 않은 채 순천부 아역들을 향해 입을 열었다.

"나는 화신이라고 하오. 이등 시위이자 난의위鑾儀衛 시위 겸 숭문문 관세총감이오. 여러분 중에 누가 대장이요? 나와서 얘기 좀 합시다."

순천부에서 나온 아역 무리들은 아무런 대답도 하지 않았다. 그저 호아무개라는 자를 향해 심드렁하니 턱짓을 해 보일 뿐이었다.

"그럼 내가 먼저 말하겠소."

말을 내뱉는 화신의 얼굴에 서리가 끼었다. 곧이어 그가 곧게 허리를 펴더니 목소리를 높였다.

"우리 숭문문 세관에서는 조정에 납부하고 남은 나머지 돈으로 쌀을 사서 죽을 끓이기로 했소. 이는 사전에 폐하께 주청을 올려 윤허를 받은 일이오. 천하의 굶주린 백성들에게 폐하의 하늘과 같은 인덕을 알리기 위함이었소. 역대 군주들께서는 기근과 재앙 앞에서 각 아문이 힘과 마음을 합쳐 슬기롭게 위기를 넘기라고 하셨소. 쌀죽을 끓여 배곯는 기민들을 구제하는 일은 틀림없는 선행이오. 우리 숭문문 세관에서는 고의로 순천부의 장소를 선점할 생각이 추호도 없었소. 선행을 베푸는 마당에 누구하고 주먹다짐을 할 일이 뭐가 있소? 이번 폭설로 인한 피해상황은 매우 심각하오. 각 왕부에서 피복被服과 음식을 내놓았소. 또 북경성 내의 크고 작은 부호들도 이번 설해雪害 복구에 적극 동참해 곳곳에 천막을 치고 쌀죽을 공급하고 있소. 이는 결코 순천부에서 통제할 일이 아니오."

화신이 줄을 서서 차례를 기다리고 있는 사람들을 가리키면서 말을 이었다.

"이 사람들은 모두 폐하의 선량한 백성들이오. 천재로 인해 어쩔 수 없이 북경으로 떠밀려온 가여운 사람들이라는 말이오. 이 사람들의 눈을 보시오. 얼마나 맑고 선한지! 앉으라면 앉고 사발 들고 줄 서라면 줄을 서는 이들에게 대체 무슨 죄가 있다는 말이오? 이처럼 폭설이 내리는 엄동설한에 우리는 고깃국에 쌀밥을 배불리 먹고 따뜻한 온돌에 마누라 끼고 누워 발 뻗고 편한 잠을 자지만, 이들은 오로지 목숨을 연명하기 위해 이빨 깨진 사발을 들고 지금 이렇게 눈밭에서 떨고 있소. 인간이라면 어찌 이들이 가엾지 않을 수 있겠소? 그런데 떡 한 조각이라도 가져다주지는 못할망정 끓는 죽 가마에 눈을 퍼 넣다니, 이게 어디 말이나 되는 소리요?"

화신의 따끔한 훈계와 절절한 호소는 서로 잔뜩 힘을 주고 부릅뜨고 있던 눈을 스르르 풀리게 하는 데 완전 특효였다. 순천부의 아역들 역시 못내 멋쩍은 표정들을 짓고 있었다. 그때 굶주린 백성들이 복청을 높였다.

"화 대인은 진짜 우리의 부모관이셔! 저런 분이 많아야 할 텐데……."

"그러게 사람도 사람 나름이고 관리도 관리 나름이라니까! 못 잡아먹어 지랄발광을 하는 자들이 있는가 하면 화 나리처럼 의롭고 선량하신 분도 있지, 물론!"

"순천부 저것들은 똥만 처먹었나. 어찌 저리 몰상식하고 비인간적일까!"

그 와중에 누군가가 한마디 외쳤다.

"화 대인의 공후만대公侯萬代를 기원합니다!"

화신이 그러자 담담하게 입을 열었다.

"무슨 공후만대씩이나! 나는 그저 내 힘이 닿는 데까지 진력하고 있을 뿐이오. 사실 방금 폐하를 알현하고 오는 길이오. 전해드릴 얘기도 있고 해서 순천부의 곽 태존을 좀 만나야겠소. 누가 가서 이쪽으로 와주십사 하고 아뢰어 주겠소?"

화신이 황제를 알현하고 오는 길이라는 말에 순천부의 아역 무리들은 마치 사갈蛇蝎이라도 만난 듯 깜짝 놀랐다. 이어 몇 사람이 수군수군 귀엣말을 하더니 그 중 한 명이 말을 타고 달려갔다. 호아무개는 놀란 표정으로 멍하니 화신을 바라보더니 잠깐 망설이다가 주춤거리면서 그에게 다가왔다. 이어 장작 꺾이듯 한쪽 무릎을 꿇으면서 중얼거렸다.

"하관 호극안胡克安이 화 나리께 문후를 올립니다. 방금 전의 무례를 너그러운 아량으로 한 번만 용서해 주십시오! 대인의 말씀은 구구절절 지당하십니다. 하오나 입이 비뚤어져도 말은 바로 하랬다고, 귀 세관의 세리들도 지나치게 오만불손했던 건 사실입니다……."

화신이 너그러이 이해한다는 투로 웃으면서 화답했다.

"됐소! 이제 와서 서로의 잘잘못을 따져서 뭘 하겠소. 아랫것들이 아무렇게나 내뱉는 말을 일일이 신경 쓰자면 끝이 없을 것이오. 이렇게 또 인연이 돼 서로 알게 됐잖소. 앞으로 잘 지내봅시다. 그쪽의 곽태존은 나의 벗이오! 격서, 형제들이 추울 텐데 천막 안으로 안내하게. 따끈한 차 한 잔씩 대접하게. 호 나리도 바쁘실 텐데 그만 가보시오. 서로 오해가 있었으면 빨리 푸는 게 도리가 아니겠소? 같은 북경에서 앞으로도 코 맞대고 일해야 할 사이인데 개 닭 쳐다보듯 해서야 되겠소?"

화신은 말을 마치자마자 죽 가마 쪽으로 다가갔다. 이어 죽이 다 끓은 것을 확인하고는 부하들에게 지시했다.

"날도 추운데 넉넉히 주게. 모자라면 더 끓이게!"

기민들은 화신의 말을 듣고 일제히 환호성을 내질렀다. 이어 그 바쁜 와중에도 누가 연습을 시켰는지 사발 두드리는 소리가 요란한 가운데 모두 목청을 높여 시를 낭송하기 시작했다.

폐하께서 도탄에 빠진 우리 기민들을 구휼하셨네.
목마른 초목에 단비를 내려 주셨으니,
기구한 이내 목숨 내 손으로 끝내고 싶었으나
다사다난한 이내 팔자 이 무슨 운명의 장난인가.
거듭되는 물난리와 이어지는 폭설에 고향과는 점점 더 멀어지고
타향에서 병들고 굶주리고 추위에 허덕이다 죽어가네.
내 정녕 객사해 불귀의 원혼이 된들 누가 알랴 싶었다네.
그러나 용심龍心은 우리를 가엾이 여기시어 따스한 손길 내리시네.
엄동嚴冬을 이겨내라 쌀죽에 의복도 내어주시네.
관음觀音의 감로수甘露水인들 이보다 더 달고,

양춘陽春의 햇살인들 이보다 더 따스하랴…….

기민들 중 일부는 입술만 달싹거리면서 따라 읊는 시늉을 했다. 또 갑자기 기억이 나지 않는지 뒤통수만 긁적이는 사람도 없지 않았다. 아무튼 나름대로 모두 시를 다 읊고 나서 차례로 사발을 내밀어 죽을 받았다. 그리고는 천막으로 들어가서 정신없이 먹어대기 시작했다.

화신은 죽그릇을 잡으려고 허둥대면서 보채는 아이들과 죽을 입김으로 후후 불어 조금씩 떠먹이는 어미의 모습을 바라봤다. 얼굴에 희미한 미소가 피어올랐다. 그리고는 죽을 다 나눠줄 때까지 그 모습을 지켜보고 서 있다가 비로소 다 젖은 장화를 벗고 마른 신발로 갈아 신었다. 이어 천천히 주변을 거닐기 시작했다.

그에게 뭐니 뭐니 해도 오늘의 가장 큰 성과는 미복 순행을 나온 건륭을 우연히 만나 한층 더 강렬한 인상을 남긴 것이었다. 게다가 나름 두터운 신임도 쌓았다. 그는 조만간 크게 중용될 것이라는 자신감이 들었다. 생각만 해도 기분이 좋아 가슴이 벅차올랐다.

물론 한편으로 걱정도 되었다. 군기처의 몇몇 군기대신들은 자기에 대해 별로 우호적이지 않은 것 같았기 때문이었다. 어떡하면 그들을 자기편으로 끌어들일 수 있을까? 그는 애써 흥분을 가라앉히면서 차분히 고민하기 시작했다…….

그가 한참 동안 이런저런 생각에 잠겨 있을 때였다. 저 멀리서 사인교四人轎가 뒤뚱대면서 오는 모습이 보였다. 순천부의 부윤인 것 같았다. 수행원이 대여섯 명밖에 없는 걸 보니 문제를 더 크게 만들고 싶은 생각은 없는 듯했다. 그가 바로 일어나 격서를 불러 지시했다.

"격서, 곽 태존께서 오시는 것 같군. 사람을 시켜 옥황묘의 어느 관자館子(음식점)에 주안상을 봐놓게. 다만 음식 값은 은자 다섯 냥을 초과하지 않도록 하게. 그리고 자네는 내 대신 나가서 곽 태존을 맞이하게!"

화신은 지시를 마치자마자 몸을 돌려 걸어갔다. 얼굴에 한 건 했다는 만족감이 그득했다.

화신은 날이 어둑어둑해져서야 집으로 돌아왔다. 피곤이 몰려와 몸이 물먹은 솜처럼 무거웠다. 옷과 신발도 다 젖었다. 그러나 기분만은 날아갈 것처럼 가벼웠다. 태어나서 오늘보다 더 기뻤던 날은 없었다고 해도 좋았다.

그는 대문 앞에 도착한 뒤에도 마당에 들어설 생각을 하지 않았다. 아직 뭔가 할 일이 더 남은 것 같았고, 힘을 완전히 소모한 후에야 집으로 들어가고 싶었던 것이다. 그러나 술을 몇 잔 걸친 탓인지 눈꺼풀은 자꾸만 무겁게 내려앉았다. 순간 눈과 얼음으로 하얗게 뒤덮인 천지가 모두 자신의 손아귀에 들어와 있는 듯한 느낌이 환상처럼 밀려왔다. 그는 죽현竹弦이라도 뜯으면서 목청껏 외치고 싶은 유혹을 겨우 억눌렀다.

바로 그때 가인들을 데리고 마구간과 창고가 있는 뒷마당의 눈을 치우던 유전이 문 앞에 서서 멍하니 생각에 잠겨 있는 화신을 발견했다. 그리고는 황급히 소리를 질렀다.

"나리께서 귀가하셨다. 즉시 마님께 아뢰거라. 나리, 추운데 어서 안으로 드시지 않고 왜 여기 이러고 서 계십니까?"

곧 몇몇 가인들도 달려 나와 수선을 떨었다. 그들은 화신의 몸에 묻은 눈을 털어 주고는 조심스럽게 부축해 이문으로 들어갔다. 갓 눈을 쓸어낸 마당은 깨끗했다. 둘째부인 장이고長二姑와 화신이 "누님!" 이라 부르면서 집안 살림을 맡긴 오씨가 한 무리의 하인들을 데리고 마당까지 마중을 나와 있었다. 장이고는 화신이 들어서자 먼저 몸을 낮춰 인사를 했다.

"저녁준비는 다 됐습니다. 동지 경단도 끓였고요. 싱싱한 생선으로 맛있는 찜도 만들었어요. 먼저 따끈한 생강차로 몸을 녹이시고 저녁상을 받으시는 게 좋겠어요."

화신이 빙그레 웃으면서 안으로 들어갔다. 그리고는 고개를 돌려 윗방을 쳐다보며 물었다.

"마님은 어디 있는가? 오늘 태의들은 다녀갔나? 자네 형님은 아직도 자고 있나?"

화신의 말소리를 들었는지 윗방에서 그의 정실부인인 듯한 여인의 희미한 목소리가 들려왔다.

"주인 나리께서 귀가하셨나보구나. 어서 나를 일으켜 다오."

화신이 서둘러 발길을 윗방으로 향하면서 고개를 돌려 지시했다.

"밥상을 이리로 가져오게. 여기는 시중드는 하녀 한 명만 있으면 되니 바람도 찬데 자꾸 들락거리지 않아도 되네."

화신이 방으로 들어가 온돌 앞으로 다가가더니 웃으면서 두 손을 비볐다. 그리고는 말을 이었다.

"밖은 엄청 추운데 방안은 따뜻하구먼."

화신이 말을 마치고는 손을 화로 위에 대고 비볐다. 이어 가까이 다가가 부인의 기색을 살폈다. 그리고는 다정스럽게 말했다.

"내려오지 말고 편히 기대 있게. 식탁을 온돌 위에 올려 줄 테니 먹고 싶은 게 있으면 조금씩 떠먹어. 너무 과식하지는 말고."

화신의 정실부인 풍馮씨는 대학사大學士 영렴英廉의 손녀였다. 그녀는 한 달 전에 출산을 하고 산후조리 중에 있었다. 그러나 출산하고 며칠 안 돼 찬바람을 쏘이는 바람에 심한 두통에 시달리고 있었다.

풍씨는 이제 스무 살밖에 안 된 여인이었다. 그러나 짙은 색의 헐렁한 옷을 걸친 몸은 부기가 아직 안 빠져 그런지 다소 뚱뚱해보였다. 그러나 갸름하고 핏기 없는 얼굴, 옥으로 조각한 듯한 섬섬옥수, 남정네의 눈빛이 부담스러워 고개를 다소곳하게 숙이는 모습 등이 무척 아름다웠다.

화신은 풍씨에게 다가가 뺨을 어루만져주고는 까맣고 반지르르한 머리도 가만히 쓸어내렸다. 이어 위로의 말을 건넸다.

"나 때문에 고생이 많네. 그래 몸은 좀 어떤가?"

"괜찮아요. 남들도 다 똑같이 겪는 일인 걸요. 이까짓 걸 두고 뭘 그러세요."

풍씨가 고개를 더욱 낮게 숙였다. 화신이 그런 그녀를 사랑스럽게 바라봤다. 이어 두 손으로 그녀의 작은 얼굴을 받쳐 올리고 입을 맞추려고 했다. 바로 그때였다. 밖에서 인기척이 들려왔다. 장이고와 오씨가 식탁을 받쳐 든 두 어멈을 데리고 들어서고 있었다.

화신은 아무 일도 없었던 듯 얼른 풍씨와 떨어져 앉았다. 그리고는 흠흠 헛기침을 하면서 그녀에게 물었다.

"아기는 아직 자고 있나?"

"유모 방에서 잘 놀고 있어요!"

장이고가 식탁을 온돌 위에 조심스레 올려놓았다. 이어 풍씨를 조심스레 부축해 기대 앉히고는 활짝 웃으며 말했다.

"오늘 봉사 점쟁이가 다녀갔어요. 스물넷째황숙 세자世子의 복진福晉도 다녀갔고요. 점쟁이가 그러는데 우리 아기는 부귀영화를 누릴 명이래요. 열여덟부터 이름을 날리고 열아홉에는 크게 출세할 거라고 했어요. 일흔다섯에 자그마한 재앙이 따르겠으나 물을 건널 때 말을 타고 건너는 일만 삼가면 무난하게 넘길 수 있다고 했어요. 그때가 되면 우리는 꼬부랑 할망구가 돼도 열두 번은 더 됐을 테니 어디 가서 있을지 모르겠네요!"

화신은 장이고의 수다에는 별 관심이 없었다. 그러나 스물넷째황 숙의 세자 복진이 왔었다는 말에는 귀가 번쩍 뜨여 다그쳐 물었다.

"세자 복진께서 어쩐 일이시지? 세자께 우리 아기 작명을 부탁드렸 던 일은 어찌 됐나?"

풍씨가 입맛이 없는 듯 채소만 조금 집어먹으며 대답했다.

"안 그래도 이름을 지어 오셨어요. '풍신은덕'豊紳殷德이라고요. 글자 마다 주옥같잖아요! 그런데 뜻은 좋은데 좀 긴 것 같긴 해요. 이름 얘기를 하는데 아기가 옆에서 까만 눈을 반짝거리면서 이 사람 저 사 람 둘러보는 거 있죠? 팔다리를 힘차게 들었다 놓으면서 재롱을 부 리더니 유모 얼굴에 오줌까지 쌌지 뭡니까? 얼마나 귀여운지! 점쟁이 선생에게는 은자 세 냥을 상으로 내렸어요. 점쟁이 말을 다 믿을 건 못 되지만 그래도 기분은 좋았어요."

방안에 장이고와 함께 자리를 잡은 오씨는 원래 화신의 친인척은 아니었다. 그렇다고 집에서 부리는 아랫것도 아니었다. 화신이 양주涼 州에서 병에 걸려 목숨이 위태로울 때 그를 구해줬던 사람이었다. 오 씨 모녀는 당시 자신들도 빌어먹는 처지였음에도 불구하고 화신을 극진히 간호하고 보살펴 주었다. 화신은 그 은혜를 잊지 않고 북경으 로 올 때 오씨 모녀를 데리고 왔다. 그리고 가정을 이룬 후에도 한집 에서 살기로 했다. 예우도 깍듯하게 갖췄다. 화신이 그렇게 하자 집 안의 다른 사람들 역시 모두 오씨를 '이모'라고 부르지 않을 수 없었 다. 바로 이렇게 해서 가족들이 단란하게 모여 식사하는 자리에 오씨 도 끼어 앉을 수 있게 된 것이다. 그녀가 웃으면서 화신에게 물었다.

"나리, 세자 복진께서 선물을 많이 가져오셨습니다. 은자도 이천 냥씩이나 내놓으셨습니다. 득남을 축하하는 선물치고는 너무 부담스러웠습니다!"

화신은 오씨의 말을 들으며 어두탕魚頭湯을 마셨다. 그러자 얼었던 몸이 훈훈해지는 것 같았다. 그가 젓가락으로 다른 음식을 집으려다 말고 입을 열었다.

"그랬군……. 세상에 공짜는 없는 법이오. 입을 벌리고 있다고 하늘에서 호떡이 그저 떨어지겠소? 심오한 도리는 나중에 장이고에게 따로 물어보시오."

오씨는 화신의 말을 듣고는 장이고를 바라봤다. 그녀가 얼굴 가득 미소를 머금은 채 입을 열었다.

"뭘 모르겠다는 거예요? 세상에 공짜가 없다는 이치도 몰라서 그래요? 나 참! 아, 그리고 나리! 낮에 산동에서 국태 순무가 보낸 사람이 왔었어요. 뭔가를 들고 와서 한참 기다리다 갔어요. 뭔지는 모르지만 나리 덕분에 사건이 원만하게 해결됐다면서 사은을 표하러 왔다더군요."

화신이 다시 말없이 양고기 한 점을 입안에 넣고 씹었다. 그리고는 한참 생각하더니 예언하듯 말했다.

"또 올 거야. 그때는 즉시 나에게 연락을 하라고. 그리고 이제부터 물건은 받지 말게."

화신이 다시 물었다.

"다른 사람은? 더 없나?"

장이고가 풍씨에게 네 가지 잡곡으로 끓인 죽을 떠주면서 말했다.

"형님, 햅쌀로 만든 건데 맛 좀 보세요. 김치라고 하는 조선의 절인 배추하고 같이 드시면 소화도 잘되고 맛있을 거예요."

장이고가 이어 화신에게 고개를 돌리고는 말했다.

"아, 그리고 해녕海寧이라는 사람도 다녀갔어요. 원래는 귀주성貴州省의 양도糧道로 있다가 지금은 봉천奉天 지부知府로 발령받았다면서 북경을 지나는 길에 들렀대요. 뭐 들고 온 건 없었어요. 오전에 왔다가 가기 전에 또 오겠다면서 갔어요. 아직까지 안 오는 걸 보니 그냥 갔나 봐요."

화신이 그녀의 말에 알겠노라고 짧게 대답하고는 덧붙였다.

"해녕은 나의 절친한 벗이지. 함안궁에서 공부할 때 동학同學이었는걸! 북경에 왔다면 꼭 한 번 만나봐야 할 텐데……."

화신은 말을 다 끝내기도 전에 갑자기 무슨 생각이 떠올랐는지 입을 꾹 다물어버렸다. 이어 한참 동안 입을 열지 않았다. 좌중의 사람들은 화신에게는 늘상 있는 행동이라 별로 이상하게 생각하지 않았다. 풍씨가 그저 웃으면서 물었을 뿐이었다.

"또 불현듯 뇌리를 스치는 그 무엇이 있나 보죠? 처음에는 이상하더니 하도 자주 그러시니 별로 궁금하지도 않아요!"

화신이 젓가락으로 밥을 떠서 입안에 넣으면서 대답했다.

"별거 아니야. 관세 업무를 생각하다가 석연치 않은 문제가 문득 떠올랐어. 밥 먹고 오씨 누님과 상의해야겠네. 해녕이 안 오면 나는 일찍 잠이나 자야겠어. 해녕이 오면 밤늦게까지 얘기해야 할지도 모르니 다들 기다리지 말고 먼저 자게. 나는 오늘밤 앞의 서재에서 잘 테니 서재에 미리 화롯불을 피워 놓으라고 하게."

화신이 밥상을 물리고는 하녀들이 식탁을 들어내는 동안 힘껏 기지개를 켰다. 그리고는 생각만 해도 좋은 듯 웃음을 흘리며 말했다.

"희소식이 있어. 폐하께서 오늘 모종의 암시를 주셨는데 느낌이 참 좋거든. 폐하의 눈빛, 표정 하나하나마다 나에 대한 믿음과 애정이 넘치셨어. 부귀영화가 도래할 때는 막으려야 막을 수 없다던 누군가의 말이 떠오르더군. 얼마나 큰 감동을 받았는지 몰라. 내가 곧 크게 발탁돼 거물의 반열에 오를 테니 두고 보게. 이럴 때일수록 여러분은 몸가짐에 더욱 조심하고 내조에 신경을 써야 할 것이야. 부귀처영夫貴妻榮(남편이 출세하면 아내도 영광스럽다)이라고 하지 않았나? 곧 좋은 소식이 있을 테니 기다려. 사람들이 방문하면 사소한 언행에도 각별히 조심하고 예물 같은 건 어지간해서는 받지 말라고. 못 먹는 감 찔러라도 보고 싶어 하는 자들이 얼마나 많은데! 내가 이제껏 얼마나 공을 들여왔는데 막판에 그런 자들의 화살받이가 돼서야 쓰겠어? 이후부터 부처님 공경과 시주에 인색해서는 안 되겠어. 불전에도 정성을 다하게. 누님, 저쪽 방으로 건너가 얘기 좀 나눕시다!"

화신은 말을 마치고 일어서면서 풍씨에게 당부했다.

"먹자마자 눕지 말고 방안에서 몇 발자국이라도 걸어 다니라고. 그래야 소화도 되고 잠도 잘 올 거 아닌가."

말을 마친 화신은 오씨를 따라 울타리 하나를 사이에 둔 동쪽 뜰로 향했다. 그의 발걸음이 경쾌했다.

화신의 집은 북경 특유의 건축 양식인 사합원四合院이었다. 중간에 있는 정당正堂은 풍씨의 처소였다. 또 양옆으로는 별채가 있었는데 오씨는 동쪽 별채의 방 두 칸을 쓰고 있었다.

오씨가 먼저 방에 들어가더니 촛불을 하나 더 밝혔다. 방안에서는 열두 살 된 오씨의 딸이 어미가 빨아놓은 빨래를 차곡차곡 개고 있었다. 착하고 영리한 아이였다. 아이는 화신이 들어오자 황급히 온돌에서 내려와 예를 갖추며 인사했다.

"화 숙부 나리, 안녕하세요? 제가 얼른 가서 차를 가져오겠습니다!"

화신이 비로 손사래를 쳤다.

"뭐, '숙부 나리'라고? 그게 무슨 말이야? 숙부면 숙부지! 내가 군기처에 입직하게 되면 '화 숙부 중당 나리'라고 부르겠네?"

화신의 농담에 아이와 하녀들이 모두 웃었다. 찻잔을 받아든 화신이 아이의 어깨를 다독이면서 하녀에게 지시했다.

"매향梅香아, 이 애를 데리고 나가 놀다 오너라. 누님하고 긴히 의논할 일이 있어서 그래."

"나리, 조금 전에 군기처에 입직한다고 하셨는데 그게 정말입니까? 그럼 아계 중당처럼 팔인교를 타고 다니시는 겁니까? 외람된 말씀입니다만 향리에서 보면 진사나 거인에 합격한 자들이 얼마나 기고만장합니까? 이리 젊으신 나리께서 군기대신이 된다면 흰 수염을 쓸어내리는 영감탱이들이 상전으로 모시려 들겠습니까?"

오씨가 어느새 수를 꺼내들고 화신을 마주하면서 물었다. 화신이 뜨거운 차를 후후 불면서 대답했다.

"느낌이 좋다는 얘기지 아직 확실한 것은 아니오. 알기 쉽게 말하면 군기처는 황실이라는 대가족의 '집사' 격이오. '재상'이라는 호칭은 외관들의 사탕발림 소리에 불과할 따름이고. 매일 가까이에서 폐하를 뵐 수 있다는 것 외에는 딱히 특별한 것도 없소. 아, 산동에서 누가 국태의 심부름으로 뭘 가져왔다면서? 그게 뭐요? 내가 좀 봅시다."

오씨가 히죽 웃으면서 입을 열었다.

"거기 있잖아요. 나리 등 뒤에요! 저도 뭔지 몰라요."

화신이 고개를 돌려보니 온돌 위에 자그마한 나무상자가 놓여 있었다. 들어보니 제법 무거웠다. 겉에는 단아한 글귀가 적혀 있었다.

치재致齋 대인이 직접 열어보시오.

'치재'는 다름 아닌 화신의 자였다. 글씨 아래에는 낙관이 없어 누가 보냈는지 알 수 없었다. 화신은 더욱 조심스럽게 뚜껑을 열었다. 상자 속에는 조그마한 상자가 세 개나 들어 있었다. 화신은 그중 하나를 열어봤다. 순간 흠칫 놀라며 크게 숨을 들이마셨다. 청동검青銅劍이 들어 있었던 것이다. 끝이 뾰족하고 날이 시퍼렇게 서 있어 보는 것만으로도 가슴이 섬뜩한 검이었다.

그는 검을 조심스레 받쳐 들고 촛불 빛을 빌어 살펴봤다. 놀랍게도 손잡이에는 '이사진용'李斯珍用이라는 네 글자가 새겨져 있었다.

골동품의 진위를 알아내는 데 일가견이 있는 화신은 한눈에 검이 진품임을 알 수 있었다. 전국시대戰國時代의 이사李斯가 남긴 고검古劍이 틀림없었다. 시가로 치면 적어도 백은白銀 10만 냥의 가치는 나가는 물건이었다!

오씨가 화신의 넋 나간 모습을 보고는 궁금한 듯 말을 걸었다.

"푸줏간의 돼지 잡는 칼보다 별로 나을 것도 없네요, 뭐. 이런 걸 선물이라고 보낸 사람은 어떻게 생겼는지 궁금하네요!"

화신은 두근거리는 가슴을 애써 달래면서 두 번째 상자를 열었다. 그 속에는 벼루가 들어 있었다. 족히 순금이 대여섯 근은 들었을 것 같은 금 벼루였다. 눈이 부셔 바로 쳐다볼 수조차 없을 정도의 귀중품이었다…….

'푸줏간의 돼지 잡는 칼'을 운운하면서 심드렁해 하던 오씨도 이번에는 하던 일을 멈추고 넋이 나간 표정을 지었다. 화신은 가슴이 떨리다 못해 손끝이 얼음장처럼 차가워지는 느낌이 들었다. 다음 상자에는 또 뭐가 들어 있을까 두렵기까지 했다.

그는 떨리는 손으로 이번에는 가벼운 세 번째 상자를 살며시 열어봤다. 그 속에는 홍실로 '희'囍자를 수놓은 빨간 비단 주머니가 들어 있었다. 풀어보니 그 속에는 어디서든 은자로 바꿔 쓸 수 있는 만 냥 짜리 은표銀票 여러 장과 종이쪽지 한 장이 동봉돼 있었다. 종이쪽지 에는 또 예사롭지 않은 글이 적혀 있었다.

통주通州 동관둔東官屯 장원莊園 한 채, 논밭 삼천이백 무畝, 그에 딸린 소 작농 백이십 가구, 가축 삼천 마리가 들어 있는 마구간을 득남을 하신 것 에 대한 하례賀禮로 보내드리오니 부담스러워하지 마시고 받아 주셨으면 합니다.

장원에 땅까지! 통주의 논밭 3000무만 하더라도 자그마치 은자 50 만 냥에 달하는 어마어마한 것이 아닌가!

화신은 머리가 어지럽고 눈앞이 가물거렸다. 종이에 적힌 글씨가 바글거리는 올챙이처럼 보였다. 그야말로 정신이 하나도 없었다. 아 무리 진정하려고 해도 가슴은 계속 터질 것처럼 널뛰었다. '당황해서 는 안 된다. 되돌려 보내면 끝이다'라고 생각하려고 애쓰기도 했으나 이미 머릿속은 마치 헝클어진 검불처럼 복잡하기 그지없었다. 그 모 습을 본 오씨가 신기하다는 표정으로 물었다.

"왜 그러십니까? 천하의 화 나리께서도 그리 놀라실 때가 있습니 까?"

"아……, 그게……."

화신이 겨우 정신을 가다듬으면서 상자들을 가리켰다.

"이 안에 들어 있는 물건들이 값으로 치면 얼마나 되는지 아오? 자 그마치 은자 팔십 만 냥이오!"

그 말을 들은 오씨는 화들짝 놀랐다. 그러다 수를 놓던 바늘로 손 가락을 찌르고 말았다. 그녀는 피나는 손가락을 입안에 넣어 쭉 소리 나게 빨면서 놀란 나머지 새된 소리를 질렀다.

"어머나 세상에! 순무가 무슨 돈이 그리 많아 이토록 거창한 하례를 보낸다는 말입니까? 나리께서 대체 무슨 도움을 주셨기에 이렇게까지 하는 겁니까?"

화신은 손으로 이마를 문지르면서 생각에 잠겼다. 총독과 순무들을 일방의 '제후'라고 하는 이유를 이제야 알 수 있을 것 같았다. 이런 천문학적인 액수를 뇌물로 제시했다면 앞으로 엄청난 대가를 요구하리라는 사실 역시 뻔했다. 사실 화신은 형부에서 지나가는 말처럼 국태의 가인들에게 유리한 말을 조금 거들었을 뿐이었다. 결코 이런 어마어마한 것들을 '하례'로 받아도 괜찮을 만큼의 큰 도움을 준 적은 없었다.

한참 생각에 잠겨 있던 화신이 드디어 한숨을 내쉬면서 말했다.

"국태의 코는 개코보다 더 민감하고 귀는 당나귀 귀보다 더 기네. 아마도 내가 곧 성은을 입어 폐하를 가까이에서 섬기게 될 거라는 판단을 했던 게지⋯⋯."

확신이 선 화신이 오씨에게 당부했다.

"물건들은 일단 잘 챙겨놓으시오. 조만간 자초지종을 알게 될 테니. 그때 가서 도움을 줄 수 있으면 주고 무리수가 따를 것 같으면 돌려보내면 되오."

오씨는 흥분에 겨워 목소리가 떨렸다.

"역시 나리는 진정한 대장부십니다. 웬만한 사람들은 이런 일을 겪으면 놀라서 뼈가 물러나도 열두 번일 거예요. 그런데 나리는 이처럼 초연하시잖아요!"

이어서 오씨가 곰곰이 생각을 하더니 조심스럽게 물었다.

"나리께서 숭문문 세관에 치음 오셨을 때 장부를 정리하시면서 임자 없는 유재遺財를 칠만 냥 넘게 보관하고 계시지 않습니까? 벌써 몇 년이 지났는데도 아직까지 주인이 나타나지 않는 걸 보면 영영 눈먼 돈이 된 것 같습니다. 그동안 우리가 쥐 소금 녹이듯 조금씩 쓴 돈이 오천 냥 정도 되는 것 같습니다. 이대로 계속 뒤봤자 죽은 돈이나 마찬가지인데 차라리 급전이 필요한 사람에게 빌려주고 이자를 받아 가계에 보탬이 되게 하는 것이 어떻겠습니까?"

화신이 빙그레 웃으면서 대답했다.

"처음에는 그것도 자나 깨나 걱정이 되더니, 이제는 더 이상 임자라고 나타날 사람도 없으니 마음이 홀가분하오! 사실은 이 물건들도 보낸 사람이 분명치 않으니 눈먼 돈이라고 해도 과언이 아니오. 하늘이 나 화신을 좀 더 부유하게 살라고 살펴 주는 느낌이 드오. 그래도 섣불리 있는 티를 내면 만인의 표적이 될 수 있으니 돈놀이를 하느라 하지 말고 누님 명의로 자그마한 전당포나 차려서 운영하시오."

화신이 물건들을 다시 상자에 집어넣고 단단히 봉했다. 이어 몸을 일으키면서 수놓는 데에 여념이 없는 오씨 쪽을 힐끔 쳐다봤다. 희미한 불빛 아래 하얗고 주름 없는 목이 유난히 고와 보였다.

사실 화신은 전에도 가끔씩 풍만한 엉덩이를 흔들면서 지나다니는 그녀를 보면서 '누님'이 아닌 '여자'로 느낀 적이 있었다. 처음 봤을 때는 잘 먹지 못해 얼굴이 누렇게 떠있던 사람이 지금은 살이 뽀얗게 올라 점점 육감적인 자태를 드러내고 있었으니 그럴 만도 했다. 더구나 그녀는 40세를 바라보는 나이임에도 눈가에 주름 하나 없었다. 어쩐지 오늘은 화장기 없는 얼굴이 더욱 아름답게 보였다. 섬섬옥수를 놀리면서 수를 놓는 자태 역시 다소곳한 것이 매혹적이었다. 어디 그뿐인가. 가끔씩 보조개가 쏙 들어가도록 생글거릴 때는 한 떨기 연꽃이 따로 없다고 여겼던 여인 아니었던가…… 화신은 주체할 수 없이 북받치는 욕정에 몸을 드르르 떨었다.

그러나 화신의 속마음을 알 리 만무한 오씨는 색실을 길게 뽑아 올리면서 웃음 머금은 어조로 고마움을 표했다.

"그렇게 해 주신다면야 저로서는 더할 나위 없이 좋죠. 그런데 나리께서는 어찌 저를 그렇게 믿으십니까? 제가 흑심을 품고 도망가 버리면 어쩌려고 그러세요?"

오씨가 말을 마치고는 고개를 들었다. 그러다 두 눈에 불을 뿜으면서 얼빠진 듯 자신을 뚫어지게 바라보는 화신을 보고는 어리둥절한 표정을 지었다. 다소 놀란 그녀가 어색하게 입을 열었다.

"찻물이 다 식었어요. 더운물을 좀 더 부어야겠어요."

화신은 대답 없이 일어나 주렴을 걷고 창밖을 내다봤다. 아직도 눈발이 간간이 흩날리고 있었다. 설색雪色이 비낀 정원은 달밤처럼 환했다.

잠시 후 그가 다시 돌아와 앉았다. 마침 오씨가 김이 모락모락 나는 찻잔을 탁자에 내려놓고 있었다. 그녀가 찻잔을 내려놓고 막 자리로 돌아가려는 순간이었다. 화신이 와락 손을 끌어당겨 잡았다. 그의 목소리는 어느새 심하게 떨리고 있었다.

"누님……!"

오씨는 화들짝 놀라며 손을 빼내려고 했다. 그러나 화신은 손에 힘을 주며 오씨의 손을 꼭 잡고 놔주지 않았다. 귓불까지 빨개진 오씨가 잠시 실랑이를 하던 끝에 고개를 돌리며 시선을 피했다.

"누님……."

화신이 엉거주춤 일어나 오씨의 반쯤 틀어진 어깨를 돌려 세우며 와락 끌어안았다. 그리고는 한 손으로 오씨를 끌어안은 채 다른 한 손으로는 그녀의 머리를 쓸어내리면서 솜털처럼 부드러운 목소리로 말했다.

"사내 품에 안긴 느낌이 황홀하지 않소?"

오씨는 완전히 맥을 놓고 화신의 품에 쏙 안겨버렸다. 술에 취한 듯, 구름을 타는 듯 황홀한 기분을 느끼는 것 같았다. 곧 그녀가 수줍게 고개를 저으면서 입을 열었다.

"남들이 알면……."

오씨는 말은 그렇게 하면서도 어느새 두 팔을 올려 화신의 목을 꼭 껴안았다. 순간 딱딱한 물건이 그녀의 아랫배를 눌렀다. 참으로 오랜만에 남자의 그것을 느껴보는 오씨는 장대비를 맞은 진흙처럼 그만 주르르 허물어져 내리고 말았다. 화신은 그런 그녀를 가뿐히 들어 올렸다. 그녀는 눈을 지그시 감은 채 황홀한 표정을 지었다. 얼굴은 온통 분홍빛으로 물들어 있었다.

오씨는 숨이 가빠오는지 가슴이 세차게 오르내렸다. 풍만한 젖무덤이 따라서 출렁거렸다. 화신은 그녀의 반쯤 벌어진 입술에 무겁게 입술도장을 찍으면서 그녀를 안고 침대로 다가갔다.

드디어 두 사람은 한 덩어리가 됐다. 곧이어 엎치락뒤치락하며 미친 듯한 육탐肉貪도 이어졌다.

한번 불붙은 오씨는 마치 갈기를 세운 사자처럼 덤벼들었다. 화신은 위에 올라탄 채 출렁이는 그녀의 모습을 보자 '마흔의 호랑이'라는 말이 실감이 날 정도였다. 곧이어 이번에는 그가 씩씩거리는 거친 숨소리와 함께 그녀의 출렁이는 젖가슴을 움켜잡고는 반쯤 몸을 일으켜 뒤집었다.

"누님, 이 맛을 못 보고 그동안 어떻게 살았소? 물이 너무 흥건하네……."

오씨는 그동안 참고 참았던 욕정이 용암처럼 한꺼번에 분출하는 것 같았다. 이대로 죽어도 여한이 없는 듯 표정이 황홀했다.

"조금만 더…… 세게……. 더, 더……. 너무 좋아……."

오씨가 터져 나오는 신음을 깨물면서 와락 화신의 머리채를 잡아 당겼다. 그리고는 곧 숨이 넘어갈 것처럼 자지러졌다.

질펀한 어수지락魚水之樂이 끝난 뒤에도 한데 엉겨 붙은 두 사람은 좀체 떨어질 줄을 몰랐다. 열기가 식은 뒤에야 화신이 오씨의 이마에 살짝 입을 맞추면서 물었다.

"좋았소, 누님?"

"……"

"실은 삼당진에 있을 때 누님이 목욕하는 모습을 훔쳐본 적이 있었소. 그때부터…… 한번 안아보고 싶었소."

"알아요……."

"얇은 천막 너머로 훤히 들여다보면서…… 그때 얼마나 참기 힘들었는지 아오?"

"그럼 들어오지 그랬어요? 바보같이……. "

"내가 쳐들어갔더라면 허락을 했을까?"

"글쎄? 따귀를 때려줬겠죠……."

"진짜?"

"여자니까…… 반항하는 척이라도 했겠죠."

화신과 오씨 두 사람은 한참 후에야 주섬주섬 옷을 주워 입었다. 오씨는 흘러내린 머리를 빗고 옷섶을 여미면서 감히 화신을 바라볼 엄두도 내지 못했다. 그러나 화신은 아무렇지도 않은 듯 여인의 어깨를 감싸 안으며 말했다.

"쑥스러워하지 마오, 누님. 다들 이렇게 엎치락뒤치락 하면서 사는 거요. 겉보기에는 다들 근엄해 보이시만 불이 꺼지면 너 나 없이 동물로 변한다오. 방금 전까지 좋아 죽을 것 같다고 하더니 뭘 그리 쑥스러워하오? 앞으로는 며칠에 한 번씩 삼당진에서 빚을 진 '은혜'를 갚으러 오겠소."

죄인처럼 고개를 숙이고 있던 오씨가 은혜를 갚는다는 말에 피식 웃고 말았다. 돌아서서 화신을 쳐다보았다. 그러다 속곳을 채 입다 만 화신의 '그것'이 또 비죽 일어서 있는 모습을 발견했다. 오씨가 손가락으로 가볍게 튕기는 시늉을 하면서 발갛게 달아오른 얼굴로 말했다.

"미약媚藥이라도 먹었어요? 실컷 먹고도 뭐가 부족해 이러죠? 나리께서 이렇게 이년을 위로해주시겠다니 이년은 혼신의 힘을 다해 나리의 견마犬馬가 돼 드리겠습니다. 그러나 사람들의 이목은 각별히 조심해야 해요. 딸년도 커가고 아랫것들의 눈치도 비상한데 덜미를 잡히는 일은 없어야 하지 않겠어요? 평소에 친정언니 대하듯 잘해주시는 두 분 마님께 죄송할 따름이에요."

화신이 오씨의 말에 준엄하게 말했다.

"그런 말은 하지 마오. 이런 일은 현장에서 덜미를 잡히지 않는 한 칼같이 잡아떼야 하오! 설령 들킨다고 해도 두려울 건 없소. 싫은 사람이 보따리 싸들고 나가면 되지! 나는 아쉬울 게 없는 사람이니까. 내가 밖에서 이 가랑이 저 사타구니 드나들면서 놀고 다니는 걸 풍씨와 장이고도 다 아오. 그래도 입 한 번 뻥긋하지 않고 철마다 보약을 지어다 바치는 걸 보오. 물론 아무 탈 없이 가족이 화목하게 지내는 게 좋기야 좋지."

그때 밖에서 눈 밟는 소리가 들려왔다. 화신이 시계를 꺼내 보는 사이 오씨가 큰 소리로 물었다.

"유전 안사람인가? 다 늦은 밤에 무슨 일인가?"

오씨의 말이 떨어지기 무섭게 밖에서 여인의 목소리가 들려왔다.

"나리께서는 여기 들어 계십니까? 밖에서 저의 남정이 그러는데 존함이 해녕이라는 분이 내방하셨다고 합니다."

"알았네!"

오씨가 안에서 대답했다. 화신도 침착한 어조로 지시했다.

"이리로 데리고 오게. 여기가 따뜻해서 좋네. 늦으면 돌아가기도 힘들 텐데 누님의 옆방에서 자도 되고. 의사청에 있는 사람들에게는 나를 기다리지 말라고 하게!"

유전의 마누라가 바로 대답하고 물러갔다. 화신이 그러자 오씨에게 바짝 다가앉으면서 나직이 속삭였다.

"누님의 옥문은 장이고의 그것보다 훨씬 더 좋았소. 풍씨의 그것은 다 늘어난 고무줄 같아서 십년이 지나도 올라타고 싶은 생각이 안 생길 것 같소……."

화신이 말을 마치자마자 또다시 오씨의 몸을 향해 손을 뻗었다. 그러자 오씨가 밉지 않게 눈을 흘겼다.

"오늘 보니 색을 엄청 좋아하시네요! 집안에 계집종들이 남아나지 않겠어요. 물을 떠올 테니 손이라도 씻으세요. 손님이 이상한 냄새가 난다고 하겠어요."

오씨가 일어서면서 건넌방을 향해 분부했다.

"채蔡씨댁, 소혜小惠야! 나리께서 손님을 접대하셔야 하니 서쪽 방을 깨끗이 치워놓고 화롯불을 들여다 놓거라!"

잠시 후 건넌방에서 대답하는 소리가 들려왔다. 화신은 그러나 그쪽의 상황에 대해서는 전혀 신경을 쓰지 않았다. 그저 팔을 걷은 채 대야에 손을 담근 다음 물 묻은 손을 코끝에 대고 킁킁 냄새를 맡으면서 말했다.

"이게 사향 냄새라는 거요? 향이 참 좋네!"

그때 밖에서 그 소리를 듣고 누군가가 웃으면서 말했다.

"화 나리가 사향을 좋아하시는 걸 알고 내가 사향을 가져왔다는 거 아닌가? 빙편氷片도 가져왔고!"

화신과 오씨는 느닷없는 소리에 잠시 멍해 있다가 바로 실소를 터트렸다. 이어 화신이 기침소리를 내면서 주렴을 걷고 방 밖으로 나갔다. 문 앞에는 땅딸막한 체구, 각진 얼굴에 수염이 더부룩한 사내가 서 있었다. 화신이 그를 보고 반색을 했다.

"아이고 윤여潤如(해녕의 호) 형, 오래간만이오. 그간 별래무양하셨소?"

"치재 아우!"

해녕 역시 반가운 어조로 인사를 건넸다.

"가만 있자……, 이제 치재 그대는 대인大人의 반열에 올랐으니 내가 이러고 있을 게 아니라 문후라도 올려야겠지?"

화신이 그러자 황급히 손을 내저으면서 말렸다.

"거 참 말 같지 않은 소리는 집어치워요! 종학에서 같이 벌 받으면서 자란 불알친구 사이에 격식은 무슨 얼어 죽을 격식이오!"

해녕은 화신을 따라 서쪽 방으로 들어갔다. 자리를 잡고 앉은 그는 대뜸 본론부터 꺼내놓았다.

"너무 늦은 시각에 찾아와서 미안해. 둘이 오붓한 시간을 빼앗아 어떡하지? 그러나 지금 안 오면 시간이 없을 것 같아서 결례인 줄 알면서도 찾아왔네. 내일 오전에는 예부에 들어가 봐야 해. 이부의 인견引見을 받아 폐하도 알현해야 하고. 그러면 오후에는 부임지로 출발해야 해서……."

화신이 고개를 끄덕였다.

"나는 요즘 호랑이 등에 올라탄 느낌이오. 마음대로 내리지도 못하겠고 그냥 올라타고 있자니 불안하고. 방금 전에도 상주문을 쓰고 있었소. 안 그래도 눈이 침침하고 허리가 뻐근했는데……, 잘 왔소. 거기 누구 없나? 해녕 나리께 차 한 잔 올리게!"

옆방에 있던 오씨는 터져 나오는 웃음을 겨우 참고 있었다. 아마도 호랑이 등에 탔다는 화신의 말에서 뭔가 떠오르는 것이 있는 것 같았다.

화신과 해녕 둘은 주인과 손님의 격식을 차려 자리에 앉았다. 화신은 자리에 앉아 여유를 갖고 해녕을 찬찬히 쳐다봤다. 가까이에서 본 그의 낯빛은 어쩐지 창백해 보였다.

"아직 여독이 채 풀리지 못했나 보구먼! 안색이 많이 피곤해 보이오. 지난번에 보낸 서찰은 잘 받아봤소. 어차피 북경에 들렀다 갈 것 같아서 답장은 하지 않았소. 귀주貴州 양도糧道도 좋은 자리이기는 하나 집과 너무 멀리 떨어져 있는 것이 흠이오. 식구들이 보고 싶어도 한 번 왔다 갔다 하려면 길에서 시간을 다 허비하고 마니 나도 그게 좀 마음에 걸렸소. 봉천부奉天府는 조용하기는 해도 그리 속편한 자리는 못 될 거요. 워낙 훈척勳戚, 구신舊臣들이 많은 데다 폐하께서도 황릉皇陵을 자주 찾으시는 편이니 말이오. 그래도 승진하기에는 더없이 좋은 자리라고 생각하오. 양도糧道는 병부 직속 관직이라 거기 묻혀버리면 이부의 눈에 띌 일이 없소. 그리 되면 앉은뱅이 석삼년이 되는 거요. 내가 그대를 끌어다 다시 봉천에 박아주느라 얼마나 머리를 쥐어짰는지 모를 거야! 그런데 서찰을 읽어보니 별로 반가워하는 것 같지가 않더군? 그러니 무슨 다른 속셈이 있는지 일단 들어나 보자고."

화신의 말에 해녕이 고개를 저으면서 대답했다.

"나는 봉천으로 발령이 난 것이 싫어서 그러는 게 아니야. 귀주 양도로 있는 동안 돈도 벌만큼 벌었고 다 좋았어. 다만 나이는 자꾸 먹어 가는데 그 자리에서 뭉개는 게 싫어서 어떻게든 뛰쳐나가고 싶었지. 그러던 차에 자네가 발 벗고 도와주니 나로서는 감지덕지할 수밖에 없었어. 나는 손사의孫士毅 그자 때문에 화가 난 거야. 내가 떠난 뒤 빈 자리에 우리 처남을 앉혀주기로 철석같이 약조해 놓고 정작 이순영李淳英이라는 자를 앉힌 거 있지? 전날까지만 해도 딴소리 없더니 무슨 꿍꿍이수작인지 모르겠어!"

해녕의 말을 듣고 화신이 고개를 끄덕였다.

"그런 건 관가에서 흔히 있는 일이오. 내가 보기에는 그리 황당하게 생각할 일은 아니오."

"우리 처남은 너무 억울해 가슴을 쥐어뜯으면서 순무아문으로 찾아가 캐물었다고."

해녕이 말을 이었다.

"막료들도 갑작스런 인사 변동에 어리둥절해서는 여기저기 물어 보더라고. 알고 보니 이순영이라는 자가 귀주에서 으뜸가는 기생 도춘낭桃春娘이라는 계집년을 사다가 손사의의 다섯째 첩으로 선물했다는 거 아니겠어? 이것저것 다 합치면 족히 십만 냥은 넘게 썼나 보더라고! 이순영이라는 자는 광주 총독 이시요의 사촌이라고 들었어!"

화신은 순간 머릿속에 한 가지 계획을 떠올렸다. 그러나 아무 내색도 하지 않았다. 그저 억울함을 호소하면서 투덜거리는 해녕의 어깨만 다독여줬다.

"결국에는 은자에서 밀렸네, 뭘! 비빌 만한 언덕도 없었고. 그대도 눌친 재상의 포의노包衣奴로서 한때는 잘 나갔지 않았소. 눌친 공이 몰락하고 나니 조정의 인간들도 싹 손 떼고 나 몰라라 하는 거 아니오. 원통해도 참아야지 어쩌겠소. 게다가 손사의와 이시요는 한 가랑이를 차고 있는 사이인 걸!"

해녕이 그래도 성이 풀리지 않는지 목소리를 높였다.

"그래서 내가 직접 처남을 데리고 순무아문으로 찾아갔었지. 그랬더니 평소에는 별의별 허튼소리를 다 지껄이던 자가 글쎄, 있는 위세 없는 위세 다 떨면서 정인군자 같은 소리를 지껄이더군. 뭐 양도는 군수軍需의 중지重地이니 군공軍功이 없이는 불가능하다나? 이순영은 이부 고공사考功司와 병부의 인정을 받은 공신이고, 이부와 병부에서 특별히 천거한 사람이라 자기는 감히 이의를 제기할 수 없다는 거야."

해녕이 말을 마치고는 목이 마른 듯 찻잔을 들어 차를 단숨에 꿀꺽꿀꺽 마셔버렸다. 그리고는 입을 쓱 닦으면서 다시 말을 이었다.

"그래서 내가 어제 북경에 도착한 뒤 직접 이부와 병부에 찾아가서 알아봤어. 그런데 인사 기록에는 이순영이라는 이름 석 자조차 없었어. 그자들의 새빨간 거짓말에 내가 놀아난 거지! 오전에 자네를 찾아왔더니 없기에 화친왕부로 가서 친왕마마께 하소연을 했어. 그랬더니 마마께서는 '이런 병신! 사람 보는 눈이 그리도 없어? 손사의 그자는 척 보기에도 영 아니던데! 지난번에 북경에 와서 여러 왕부王府를 기웃거리고 갔거든? 그런데 건청문에서 나를 보더니 인사도 하지 않고 냅다 도망가 버리는 거 아닌가. 개새끼! 그런 자는 가만 놔둬서는 안 돼! 상주문을 써 보내게. 내가 직접 폐하께 올릴 테니!'라고 하면서 흥분하셨어. 비록 마마께 뒈지게 욕을 얻어먹기는 했지만 마음은 얼마나 후련했는지 몰라. 친왕마마 앞에서 한참을 울었다는 거 아닌가!"

해녕이 말을 끝맺으면서 땅이 꺼져라 한숨을 토해냈다. 이만하면 이제는 네가 대책을 마련하겠지……. 마치 그런 태도였다.

# 8장
# 영웅의 충언

해녕의 눈빛이 간절하게 화신을 바라봤다. 화신이 방책을 강구해주기를 절박하게 바라는 눈빛이었다. 화신은 한참 동안 바닥을 내려다보며 말이 없었다. 결국 그는 한숨을 길게 내쉬고 고개를 들고는 머리를 굴리기 시작했다.

해녕이 얘기한 일은 분명 이해득실이 거미줄처럼 얽힌 복잡한 사안임에 틀림없었다. 봉강대리, 군기대신은 말할 것도 없고 자칫 친왕들 사이의 갈등까지 부추길 소지가 다분했다. 아직 말단 관리인 화신으로서는 조심스럽지 않을 수 없었다. 더구나 무심코 던진 돌에 개구리는 맞아죽는다고, 이럴 때 말 한마디 잘못했다가는 큰 경을 칠 수도 있었다. 자칫 남의 일에 간섭했다가 장밋빛 미래에 먹구름이 끼는 것은 말할 필요도 없었다. 그랬으니 창문틀에 시선을 박고 있는 화신의 눈빛은 깊다 못해 푸른빛이 감돌고 있었다.

한참 후에야 그가 비로소 입을 열어 물었다.

"그래, 이제 어쩔 생각이오?"

해녕이 이를 악물고 나더니 입을 열었다.

"손사의 그자는 절대 호관好官은 못 돼. 일개 봉강대리라는 자가 창부를 소실로 들여 관가의 풍기를 문란하게 한 것만으로도 탄핵감이 되기에 충분해! 그리고 부상(부항)이 미얀마에서 군량미를 보내달라고 서찰을 띄웠을 때도 그자는 강남에서 보내온 백미는 뒤로 빼돌리고 묵은 잡곡만 보냈지 뭔가. 빼돌린 백미는 춘황春荒 때 고가로 팔아 은자를 착복했다고 하고. 따지고 보면 이것도 병사들의 피를 마신 거나 다름이 없지 않은가? 이 한 가지만으로도 폐하께서는 충분히 대로하실 거야. 귀양貴陽 지부 요청한姚靑漢은 원래 손아무개의 심부름꾼에 불과했지. 게다가 환속한 화상和尚(스님)이어서 꼴이 참 말이 아니었어. 그런데 어느 날 보니 엉뚱하게 그자가 어느 현의 현령 자리에 앉아 있는 게 아니겠어? 얼마나 멍청했는지 뇌물을 주는 대로 다 받아 처먹고는 그걸 소화시키지 못해서 끝내 두광내에 의해 탄핵당하고 말았지 뭐야. 이시요가 귀양에서 광주 총독으로 부임하러 갈 때 손아무개는 길을 새로 닦고 역관에 접관청接官廳까지 신설해 백성들의 혈세를 마구 탕진했지. 이시요의 생일날에는 황금 이백 냥을 하례로 보내고 희자들까지 선물했지 뭐야. 그리고……."

해녕은 입가에 허연 거품을 묻혀가며 그야말로 쉬지 않고 손사의에 대한 흥을 늘어놓았다. 그리고는 목이 마른 듯 찻잔을 들어 연신 벌컥벌컥 들이켰다.

화신은 그의 그런 모습을 보고는 크게 웃음을 터트렸다. 이어 자신이 어떻게 처신해야 할지 생각을 굳힌 듯 침착하게 입을 열었다.

"내 말을 좀 들어보오. 그대가 열을 올리면서 성토한 그자의 '죄'

는 실상 모두 '죄'가 아닌 '착오'에 불과하오. 봉강대리는 일방의 제후라고들 하지 않소? 건아개부建牙開府의 대원大員이 일방을 옥식玉食한다고 해서 누가 뭐라고 하겠소? 털어서 먼지 안 나는 사람 봤소? 그 정도 착오도 없는 사람은 없을 거요. 그는 계산이 빠른 사람이오. 본인이 감당할 수 있을 만큼의 짐만 드는 사람이라는 말이오! 물론 나를 믿고 찾아온 그대는 나의 벗이오. 벗을 위하는 마음에서 나는 그대를 도와 방향을 제시해줄 수 있소. 아무튼 대책은 같이 고민해 볼수 있다는 말이오. 그러나 공사公事에 대해 함부로 왈가왈부할 수는 없는 입장이오."

화신이 난감한 미소를 지은 채 의자 등받이에 깊숙이 몸을 기댔다. 그리고는 해녕을 바라보면서 잠시 침묵했다. 해녕 역시 그리 아둔한 사람은 아니었다. 바로 화신이 자신과 한데 엮일 것을 두려워한다는 걸 눈치챘다. 그가 천천히 입을 열었다.

"나는 장난꾸러기 시절에 함께 종학에서 쌓았던 추억이 좋아서 무슨 일이 있으면 제일 먼저 자네를 떠올리게 되네. 알다시피 이래봬도 나 역시 자존심 빼면 시체인 사내야! 까마득한 옛날 일이지만 종학에 다닐 때 누군가 장 사부님의 부채에 늑대를 그려놓아 우리 모두 쇠몽둥이로 뒈지게 얻어맞았던 적이 있었지. 그때 내가 무슨 생각이 들었던지 하지도 않은 짓을 했다고 자백하지 않았는가? 그래서 자네들은 모두 곤경에서 벗어날 수 있었지. 사실 나는 지금도 내가 그때 당시 누구를 대신해 매를 맞았는지 모르겠어……."

화신 역시 당연히 그 '까마득한 옛날 일'을 기억하고 있었다. 부채의 늑대 그림은 화신 자신이 그렸었고, 엉뚱하게 대신 매를 맞은 사람은 해녕이었다. 화신이 그때 일을 떠올리면서 빙그레 웃었다.

"내 말을 잘 듣기 바라오. 이시요가 가죽이라면 손사의는 털이오.

옛말에 '피지부존皮之不存, 모장언부毛將焉附'라는 것이 있소. 가죽 없는 털이 어찌 존재하겠느냐는 의미라고 할 수 있소. 봉강대리들의 일은 귀에 걸면 귀걸이, 코에 걸면 코걸이인 경우가 대부분이오. 청루靑樓의 기생을 첩실로 들인 것은 보는 시각에 따라 가볍게 웃어넘길 수도 있는 '풍류죄'요. 잡곡으로 군량을 대신한 것도 귀주貴州 사람들의 복리를 도모하기 위한 궁여지책이었다고 발뺌을 해버리면 그만일 테고. 요청한의 사건 역시 자신의 '지인지명'知人之明이 부족했노라고 '착오'를 인정해버리면 큰 파란을 일으키지 못할 거라는 말이오. 방금 그대가 입에 게거품을 물고 흥분했던 사건들은 그렇게 뜯어보면 별로 내세울 것도 없는 것들이오. 그가 귀주에서 황무지를 개간해 밭을 만들고 묘족苗族들의 반란을 잠재워 변방을 무휼撫恤한 공로에 비하면 그야말로 입에 올릴 건더기도 안 되는 작은 일에 불과하다는 얘기요. 설사 그대가 손아무개를 탄핵하더라도 그가 사죄문을 쓰고 이시요가 중간에서 중재역할을 하고 나서면 곧 아무 일도 아닌 것으로 될 것이고 그자는 곧 다시 활개를 치고 다닐 거요. 그러면 그대만 우스운 꼴이 될 거 아니겠소? 그보다 내 생각에는 그자가 이시요에게 뇌물을 보낸 걸 문제 삼는 게 좋을 것 같소. 하나는 주고 하나는 받았으니 둘 다 뇌물수수죄에 해당되지. 요즘은 황금 가격이 올라서 황금 한 냥에 은자 스물네 냥씩 쳐준다고 하오. 이시요의 생일날에 황금 이백 냥을 보냈다고 하니, 이는 은자로 치면 사천팔백 냥의 거액이오. 이시요의 생일에 그런 뇌물을 보낸 사람이 손사의 한 사람뿐이겠소? 얼추 계산해 봐도 천문학적인 숫자가 나오지. 아마 이시요의 인생을 종치게 만드는 건 일도 아닐 거요. 이시요는 일은 빈틈없이 잘하지만 성정이 오만하고 괴팍해 미운 털이 박힌 사람이 한두 명이 아니오. 군기처에서 그대의 상주문을 관보에 실어버리면 귀주의 옛 동료들과 현재 몸담고 있는 광주 쪽 동료들이 금세 북 치고 장구 치고 떼로 일어나 그자를 탄핵할 거요! 이시요라는 가죽을 벗겨내면 손사의가 따라서 떨어져 나가는 건 당연하지 않겠소?"

해녕은 화신의 말을 들으면서 연신 고개를 끄덕였다.

"나도 그쪽으로 생각을 안 해본 건 아니요. 그러나 솔직히 나는 이시요에게는 악감정이 없소. 나에게 불이익을 주지도 않은 사람의 뒤통수를 친다는 게 좀 꺼림칙해서……. 게다가 이시요에 대한 폐하의 성총이 여전하기 때문에 자칫 족제비 잡으려다 노린내만 잔뜩 뒤집어쓰는 격이 될까봐 부담스럽기도 하오."

"그대는 이시요와 척을 진 일이 없기 때문에 오히려 공정하고 냉정한 평가를 내릴 수 있는 거요. 설령 그대가 우려한 대로 그를 쳐내는데 실패하더라도 적어도 사적인 원한으로 누구를 모함했다는 죄명은 뒤집어쓰지 않을 거 아니오."

화신이 웃으면서 해녕의 찻잔에 찻물을 더 따라줬다. 이어 다시 장황하게 설명을 덧붙였다.

"폐하께서는 악화일로를 치닫고 있는 이치吏治에 대해 염려가 크시오. 조석朝夕으로 이치 쇄신에 골몰하고 계시오. 풍절風節을 격려하고 고절충직孤節忠直의 인사人士를 표창하시려는 마당에 그대가 이시요를 탄핵했다고 해서 문책하는 일은 없을 것이오. 두광내가 의정儀征에서 나무에 머리를 박아 피를 철철 흘리면서 남순南巡을 비판했으나 폐하께서는 진노하시기는커녕 오히려 그를 중용하셨지 않소. 두광내가 조금만 더 융통성 있는 사람이었다면 아마 동궁에 들어가 황자들의 사부가 되고도 남았을 거요! 부상의 권세가 어느 정도인지 그대도 알지 않소? 그가 금천金川에서 개선해 돌아왔을 때 고향의 사건은 이미 종결된 상태였소. 그런데 부상이 폐하께 '팔의'八議를 거론하면서 고향의 목숨만은 살려주십사 하고 직간直諫했더니, 폐하께서는 '죽을 죄를 지은 귀비의 아우를 살려준다면 나중에 황후의 아우가 죽을죄를 짓는다면 그때는 어찌하겠는가?'라고 추상같이 반문하셨다고 하오. 부상은 낯빛이 하얗게 질려 아무 말도 못했다오. 처남에 대해서도 가차 없으셨던 폐하께서 이시요가 뭐라고 그의 편을 드시겠소?"

화신의 말에 해녕은 정신이 번쩍 드는 것 같았다. 그는 옳다구나 하고 주먹으로 손바닥을 내려쳤다. 이어 오랜만에 얼굴을 활짝 폈다.

"좋았어! 내 무슨 말인지 잘 알겠네! 이시요는 광주의 공행公行을 만들었다가 해산시키고, 해산시켰다가 다시 설립하는 수법으로 은자를 얼마나 많이 챙겼는지 몰라. 그는 양인洋人들의 앞잡이일 뿐 아니라 기군欺君을 일삼은 도적이야! 치재 아우, 혹시 공행이 뭔 줄 아나? 광주에서 영국인들의 장사를 도와주는 매판買辦이야. 영국인들은 한어漢語를 모르니 광주의 열세 개 상회에 대신 장사를 해줄 것을 의뢰했지. 이시요는 광주 총독으로 부임한 뒤 폐하께 본인의 업적을 과시하고자 공행 해산을 명했었어. 양인들이 내지內地의 비적들과 결탁해 반란을 일으키지 못하도록 미연에 막고 사이비 종교의 침투를 방지한다는 미명하에 말이야. 그러나 폐하께는 당장 해산시킬 것처럼 말해놓고는 사실상 그가 광주를 떠날 때까지 한 번도 해산시킨 적이 없었어."

"아무튼 절대 사적인 감정에 휘말려 섣부른 판단을 하지 말고 충분한 증거를 확보한 뒤 공정하고 냉정하게 상주문을 작성하기 바라오."

화신은 천천히 한마디 한마디에 천천히 힘을 실었다. 그리고는 다시 덧붙였다.

"증거를 확실하게 잡고 증언을 번복하는 일이 없어야 하오. 만약 풍문에 불과하다면 솔직히 '풍문'風聞이라고 명시하는 게 좋을 거요. 폐하께서는 성총이 예리하기 이를 데 없는 분이시오. 기군죄를 지었다가는 살아남기 어려울 거란 말이오."

그러자 해녕은 살짝 두려운 마음이 드는지 마른침을 삼키며 조심스럽게 부탁했다.

"내가 즉각 상주문을 작성할 테니 치재 아우가 대신 전해주면 고맙겠네!"

화신이 껄껄 웃음을 터트렸다.

"어찌 된 사람이 셈이 그리도 둔하오? 힘센 화친왕을 놔두고 말단 '새우'에 불과한 나에게 부탁을 해서 어쩌자는 거요? 내가 이미 군기처에 입직했다면 그대의 상주문을 관보에 올리는 정도까지는 할 수 있을 거요. 그러나 우리 둘 사이를 모르는 사람이 없는데 내가 상주문을 들고 가면 폐하께서 어찌 생각하시겠소? 아무리 사심이 없다고 말해본들 한낱 변명같이 들리지 않겠소? 나는 후환이 두려워서 이러는 게 절대 아니오. 충분히 승산이 있는 일을 당당하게 처리하지 못하고 뒤에서 머뭇거리는 건 군자다운 처사가 못 된다고 생각하기에 이러는 것뿐이오."

해녕은 화신의 말을 들으면 들을수록 속으로 적이 탄복하지 않을 수 없었다. 화신이 자신보다 한 수 위에 있다는 사실도 인정해야 했다. 그는 자신도 모르게 엄지를 내두르면서 헤헤 웃었다.

"진짜 오체투지할 정도로 감복했네. 함안궁의 그 많은 만주족 자제들 중에 치재 아우처럼 두뇌 회전이 빠른 사람은 없을 거야. 장래에 필히 아계를 능가하는 공명을 이룰 거라 믿어마지 않네."

해녕은 말을 마치고는 등 뒤에 숨겨뒀던 유포油布로 싼 보자기를 풀었다. 보자기 속에는 빙편氷片, 사향, 은이銀耳, 동충하초, 서양 삼, 아편 등이 들어 있었다. 그리고 묵직한 종이 꾸러미도 있었다. 만져보니 약 300냥 정도 될 것 같았다. 그러나 조금 전에 몇 십만 냥을 선물 받은 화신의 눈에 그깟 300냥이 들어올 리 만무했다. 그가 빙그레 미소를 지으면서 말했다.

"우리 사이에 뭘 이런 허례허식을 차리고 그러오? 은자는 내가 주는 노자인 셈치고 도로 가져가오. 다른 물건은 남겨 놓고."

화신은 물건들을 일별하다가 작은 약병을 발견하고는 다시 물었다.

"헌데 그 병에 든 건 또 뭐요?"

해녕이 이상야릇한 표정을 지으면서 대답했다.

"이건 부인께 드리는 선물이네. 한 방울만 술에 타서 마시면 즉효야, 즉효! 한번 시험해보면 기가 막힐 거야!"

아마도 약병에 든 것은 여인들이 먹는 춘약인 모양이었다. 화신은 더 이상 묻지 않고 해녕을 문 밖까지 배웅했다. 이어 그의 가마가 골목을 벗어나는 것까지 보고나서야 돌아섰다. 오씨의 방에는 아직까지 불이 켜져 있었다. 화신이 안으로 들어가자 그녀가 반겨 맞았다.

"제가 옆방에서 다 들었어요. 귀신을 보면 귀신을 말하고, 사람을 보면 사람을 말한다더니 제삼자인 제가 듣기에도 어디 하나 거침이 없으셨어요! 헌데 어서 의사청으로 가셔서 주무실 생각은 하지 않고 여기는 또 어쩐 일이세요?"

화신은 대답 대신 음탕한 웃음을 띠우며 입으로 촛불을 불어 껐다. 어둠 속에서 옷을 벗어 내던진 두 사람은 마치 굶주린 늑대처럼 또다시 서로를 향해 달려들었다…….

그날 저녁 건륭은 황후 나랍씨의 처소인 곤녕궁에서 저녁 수라를 들었다. 귀비 유호록씨, 위가씨, 금가씨, 진씨, 왕씨 등이 시중을 들었다. 사실 건륭은 웬만해서는 밖에서 수라상을 받는 일이 없었다.

그러나 나랍씨가 하도 정씨의 음식 솜씨가 청출어람이라고 칭찬하는 바람에 마지못해 맛을 보기로 했던 터였다. 정씨는 황후 부찰씨 생전에 황후의 까다로운 입맛을 잘 맞추기로 소문난 요리사 정이鄭二의 아들이었다.

과연 숯불 위에 올려놓고 직접 끓여가면서 먹는 화과火鍋(일종의 샤브샤브) 맛은 일품이었다. 그 밖에 자그마한 식탁에는 사슴꼬리찜, 오리찜, 닭고기와 당근을 네모나게 썰어 땅콩과 함께 볶은 요리, 훈제 제육, 대나무 잎에 찐 찹쌀밥, 청피망을 넣고 볶은 양의 간, 메추리 찜, 미역무침 등 다양한 요리들이 빼곡히 차려져 있었다. 평소의 대연大宴에는 못 미쳤으나 소연小宴이 되기에는 충분한 수라상이었다.

건륭은 상의 한가운데 앉아 이것저것 젓가락이 가는 대로 조금씩 집어먹으면서 둘러선 사람들을 살펴봤다. 바로 앞에 보이는 나랍씨와 유호록씨는 이런 자리가 오랜만인지라 잔뜩 멋을 낸 흔적이 역력했다. 그러나 이미 50대를 바라보는 세월은 이기지 못하는 듯 늙은 티를 감추지는 못했다. 원래 미색이 그리 출중하지 못하고 아녀자답게 영악한 맛이 없는 왕씨와 진씨는 더욱 '후줄근해' 보였다. 비빈들 중에서 가장 젊다는 위가씨도 이제는 서른을 넘기고 있었다. 다행히 용모는 아직 볼만 했다. 그러나 출산을 두 번 경험해서 그런지 살이 쪄서 양 볼이 음식을 입안 가득 문 것처럼 부어 있었다. 그러고 보니 주변의 후궁들 중에 그의 마음에 드는 여인은 하나도 없다고 해도 좋았다.

건륭은 문득 언젠가 화신이 했던 말을 떠올렸다. "젊었을 때 미색이 뛰어났던 여자일수록 늙어서 치장을 하면 괴물같이 보인다"는 말이었다. 순간 그는 터져 나오는 웃음을 참지 못했다. 하마터면 사슴꼬리뼈가 목에 걸릴 뻔했다. 건륭은 속내를 들키지 않기 위해 일부러 기침을 마구 해댔다.

그러자 몇몇 궁녀들이 우르르 달려들어 등을 두드려 주려고 했다. 건륭은 그녀들을 손짓으로 제지했다. 그러자 황후가 가장 웃어른답게 근심 어린 얼굴로 입을 열었다.

"추운 날씨에 출궁하시더니 오한이 나시는 게 아니옵니까? 이제는 연세도 계시온데 전처럼 무리하게 움직이시는 건 무리일 것 같사옵니다. 왕렴은 어찌 된 게 갈수록 무법천지인지 모르겠사옵니다. 미리 들어와 아뢰지도 않고……."

건륭이 황후의 말에 희죽 웃었다.

"왕렴을 탓하지 말게. 짐이 태감이 말린다고 해서 출궁을 안 할 사람인가? 황후도 짐의 출궁을 막지 못하지 않은가? 사실 짐도 전 같지 않다는 생각은 가끔 하네. 자네들도 만만치 않네. 이 꿩 요리는 이대로 포장해 군기처의 유용에게 상으로 내리도록 하게. 황후가 상으로 내리는 것이라고 전하게. 앞으로 십 수 년이 흐른 뒤에는 이빨 빠진 우리 영감 할미들끼리 늙은 소가 여물 먹듯 우물거리고 있으면 꽤 재미있겠지?"

건륭의 말에 좌중의 후궁들이 모두 입을 가리고 웃었다. 나랍씨도 웃으면서 아뢰었다.

"그저 꿈을 한 번 꾼 것 같은데 벌써 수십 년의 세월이 훌쩍 지나갔사옵니다. 어느새 백발이 성성하니 서글프기 짝이 없사옵니다. 하오나 폐하께서는 아직도 기혈이 왕성하시오니 얼마나 다행이옵니까?"

이번에는 왕씨가 입을 열었다.

"폐하께서는 정말 정력이 여전해 보이시옵니다!"

진씨 역시 뒤질세라 나섰다.

"폐하께서 백세가 되시는 죽수帨壽의 날에는 오세손五世孫, 육세손六

世孫에 이르는 자손들까지 다함께 모여 원명원에서 즐거운 한때를 보내는 것도 참으로 의미 있는 일일 것 같사옵니다."

위가씨도 가만히 있지 않았다.

"그리 멀리까지 계획을 짤 것까지는 없다고 보옵니다. 제가 보기에는 이번 설경이 참으로 아름다운 것 같사옵니다. 내일 당장 원명원으로 가서 눈사람도 만들고 눈밭에 발자국도 찍어보면서 폐하를 모시고 즐기는 것이 훨씬 의미가 있을 것 같사옵니다. 그리고 순천부에서 틀림없이 굶는 사람들을 진휼賑恤하러 나갈 텐데 신첩이 은자를 조금 내놓겠습니다. 덕을 쌓는 일에 동참할 수 있다는 것이 얼마나 좋사옵니까?"

건륭이 그 말에 기뻐했다.

"자네의 그런 마음은 보살이 따로 없군! 우리는 황가皇家이네. 천하대소사는 모두 우리의 가사家事와 다를 바 없지. 눈이 내렸다고 해서 마냥 기뻐하는 게 아니고 그 와중에 폭설로 죽어갈 가난한 백성들을 떠올렸다는 것이 참으로 가상하네. 이런 공덕은 삼천 배를 백번 올리고 불상을 금으로 도배해주는 것보다 더 크다 하겠네."

위가씨가 애써 기쁜 기색을 숨기면서 공손하게 대답했다.

"소인은 사가私家에 있을 때 고생을 밥 먹듯 하면서 살아왔사옵니다. 집도 없이 떠돌던 시절이 있었사온데, 남의 집 대문 앞 바람막이가 될 만한 곳에 모녀가 웅크리고 앉은 채 '하늘이시여……, 제발 굽어 살피시어 눈을 쏟지 마시고 바람을 일으키지 말아 주시옵소서'라고 하면서 빌고 또 빌었사옵니다. 이제는 가끔씩 눈이 내린다고 박수를 치면서 좋아하는 스스로를 보고는 '배부른 자는 굶주린 자의 배고픔을 모른다'는 말이 생각나서 죄스럽사옵니다."

건륭이 고개를 끄덕였다.

"그것이 바로 격물치지格物致知(사물의 이치를 파고들어 명확하게 앎)라는 것이네. 상대방의 입장에서 세상을 바라볼 수 있다는 것은 그리 쉬운 일이 아닐세. 옹염顯琰은 질박하고 사치를 멀리 하는 성정이 어미를 꼭 닮은 것 같네."

건륭이 여러 황자들 중에서 옹염만 콕 집어 칭찬하자 위가씨의 얼굴에는 자연히 광채가 돌았다. 그러나 좌중의 황후와 유호록씨, 금가씨 등은 기분이 썩 좋지 않았다. 순간 그런 그녀들의 마음속을 간파한 진씨가 황급히 나서서 아뢰었다.

"황자마마들은 모두 훌륭하시옵니다! 옹염황자는 두 말할 필요가 없사옵고, 옹기顯琪황자도 지난번에 폐하와 대화하는 걸 보니 국어, 몽고어, 서반아어 모두 능통해 폐하께서 '천리마'라고 치하하지 않으셨사옵니까? 옹성顯瑆황자는 또 활솜씨가 뛰어나고 화포火砲를 조준하는 것도 비할 상대가 없다고 들었사옵니다. 폐하께서 황금으로 만든 마고자까지 상으로 내리셨으니 얼마나 부러운 일입니까? 그뿐입니까? 옹린顯璘황자는 금기서화琴棋書畵에 정통하죠. 지난번 태후마마께 〈소군출새〉昭君出塞라는 곡을 연주해드린 자리에서 폐하께서 눈물까지 보이셨던 기억이 생생하옵니다. 옹선顯璇황자는 또 대재자大才子라 문장과 시사에 대단한 재능을 보이고 있지 않사옵니까. 일전에 윤계선의 부인이 입궐해 하는 소리를 들으니 그 집 딸아이가 옹선황자의 시를 그렇게 좋아한다고 하옵니다. 소인이 보니 그 여식이 얌전하고 유순한 데다 자색 또한 밉지 않아 옹선황자의 배필로 그만일 것 같았사옵니다! 윤계선이 돌아가지만 않았더라도 소인이 태후마마와 황후마마께 말씀드려 두 사람의 혼약을 추진했을 텐데……."

"듣고 보니 그렇게 맺어지는 수도 있겠군?"

건륭은 황자들을 두루 칭찬하는 진씨의 말에 기분이 좋아진 듯 흡족한 미소를 지었다. 안 그래도 옹염 한 사람만 칭찬한 것이 내심 마음에 걸렸던 터였다. 건륭이 이번에는 금가씨를 보면서 말했다.

"윤계선의 여식은 잠영簪纓의 세가世家에서 태어나 엄격한 교육을 받고 장성한 규수라 흠 잡을 데 없을 거네. 궁합을 맞춰보고 괜찮으면 황후가 의지를 내려 두 사람을 맺어주도록 하게."

황후 역시 뭔가 생각난 듯 건륭을 바라보며 환한 미소를 지으며 대답했다.

"그러고 보면 인연은 따로 있는 것 같사옵니다. 윤계선이 죽었을 때 폐하께서는 옹선을 파견하시지 않았사옵니까? 그런데 오늘날 둘이 천작지합天作地合의 연분을 맺게 됐지 뭡니까?"

황후가 계속해서 말을 이었다.

"방금 위가씨가 설경 감상 얘기를 꺼냈사온데 날씨가 너무 추우니 먼 곳까지 갈 필요는 없을 것 같사옵니다. 담녕거 서쪽의 방 몇 칸을 깨끗이 청소해 그곳에서 태후마마를 모시고 수라를 들면서 설경을 감상하는 것이 좋겠사옵니다. 그렇게 하면 은자도 절약할 수 있지 않겠사옵니까?"

건륭은 황후의 말이 끝나자 그것도 좋겠다는 듯 고개를 끄덕였다. 이어 덧붙였다.

"역시 화신은 이재에 능해. 태후마마의 자녕궁을 수리하는 데 이십만 냥을 턱 내놓았다네. 내무부라면 엄두도 못 낼 일이지. 매일 돈 없다고 아우성만 치는 자들이니 말일세. 방금 황후가 말한 일은 복의를 시키면 되겠네."

그러자 황후가 고개를 저었다.

"그런 쪽은 복의보다 왕팔치가 적임자이옵니다."

건륭은 말없이 고개를 끄덕이는 것으로 대답을 대신했다. 그때 복의가 녹두패綠頭牌가 들어있는 합盒을 받쳐 들고 다가왔다. 사실 건륭은 후궁들 중에서는 마음이 동하는 여인이 하나도 없었다. 그나마 진씨의 패를 뽑고 싶었으나 그녀의 패는 붉은 천으로 가려져 있었다. 그날이 온 것이 분명했다.

좌중의 여인들은 잔뜩 긴장한 채 잠시 망설이는 건륭의 손만 뚫어지게 바라봤다. 건륭은 더 이상 고민하지 않고 손가는 대로 위가씨의 패를 뽑아들었다. 그리고는 웃으면서 말했다.

"저마다 꽃같이 아리따운 미인들이어서 누구의 처소를 찾아줘야 할지 난감하군."

좌중의 여인들은 너 나 할 것 없이 건륭이 일부러 반어법으로 자신들을 조롱한다는 걸 모르지 않았다. 그들은 서로 마주보면서 소리 없이 웃고 말았다. 곧 건륭이 자리를 털고 일어났다. 황후를 제외한 나머지 후궁들은 무릎을 꿇은 채 건륭을 배웅하고는 각자 뿔뿔이 흩어졌다

왕팔치는 나랍씨의 침대를 정리하고 이불을 펴놓았다. 이어 바깥 태감에게 분부했다.

"오늘밤에는 내가 당직이니 마마의 시중을 들 것이야. 너희들은 화롯불이 꺼지지 않게 탄炭을 더 넣고 그만 가서 자거라!"

밖에서 대답소리가 들려왔다. 왕팔치가 앉아서 차를 홀짝이는 나랍씨에게 다가가 나직이 아뢰었다.

"마마께서 또 이놈에게 좋은 일거리를 맡겨주셔서 황감하기 이를 데 없사옵니다. 오늘밤 이놈은 마마를 머리끝부터 발끝까지 편하게 해드리는 것으로 그 은공의 만분의 일이라도 보답해 드리겠사옵니다! 소인이 목욕할 때 필요한 옥마玉馬를 준비해 놓았사옵니다. 한번 써보시죠? 말의 목에 옥으로 된 손잡이가 있사온데 참으로 탐스럽

사옵니다. 소인이 옥공<sub>玉工</sub>들에게 좀 굵게 만들라고 했더니 더 굵으면 몽둥이 같아 보기가 싫다면서 한사코 안 된다는 것이옵니다. 그래서 어쩔 수 없이 그대로 가지고 왔사옵니다."

차를 마시면서 생각에 잠겨 있던 나랍씨가 왕팔치의 말에 풋! 하고 웃음을 터트렸다. 이어 주위에 사람이 아무도 없다는 걸 확인하고는 빙그레 웃으면서 말했다.

"옥마 얘기를 하니 생각나는 게 있네! 지난번 유호록씨가 그걸 보고는 어디에 쓰는 거냐고 묻더군. 그래서 목욕할 때 그걸 타고 하면 흔들흔들 신이 난다고 했더니 자기도 똑같은 걸로 하나 만들어 달라지 뭔가……."

나랍씨가 뭔가 더 말하려다 민망한 듯 말을 도로 삼켰다. 그러다 한참 후 다시 입을 열었다.

"자네도 거세해 버렸으니 망정이니 안 그랬다면 아마 주위에 계집들이 남아나지 않았을 걸? 명심해, 둘이 있을 때는 음담패설이나 별짓거리를 다 해도 괜찮지만 사람들 앞에서는 절대 언행에 조심해야 해. 우리 둘의 관계에 대해 발설하거나 칠칠치 못한 언행으로 남들의 의혹이라도 사게 되는 날에는 가만 놔두지 않을 거야!"

간도 쓸개도 다 빼버린 듯한 태감 왕팔치는 그저 헤헤 웃기만 했다. 이어 나랍씨의 시중을 들기 시작했다. 우선 그녀의 몸을 온돌에 편하게 뉘었다. 그리고는 옆에 앉아서 두 손을 이불 속으로 집어넣고 오르락내리락 나랍씨의 민감한 부분을 쓸어내리고 만져주기 시작했다…….

나랍씨는 어느새 흥분한 듯 얼굴이 붉어지고 숨소리가 거칠어졌다. 이어 이불 밖으로 손을 내밀어 태감의 아랫도리를 움켜쥐었다.

"또 그 약을 먹었어? 딱딱해졌네. 너무 작아 아쉽기는 하지만…….

꼭 번데기 같아. 휴, 멀쩡한 사내를 이 꼴로 만들어 놓다니……."

나랍씨가 말끝을 흐리다 말고 갑자기 무슨 생각이 들었는지 손을 움츠렸다. 그리고는 진지한 어조로 말했다.

"거세한 자네도 약을 먹으면 우뚝우뚝 일어서려고 하는데, 몸이 허약한 옹기에게 이 약을 먹여보면 어떨까? 어떻게든 태자 자리에 앉혀야 할 텐데!"

왕팔치는 황후의 말에 바로 손을 거둬들였다. 그가 나랍씨와 이런 관계를 유지해온 것은 꽤 오래된 일이었다. 그러나 나랍씨가 자신의 속마음을 이다지도 직설적으로 고백한 것은 처음이었다. 왕팔치를 바라보는 눈빛에는 어미의 간절함도 묻어 있는 것 같았다. 왕팔치는 그런 나랍씨가 가엾게 여겨졌는지 자신도 모르게 한숨을 내쉬었다.

"마마, 옹기마마께서 어찌 그리 허약하신지 아십니까? 바로 이 약을 과도하게 복용해왔기 때문이옵니다. 내무부 조외삼趙畏三에게 들은 얘기이온데 화친왕마마께서 옹기마마에게 희자戲子들을 상으로 내리셨다고 하옵니다. 그중에 불여우들이 몇 명 있었나 보옵니다. 황자마마께서는 그것들과 어수지락魚水之樂을 즐기시기 위해 이 약을 자주 드시나 보옵니다. 황자마마는 약을 끊고 좋은 의원의 치료를 받으면서 천천히 몸조리하시면 건강이 곧 호전될 것이옵니다. 아뢰옵기 황공하오나 마마께서는 성급하게 태자 자리를 염두에 두지 않으시는 것이 바람직할 것 같사옵니다. 폐하께서 그러시는데 대청大淸의 운을 점쳐보면 황후의 소생을 태자로 앉히는 것은 불길하다고 하셨사옵니다. 어느 황자가 보위에 오르든 간에 마마께서는 영원한 황태후이시옵니다. 모두가 황후마마의 아들이온데 꼭 친자를 고집하실 이유가 있겠사옵니까?"

왕팔치가 말을 마치고는 다시 손을 이불 속으로 집어넣었다. 나랍씨는 한숨을 길게 내쉬며 아쉬움이 가득한 어조로 입을 열었다.

"휴……, 말이야 쉽지. 내 친자식이 아닌데 어찌 똑같이 취급할 수 있겠느냐?"

나랍씨가 어둠 속에서 눈을 깜빡이면서 덧붙였다.

"폐하께서는 겉으로는 나에게 잘 대해주시는 것 같으나 사실은 부찰 황후에 대한 미련이 아직도 많이 남아 계셔. 그러니 나에게 깊은 정은 주실 수 없지. 그래서 나는 내 소생이 태자가 될 수 있을지 솔직히 자신이 없어."

왕팔치가 즉각 아뢰었다.

"폐하께서는 이미 대통을 이을 후계자를 지목하셨사옵니다. 계위繼位 조서까지 다 작성해 놓으셨사옵니다. 정대광명正大光明 편액 뒤에 있는 금합 안에 들어 있사옵니다. 궁중에서는 모름지기 옹린황자일 거라는 소문이 나돌고 있사옵니다!"

황후가 왕팔치의 말에 흠칫 놀라면서 그의 손을 눌러 잡았다. 그리고는 한껏 낮춘 목소리로 다그쳐 물었다.

"그게 정말인가? 그런데 그런 엄청난 대사를 자네가 어찌 알고 있다는 말인가?"

왕팔치가 나랍씨의 귀에 입을 바싹 갖다대고 속삭이듯 말했다.

"고운종高雲從이라는 자를 아시죠? 작년 원단元旦(설날)에 그가 상서방에서 폐하의 필묵을 시중들었지 않습니까. 폐하께서 바로 그날 분향焚香, 재계齋戒하시고 친히 조서를 쓰셔서 함에 밀봉하셨다고 하옵니다. 그리고 아계와 파특아가 건청궁으로 밀송密送했다고 하옵니다!"

"헌데 대통을 이을 사람이 열일곱째황자(옹린)라고 어찌 단언할 수 있다는 말인가?"

"손을 내밀어보세요, 마마……."

나랍씨가 손바닥을 폈다. 왕팔치는 천천히 옹린의 '린'璘자를 써 보였다. 특히 마지막 한 획은 유독 힘을 줘 그어 내렸다.

"폐하께서는 작성하신 조서를 반으로 접으시어 봉선전奉先殿 책상 앞에 잠시 두었다고 하옵니다. 고운종이 본 바로는 마지막 획이 길게 내려왔다고 하옵니다. 생각해 보십시오, 이미 죽은 옹장顯璋황자를 제외하고 어느 황자 이름의 마지막 획이 쭉 길게 내려옵니까?"

나랍씨는 대꾸를 하지 못했다. 대신 옹염顯琰, 옹기顯琪, 옹선顯璇, 옹성顯瑆, 옹기顯璂에서 옹린顯璘까지 황자들의 이름을 하나씩 떠올려봤다. 과연 유독 옹린顯璘의 '린'璘자만 마지막 획이 유난히 길었다! 그렇다면 설령 자신의 소생인 옹기가 건강을 회복해 달리는 말 위에서 나는 새를 떨어뜨릴 정도로 튼튼해질지라도 위가씨의 소생인 옹린 앞에서는 영원히 '아랫것'일 수밖에 없었다!

나랍씨는 순간 따뜻한 이불 속에 누워 있음에도 불구하고 발끝부터 타고 올라오는 갑작스러운 한기에 오싹 몸을 떨었다. 낯빛도 순식간에 창백하게 질렸다.

"마마! 어디가 불편하시옵니까?"

왕팔치가 다급히 물었다. 나랍씨가 형형한 눈빛으로 천장을 뚫어지게 바라보더니 말을 이었다.

"그런 게 아니네. 자네 말이 맞네. 비록 내가 배 아파 낳은 소생은 아니지만 옹린 역시 내 아들임에는 틀림없어."

"그럼요!"

나랍씨가 왕팔치의 말이 끝나기 무섭게 벗은 알몸을 살짝 드러내 보였다. 이어 교태를 부리기 시작했다.

"되는대로 살지 뭐! 아등바등한다고 될 일이 따로 있거늘……. 불 끄고 빨리 올라와!"

밖에는 어느새 눈이 무릎이 넘도록 쌓여 있었다. 어두운 하늘에는 먹구름이 두껍게 덮여 더욱 어두웠다. 다행히 눈은 그쳤다. 그러나 지붕과 나뭇가지에 앉았던 눈이 바람에 날리며 가끔씩 사나운 눈보라를 일으켰다. 그 소리가 귀신의 흐느낌처럼 들려와 무척이나 섬뜩했다.

건륭은 그 시각 위가씨의 처소에 들어 있었다. 왕렴은 건륭을 방안까지 안내하고는 한쪽 무릎을 꿇었다. 그리고는 아뢰었다.

"저녁나절에 옥황묘에서 보신 그림이 마음에 드시면 소인이 내일 아침 일찍 가서 사오겠사옵니다. 화 나리께서 이미 가격을 깎아놓으셨으니 아마 가게 주인은 본전이라도 뽑으려고 안달이 나 있을 것이옵니다."

건륭이 손으로 턱을 괴고 한참을 생각하더니 대답했다.

"그 가게 주인도 불쌍하군. 화신이 잔뜩 겁을 주고 왔으니 오늘밤에는 아마 발 편히 뻗고 잠을 못 잘 것이네. 본전에 웃돈 오백 냥을 더 얹어주고 가져오게."

왕렴이 대답과 함께 물러가려고 했다. 그러자 건륭이 생각난 듯 그를 다시 불러 세우며 물었다.

"그런데 황후는 짐이 출궁한 사실을 어찌 알고 있는 게냐? 네놈이 그새 고자질을 한 게냐?"

"이놈이 어찌 감히 마음대로 혓바닥을 놀릴 수 있겠사옵니까?"

왕렴은 가슴이 철렁해져서 사색이 된 얼굴로 한사코 부인했다. 다행히 건륭의 얼굴에 노기는 보이지 않았다. 왕렴이 곧 정신을 가다듬고 말을 이었다.

"폐하, 폐께서 아무에게도 얘기해서는 안 된다고 미리 못 박으신 일이옵니다. 이놈은 대가리가 열 개라도 감히 허튼소리를 할 수 없사옵니다! 게다가……."

"됐어."

건륭이 바로 손사래를 쳤다.

"네놈이 감히 망발을 못한다는 것은 알지. 물론 황후가 알아도 무방하네. 다만 출궁할 때 아무도 본 사람이 없을 거라고 생각했는데, 그게 의아스럽네?"

위가씨가 찻잔을 건륭에게 받쳐 올리면서 아뢰었다.

"태감들은 뒤통수에도 눈이 달려 있는 족속들이옵니다. 폐하께서는 대낮에 당당하게 걸어 나가셨으니 어찌 눈에 띄지 않을 수 있었겠사옵니까?"

건륭이 잠시 생각하더니 어쩔 수 없다는 듯 손사래를 치면서 왕렴을 물러가게 했다. 이어 한숨을 내쉬었다.

"궁금宮禁이 물샐 틈 없는 건 좋지만 이제는 짐조차 자유롭게 출입할 수 없게 된 것 같아 아쉽네. 성조께서는 왕년에 자주 미복 순행을 하시고 가끔 백운관에서 글을 읽기도 하셨는데, 지금 같았으면 어디 그럴 엄두나 내셨겠나? 군기처, 내무부, 그리고 자네 같은 아녀자들까지 합세해 아우성을 치니 지레 눌러 앉고 말았을 테지!"

건륭이 말을 마치고는 위가씨를 천천히 뜯어봤다. 방안이 더운지 그녀는 겉옷을 입지 않고 있었다. 위로 올렸던 머리는 밤이 되자 풀어서 내려뜨렸다. 차를 따르느라 몸을 앞으로 숙이니 속곳이 훤히 들여다보였다. 위가씨가 건륭의 시선이 부담스러운 듯 쑥스러운 표정을 지었다.

"노비가 너무 살이 쪘죠? 창피하옵니다……."

건륭이 위가씨의 말에 너털웃음을 터트렸다.

"비환수연肥環瘦燕(당나라 때의 양귀비楊貴妃(본명이 양옥환楊玉環임)는 통통해 아름다웠고, 한나라 때의 조비연趙飛燕은 날렵해서 아름다웠다는 뜻)이라고 했네. 각자 다 장점이 있지. 자네의 통통하고 하얀 두 팔은 마치 연근 같지 않나? 얼마나 탐스럽고 복이 있어 보이는데! 황후는 매일 건강을 위해 소식한다고 하지만 실은 살이 찔까 무척 두려워하는 것 같네. 안아보면 풍성한 맛이 없이 뼈만 앙상한 것이 그것도 별로였네."

위가씨가 얼굴을 붉히면서 부끄러워했다.

"어찌 노비를 황후마마께 견주시옵니까? 황후마마께서는 성격이 섬세하시고 행동이 날렵하신 분이라 살이 붙으려야 붙을 수 없사옵니다. 소인은 삼시 세 끼 포식하고 대책 없이 퍼져 있으니 어찌 살이 찌지 않겠사옵니까?"

"자네는 불법佛法을 모르네."

건륭이 위가씨가 걸쳐주는 겉옷을 걸치고는 포동포동 살이 오른 그녀의 볼을 살짝 꼬집었다. 그리고는 빙그레 웃으며 말을 이었다.

"자네처럼 자연에 순응하고 두루뭉술하고 순하게 살아가는 사람이 복을 부르는 법이네! 자네 소생의 두 황자들을 보게. 옹염과 옹린, 둘 다 얼마나 듬직하고 늠름한가. 짐은 두 아이를 볼 때마다 정심환定心丸이라도 먹은 듯 든든하다네. 두 아이 모두 유난히 이해심이 많고 사려가 깊은 것이 모두 어미인 자네를 보고 배운 게 아닌가 하네."

건륭이 자신의 소생을 칭찬해주자 위가씨의 얼굴이 더할 수 없이 환해졌다. 그녀는 눈빛을 반짝이면서 함박미소를 지었다.

"부전자전이라고 하옵니다. 여섯 황자는 각자 색깔이 다르기는 하옵니다만 덕이 깊고 유능한 점이 모두 폐하를 닮은 것 같사옵니다. 소인은 더 이상 바랄 게 없사옵니다. 여기서 더 욕심을 내면 탐심貪心이 될 것이옵니다. 결국 사람을 추하게 만들기 십상이옵니다!"

건륭이 고개를 끄덕였다.

"다들 자네처럼 생각하면 좀 좋겠나?"

두 사람은 곧이어 그동안 수없이 반복해온 운우지정을 잠깐이나마 즐겼다. 그러고 나서 자리에 가만히 누워 있었다. 곧 자명종이 축시를 알렸다. 위가씨는 잠이 오지 않는지 건륭의 가슴에 머리를 묻은 채 수줍게 불렀다.

"폐하……"

"음?"

"신첩이 뚱뚱하고 미워졌죠? 늙어서 주름도 쪼글쪼글하고……, 볼품없이 변해가죠?"

"사람이라면 다 늙고 쪼글쪼글해지는 게 자연스러운 건데 새삼스레 무슨 소리인가?"

건륭이 웃으면서 말했다. 그러자 위가씨가 조심스레 말을 꺼냈다.

"이건 신첩이 전해들은 소리이온데 조혜 등이 서부에서 회부回部의 화탁和卓이라는 여자를 붙잡았다고 하옵니다. 어찌나 미색이 고운지 선녀가 따로 없다고 하옵니다. 어려서부터 야생화 꽃잎을 우린 물에 목욕하고 꿀과 이슬만 먹고 자라 온몸에서 달콤한 향기가 난다고 하옵니다. 심지어 씻으려고 벗어놓은 옷에서도 향기가 난다고 하옵니다. 그 여자의 얼굴을 본 사내들은 정신을 잃을 정도라고 했사옵니다. 조혜가 그 여자를 폐하께 바친다는 소문도 있사온데, 그 여인이 입궐하면 후궁의 삼천 가려佳麗들은 즉시 분토糞土 신세가 될 것이옵니다. 또 육궁六宮의 분대粉黛(원래는 화장품의 뜻이나 이곳에서는 미인을 지칭)들이 모두 낯을 들지 못하게 될 것이옵니다. 그렇게 되면 신첩이 폐하를 가까이에서 섬길 기회도 점점 사라질 것이 아니옵니까!"

위가씨가 하소연하듯 중얼거렸다. 건륭이 그러자 어이가 없다는 듯 웃음을 터트리며 그녀를 와락 껴안았다.

"회부에 자색이 뛰어난 여인이 많은 건 사실이네. 허나 짐이 산적 두목도 아니고 어찌 아무나 '붙잡아' 오겠나? 그리고 삼천 가려와 육궁 분대가 어디 따로 있나? 자네들이 전부이지! 또 짐이 무슨 당 명황唐明皇(당 현종)이라도 되는 줄 아는가! 자네가 말한 그 처녀의 이름도 '화탁'이 아니네. '화탁'은 우리 말로 친왕, 패륵…… 뭐 이 정도를 뜻하는 말이네. 회부의 곽집점藿集占 형제가 반란을 일으킨 바람에 그들 부족은 모두 피난길에 올랐다고 하네. 조혜의 군사들에게 포위당한 뒤 그 아비가 딸을 입궁시키고자 했으니 거기에는 아마 화친의 뜻이 담겨 있다고 볼 수 있겠지. 물론 짐이 지금 여색을 탐낼 나이는 아니네. 다만 적들에게 결혼을 통한 융화책을 펴볼까 하는 생각이 있으니 여자를 데려오라고 했던 것이네. 그런데 자네들은 어찌 사람이 아직 도착하기도 전에 벌써 '분토'니 '무색'이니 운운하면서 슬퍼한다는 말인가! 자, 이리 오게……."

건륭은 위가씨가 가여워서인지 아니면 아리따운 회족 처녀를 머릿속에 상상하는 것만으로도 욕정이 불붙었는지 아무튼 다시 몸이 뜨거워졌다. 그래서였을까, 그는 어중간한 사람이 밥 한 끼를 다 먹고 숭늉까지 마실 정도의 긴 시간 동안 위가씨의 몸 위에서 수없는 종류의 환락을 즐겼다.

건륭은 거사를 끝내고 기진맥진해졌는지 이내 코를 골기 시작했다. 위가씨는 행여 그런 그를 깨울세라 꼼짝도 하지 못하고 옆에 누워 있었다. 그런데 오늘따라 잠이 오지 않았다. 두 눈은 점점 더 말똥말똥해졌다.

갑자기 옹염과 옹린 두 아들의 모습이 그녀의 눈앞에 떠올랐다. 건륭의 성총이 다른 황자들보다 유난히 큰 두 아들에 대해 일말의 기대감도 없다는 것은 솔직히 거짓이라고 해도 좋았다. 겉으로 표현하지만 않았을 뿐 마음 한구석에는 분수에 맞지 않는 욕심도 살짝 있었다.

그러나 황후를 비롯한 다른 비빈들의 얼굴을 떠올리자 갑자기 두려움이 엄습했다. 더구나 귀비 금가씨는 성격이 불같고 누가 살짝 건드리기만 해도 팔을 걷어붙이고 달려드는 야생마 같은 여자가 아니던가. 유호록씨 역시 아들이 있으니 보위 쟁탈전에서 강 건너 불 보듯 팔짱만 끼고 있을 리 만무했다. 옹기황자는 몸이 허약하나 황후의 소생이라는 이유만으로도 결코 만만한 상대는 아니었다. 그녀는 순간적으로 진씨가 했던 말을 떠올렸다.

'심궁深宮은 마치 용담호혈龍潭虎穴과도 같다. 스스로 분수를 잘 알고 평안을 도모할 줄 아는 사람이 곧 승자이다. 자리는 단 하나뿐인데 그걸 욕심내는 사람은 많으니 모두 사활을 걸고 쟁탈전에 나설 것이다. 피 터지는 경쟁 끝에 결국 승자는 단 한 명밖에 남지 않는다.'

위가씨는 그런 생각 끝에 머릿속에 지난 일들이 두서없이 스쳐 지나갔다. 부찰 황후는 황자를 둘씩이나 낳았으나 모두 전염병으로 죽었다. 건륭이 남순 길에 오른 뒤 황자를 잉태한 몸으로 북경에 남아 있던 위가씨 역시 위험한 상황에 처했었다. 다행히 화친왕 덕분에 어느 야심한 밤 비밀리에 열째패륵부로 안전하게 대피를 할 수 있었다. 그러나 열째패륵부에서 옹염은 천연두에 감염돼 하마터면 목숨을 잃을 뻔했었다. 다행히 엽천사라는 귀인을 만난 덕분에 아이는 가까스로 살아날 수 있었다.

위가씨는 과거를 생각할수록 점점 더 두렵기만 했다. 급기야 건륭의 이불깃을 여며주고는 자신도 이불 속에 꼭꼭 몸을 숨겼다. 솔직히 심궁이라고는 하나 이런저런 위험은 도처에 도사리고 있다고 할 수 있었다. 그런 생각을 하자 그녀는 눈앞에서 갖은 요물들이 험상궂게 으르렁대면서 그들 모자를 노리고 있는 것만 같았다. 그녀는 자기도 모르게 건륭에게 바짝 몸을 붙였다. 이 든든한 사내에게 기대야만 야수들이 출몰하는 밤길을 무사히 통과할 수 있을 것 같았다…….

그 사이 잠깐 잠이 들었던 건륭도 어느 결에 깨어 다시 잠들지 못했다. 그러나 그는 위가씨와는 전혀 다른 생각을 하고 있었다. 우선 미행 당시 화신을 만난 일이 우연치고는 너무 절묘했다는 생각이 들었다. 그러다 순천부의 전횡과 패악을 떠올리자 엄중히 문책해야겠다는 생각을 했다. 그러나 동시에 '아문과 아문끼리' 서로 자존심 대결을 하다보면 그럴 수도 있다는 너그러운 마음이 들기도 했다…….

'옆에 있는 위가씨와 황후, 그리고 그 많은 후궁들에게 전 같은 애욕이 생기지 않는 것은 왜일까? 몸이 피곤한 탓일까, 아니면 진짜 이 여자들이 늙고 볼품없어져 싫증이 난 것일까?'

건륭은 심지어 그런 생각까지 하고 있었다. 회부의 화탁 처녀는 과연 소문대로 그렇게 미색이 뛰어날까? 들리는 소문에 의하면 그녀가 빨려고 벗어 놓은 옷에서도 기이한 향기가 난다고 하지 않았는가! 그는 정말로 궁금하고 은근히 기대가 되는 마음을 떨치지 못했다.

그러나 다른 한편으로 몇 만 리 눈 덮인 서역西域 길을 생각하자 걱정도 되었다. 주장主將인 조혜와 해란찰이 멀리 북경에 와 있는 동안 수혁덕이 회족들의 잔꾀를 당해내지 못하고 몇 만 대군을 눈밭에 묻어버리는 불상사라도 발생하면 어쩌나 하는 생각도 들었다. 그는 순간 가슴이 철렁 내려앉는 것 같았다.

'안 돼! 내일이라도 당장 조혜와 해란찰을 대영으로 돌려보내야겠다!'

그는 속으로 그렇게 되뇌었다. 이럴 때 부항이라도 기적처럼 자리를 차고 일어나 정무를 거들어 준다면 커다란 힘이 되고 위로가 될 터인데……. 건륭은 이런저런 생각을 하다가 무겁게 내려오는 눈꺼풀을 주체하지 못하고 다시 스르르 눈을 감았다…….

얼마나 지났을까. 갑자기 부항이 문을 열고 들어왔다. 건륭은 반색을 하면서 그 자리에서 일어났다.

"안 그래도 부르려던 참이었는데 어찌 알고 들었는가! 우리 군신 사이에 뭐가 통하는 데가 있나 보군!"

건륭은 재빨리 부항의 안색을 살펴보고는 안심이 되는 듯 덧붙였다.

"자네, 기색이 좋아 보이네."

"심려 놓으시옵소서, 폐하. 신은 이제 다 나았사옵니다!"

부항이 행례를 하면서 아뢰었다. 이어 덧붙였다.

"떠나기에 앞서 폐하께 문후 올리러 들었사옵니다."

"떠나다니?"

"잊으셨사옵니까? 폐하께서는 신을 천산天山으로 파견해 곽집점의 회부를 소탕하라고 하시지 않으셨사옵니까!"

건륭이 그러자 빙그레 웃어보였다.

"경은 싸움에 인이라도 박힌 건가? 이번에는 아계를 보내세! 공로도 나눠먹어야 귀하고 맛있는 법이네."

부항이 즉각 대답했다.

"지당하신 말씀이옵니다. 아계를 보내시옵소서! 신이 쾌히 양보하겠사옵니다. 신은 복강안 세대에게 자리를 빼앗기기 전에 마지막으로 한 번 더 폐하를 위해 전쟁터를 종횡무진 누비고 돌아와 상서방 대신으로 물러앉고자 했었사옵니다."

부항은 복강안을 군기처로 넣어 주십사 주청을 올리는 것이 틀림없었다. 건륭은 부항의 뜻을 미뤄 짐작하고는 조용히 대답했다.

"복강안이 잘되기를 바라는 마음은 짐이나 경이나 마찬가지일 걸세. 애중히 여기는 자식일수록 회초리 한 번 더 들라고 했네. 복강안이 크게 되기를 바라는 마음이라면 좀 더 때를 기다려보세."

부항이 갑자기 희비를 가늠할 수 없는 표정을 지었다. 갑자기 얼굴이 창백하게 변했다. 한참 후 그가 애써 미소를 지은 채 아뢰었다.

"신은 이제 가봐야겠사옵니다. 국사가 막중하오니 폐하께서는 부디 중심을 잘 잡으시고서 강녕하셔야 하옵니다. 《삼국연의》三國演義에서 읽었던 시구가 생각나옵니다. '옥의 진위를 가늠하려면 사흘을 불태워야 하고, 재주를 알려면 십년 동안 지켜봐야 한다'는 말이옵니다. 군기처에 새로 입직한 여러 신인들을 유심히 살피시어 옥석을 가려내셔야 할 것이옵니다. 이는 사직社稷의 운명과도 관련된 중요한 일이옵니다……."

부항의 모습이 조금씩 일그러지고 희미해졌다. 그러더니 마침내 한 줄기 검은 연기가 돼 허공에 흩어지고 말았다. 건륭은 화들짝 놀라 벌떡 일어나더니 허공을 향해 애타게 불렀다.

"부항! 부항! 어디 갔어, 부항……!"


그러나 아무런 응답이 없었다. 건륭은 이불을 걷어차면서 눈을 떴다. 위가씨의 침전 안이었다. 그제야 그는 꿈을 꿨다는 생각에 잠깐이나마 안도했다. 그러나 곧이어 밀려오는 불안한 생각을 지울 수가 없었다.

그때 화장대 앞에 앉아 머리를 빗던 위가씨가 기척을 듣고 다가왔다. 건륭은 어느새 일어나 앉아 속옷을 입고 있었다. 위가씨는 서둘러 시중을 들었다. 온돌 앞에 꿇어 앉아 허리띠까지 매주고 나서는 근심 어린 목소리로 여쭈었다.

"폐하! 아직 이른 시각이옵니다. 설광이 비쳐 밝아 보일 뿐이옵니다. 좀 놀라신 것 같사온데…… 괜찮으시옵니까?"

"악몽을 꾸었네."

건륭이 우물거리면서 대답했다. 그리고는 신발을 신고 내려서서 소금으로 이를 닦은 다음 간단히 세수까지 마쳤다. 위가씨가 머리채를 땋아주는 동안 건륭이 물었다.

"밤새 눈은 그쳤나?"

위가씨가 조심스럽게 머리를 빗어 내리면서 대답했다.

"아직 완전히 그치지 않고 쌀알처럼 작게 떨어지고 있사옵니다. 간밤에는 거의 내리지 않은 듯했으나 하늘이 잔뜩 흐려 있는 걸 보니 아직 좀 더 내릴 것 같사옵니다. 항간에 '밀이 눈 이불을 두껍게 덮으면 농민들이 머리에 밀가루 떡을 베고 잔다'라는 말이 있사옵니다. 가난한 백성들의 월동이 염려되기는 하오나 서설瑞雪임은 틀림없는 것 같사옵니다. ……여기 흰 머리카락이 두 개 있사옵니다. 뽑을까요?"

건륭은 흰머리가 있다는 위가씨의 말을 대수롭지 않게 받아들였다. 즉각 반대 입장을 표했다.

"내버려두게! 나이를 먹으면 흰머리도 나는 거지! 자네도 말이 많은 걸 보니 늙기는 늙었나 보네. 짐이 한마디를 물었거늘 자네의 대답은 길기도 하구먼. 양심전에서 누구 다녀간 사람은 없나?"

위가씨가 빙그레 웃으면서 대답했다.

"사람이 늙으면 입 간수를 제대로 못하는 게 흠인 것 같사옵니다. 왕렴이 벌써 와서 밖에서 기다리고 있사옵니다. 추운데 동쪽 별채에서 기다리라고 하니 감히 그럴 수 없다면서 고집을 부리고 있사옵니다."

건륭이 곧바로 입을 열었다.

"들라 하게."

잠시 후 왕렴이 입김을 길게 내뿜으면서 종종걸음으로 들어왔다. 그리고는 목소리를 길게 뽑은 채 아뢰었다.

"찾아계셨사옵니까, 폐하!"

건륭이 말했다.

"왕팔치는 다른 일 때문에 원명원으로 갔으니 이제부터는 자네가 짐의 곁에서 시중들게."

"아, 예!"

왕렴은 뜻밖의 희소식에 어리둥절한 표정을 지었다. 그러나 이내 얼굴을 활짝 펴면서 발뒤꿈치를 바짝 모은 채 허리를 굽실거렸다.

"성은이 망극하옵니다. 실로 이 천것의 광영이옵니다!"

"짐이 정한 규칙을 알고 있나?"

"알고 있사옵니다! 첫째, 절대 조정의 대사를 캐묻지 말아야 한다. 이를 어길 시는 가차 없이 목을 친다. 둘째, 대신들과 사사로운 관계를 맺지 말아야 한다. 기밀을 누설한 자에 대해서는 일족을 멸한다. 셋째, 군주의 특별 어지가 없는 한 북경성 밖을 한 발자국이라도 벗어나서는 아니 된다. 넷째, 사사로이 시비를 논하지 않는다. 국정에 대해 함부로 수군대는 자는 가차 없이 주살한다."

건륭이 바로 손사래를 쳤다.

"됐네. 화복禍福은 본인이 하기에 달렸다는 걸 명심하거라. 첫째, 둘째, 셋째를 앵무새처럼 옮기느니 마음속에 오로지 충정 하나만 굳건하면 되느니라. 네놈의 꼴을 보니 혼신의 뼈를 발라 달아봤자 네 냥도 채 안 될 것 같이 가벼워 보이거늘…… 각별히 조심하거라! 짐의 가까이에서 시중든다 해서 함부로 호가호위했다가는 경을 칠 줄 알 거라!"

왕렴이 두려운 표정으로 연신 머리를 조아렸다.

"명심하겠사옵니다, 폐하! 이놈은 절대 경거망동하지 않을 것이옵니다!"

건륭이 밖으로 걸어 나가면서 몇 마디를 덧붙였다.

"위가씨, 자네는 다른 비빈들과 함께 자녕궁으로 가서 태후마마를 즐겁게 해드리게. 짐은 오후에 짬을 내어 문후 올리러 들겠네. 왕렴, 너는 내무부 공장工匠들을 찾아가 금발탑金髮塔이 다 만들어졌는지 알아보고 서두르라고 하거라. 그리고 부항의 집에 들러 부항의 병세에 차도가 있는지 문안하고 오거라. 오는 길에 조혜와 해란찰에게 즉각 양심전에서 패찰을 건네라 이르거라. 기윤, 아계, 우민중, 유용, 화신, 전풍도 양심전으로 들라 하라. 물러가거라!"

"예!"

왕렴이 건륭이 한마디 할 때마다 우렁찬 대답과 함께 앵무새처럼 그의 말을 복술했다. 그리고는 조심스럽게 뒷걸음질을 쳐 물러갔다. 그러나 궁전 문턱을 나서기 바쁘게 날듯이 달려가기 시작했다.

잠시 후 저만치에서 쿵! 하는 소리가 들려왔다. 뭔가 무거운 물체가 땅에 떨어지는 소리였다. 건륭이 위가씨에게 묻는 듯한 시선을 보냈다. 그러자 위가씨가 웃음을 터트렸다.

"간밤에 조금 내린 눈이 얇은 얼음 위에 살짝 덮여 있어 미끄럽사옵니다. 저 천것이 달려가다가 엉덩방아를 찧은 것 같사옵니다."

건륭 역시 왕렴이 우스꽝스럽게 넘어지는 광경을 떠올리고는 너털웃음을 터뜨리고 말았다. 이어 밖으로 나가서 문 앞을 지키고 서 있는 태감에게 명했다.

"양심전으로 갈 터이니 가마를 대놓고 채비를 하거라."

수화문 앞에서 엉덩방아를 심하게 찧은 왕렴은 한참 동안 꼼짝도 하지 못했다. 그러다 한참 후 겨우 이를 악물고 일어나서 통증 때문에 오만상을 찌푸리고 절룩거리면서 걸어갔다. 그러나 그렇게 겨우 걸어가면서도 얼굴에는 웃음꽃이 만발했다.

태감들은 천성적으로 미신에 약했다. 사람이 갑자기 호운好運을 맞으면 귀신이 질투해서 괴롭힌다는 말도 태감들 사이에서 공공연히 나도는 속설이었다. 왕렴이 심하게 엉덩방아를 찧은 와중에도 웃을 수 있었던 것도 충분히 액땜을 했다는 바로 그 생각 때문이었다. 때를 맞춰 엉덩이에서 줄방귀가 터져 나왔다. 그는 방귀에 박자를 맞춰 걸으면서 영항永巷을 나설 때까지 내내 웃었다. 시위방에 가서 회의가 있다는 어지를 전한 뒤에는 상사원上駟院에 가서 말을 빌려 타고 부항의 집으로 줄달음을 쳤다.

일반적인 경우 대신들의 집으로 어지를 전하러 갈 때는 미리 밖에서 "어지가 있다!"라고 외치는 것이 관례였다. 그리 하면 대신을 비롯해 온 집안 식솔들이 전부 출동해 중문을 열어젖히고 예포를 울리면서 대대적으로 환영하는 게 정석이었다. 그러나 이번에는 조혜와 해란찰에게만 어지를 전하고 부항에게는 '문안'만 하라는 명이 내려졌기에 저택이 떠나갈 정도로 소란을 떨지는 않았다.

비록 단순히 '문안'을 전하는 걸음이기는 했으나 그는 그래도 엄연한 흠차 신분이었다. 때문에 가슴을 쑥 내밀고 고개를 번쩍 쳐들었다. 그리고는 내심 하루아침에 신분 상승을 했다는 감격에 젖은 채 말에서 내렸다. 마침 안에서 복강안의 수행시위인 길보吉保가 나오면서 물었다.

"왕렴, 자네가 여기는 어쩐 일인가?"

"어지를 받고 왔소."

길보는 아직 스무 살도 되나마나한 애송이였다. 그러나 벌써 '고관'의 반열에 들어 팔망오조八蟒五爪의 관포官袍에 설안雪雁 보복을 받쳐 입고 있었다. 멋스럽게 기른 콧수염도 제법 근사해 보였다. 가늘게 째진 눈에는 아랫것을 향한 멸시와 비웃음이 다분히 담겨 있었다. 왕렴이 마른침을 꿀꺽 삼키면서 미소를 지은 채 덧붙였다.

"폐하께서 여기 계시는 조혜와 해란찰 두 군문에게 어지를 내리셨소. 즉시 패찰을 건네고 양심전으로 들라 하셨소. 아울러 나에게 부중당을 찾아뵙고 문안을 올리라고 하명하셨소."

길보가 벌레 보듯 왕렴을 아래위로 훑어보면서 당치도 않다는 듯 실소를 터트렸다.

"오줌 물에 자기 꼬락서니나 좀 비춰보고 얘기하지? 하는 꼬락서니가 지푸라기처럼 가벼워 가지고 누구를 문안하겠다는 건가! 조혜, 해란찰 두 군문은 복 도련님과 함께 윤계선 대인 댁에 가고 없네. 우리 주인 어르신은 폐하의 어지를 전하는 사람이 아니고서는 아무도 들이지 말라고 하셨네. 기왕 왔으니 헛걸음을 할 수는 없고 우리 주인 마님이나 뵙고 가게."

왕렴은 하찮은 물건 대하듯 하는 길보의 태도에 화가 났다. 그러나 참을 수밖에 없었다. 이어 앞서 걷는 길보의 뒤를 따라 서화청 옆에 있는 서재로 들어갔다. 길보가 먼저 들어가 아뢰자 잠시 후 안에서 당아의 목소리가 들려왔다.

"폐하의 어지를 받고 왔다는데 어서 들라 하지 않고 뭘 하는 게냐! 나는 몸이 안 좋아 밖으로 나가 맞이할 수가 없구나."

왕렴이 그제야 안으로 들어가 건륭의 어지를 토씨 하나 빠뜨리지 않고 복술했다. 그러자 당아가 의자등받이를 잡고 힘겹게 자리에서 일어섰다. 이어 지시를 내렸다.

"장방賬房에 가서 전하거라. 은자 스무 냥을 꺼내 왕 공공公公에게 상으로 내리라고 하거라. 나는 열이 심하고 온몸에 힘이 없어 폐하께 머리 조아려 문후를 올릴 수가 없네. 왕 공공께서는 돌아가 폐하께 잘 전해드리시오. 부항은 어젯밤부터 상태가 더욱 악화돼 오늘내일을 장담할 수 없는 상황이라고 말씀 올리게. 어젯밤에는 밤늦게 꿈에 폐하를 뵈었다면서 눈물까지 보이셨네. 이미 몸져누운 사람은 염려하지 마시고 폐하께서는 부디 보중保重하시라고 전해주시게……."

말을 마치기도 전에 당아의 눈동자가 어느새 붉어지고 있었다. 왕렴은 은자를 상으로 받자 사은을 표하고 나서 바로 아뢰었다.

"심려 거두세요, 마님! 폐하께서는 대덕大德, 대복大福하신 분이시라 천지신명이 굽어 살피고 계십니다. 부상 역시 대복하시오니 곧 쾌차하실 줄로 믿어마지 않습니다. 필요한 것이 있으면 주저하지 마시고 저를 불러주세요. 폐하께서 미리 어지가 계셨습니다……."

그때 옆방에서 부항의 집사인 호극경이 건너왔다. 길보와 함께 복강안의 수족 역할을 하는 그는 6품관 복색服色을 하고 있었다. 그가 두 손을 공손히 모으고 당아를 향해 아뢰었다.

"마님, 주인 어르신께서 깨어나셨습니다. 폐하께서 보내신 사람을 모셔오라고 하십니다."

당아가 고개를 끄덕였다. 이어 두 시녀의 시중을 받으면서 일어서더니 손짓으로 왕렴을 화청으로 안내했다. 화청 서재는 병풍을 사이에 두고 그곳과 서로 통해 있는 듯했다.

부항은 우묵하게 꺼진 눈을 반쯤 뜨고 침대에 반듯하게 누워 있었다. 얼굴은 핏기라고는 찾아볼 수 없을 정도로 창백했다. 그러나 표정은 그렇게 평온할 수 없었다. 마치 자신의 지나온 삶을 반추하듯 허공의 어느 한 곳을 지그시 바라보고 있었다.

부항은 왕렴이 들어서는 기척을 듣고 고개를 돌렸다. 이어 입가를 실룩거리면서 힘겹게 미소를 지었다.

"왕렴이구먼. 앉게. 내가 아직 의식이 남아 있을 때 폐하께 아뢸 말씀이 몇 마디 있네. 나는…… 이제 더 이상 상주문을 올릴 기력도 없네……."

"천천히 말씀하세요. 소인이 토씨 하나 빠뜨리지 않고 폐하께 전해드리겠습니다."

왕렴이 조심스레 소리를 낮춰 말했다. 부항의 목젖이 느리게 움직이기 시작했다.

"꿈에 폐하를 뵈었네. 다행히 강녕하신 모습이어서 마음이 놓였네. 나를 대신해 폐하께 문후를 여쭤주시게……."

왕렴이 더없이 진지한 표정으로 위로를 했다.

"그리 하겠습니다. 염려하지 마십시오. 부상께서는 곧 쾌차하실 것입니다. 그때 친히 폐하를 알현하고 문후를 올리면 더 좋지 않겠습니까?"

부항은 왕렴의 위로는 듣는 둥 마는 둥 하고 말을 이었다.

"하나는 군국대사軍國大事에 관한 거네. 현재 서북에는 천산 대영, 몽고 찰합이察哈爾 주둔군, 서안 대영, 준갈이 주둔군, 합밀哈密(하미. 신강 위구르 동쪽의 오아시스 도시) 주둔군 등 여러 갈래의 주둔군들이 산재해 있네. 이들을 통괄할 수 있는 사람이 있어야 하네. 과거에는 각 대영마다 따로 통수가 있었지만 이제는 통일된 지휘 아래 움직여야 할때가 됐네. 소혜와 해란찰은 명장임에 틀림없네. 그러나 두 사람 다

내지內地와 운남雲南, 귀주貴州, 사천四川 등지에서만 신망이 높을 뿐 아직 큰 국면을 떠안기에는 좀 버겁지 않을까 우려되네. 거뜬히 이 국면을 짊어지고 나갈 수 있는 사람은 아계밖에 없다고 생각하네. 그러나 아계는 폐하의 옆을 한시도 떠나서는 아니 되는 사람이네. 이 말이 가장 중요하네! 아계는 어떤 상황에서도 반드시 폐하를 지켜드려야 하네. 그렇게 되면 어쩔 수 없이 조혜와 해란찰 둘 중에서 하나를 파견해야겠지. 폐하께서는 둘 중 한 사람에게 각 주둔군의 인마人馬, 군량미, 인사를 통괄할 수 있는 권한과 '선참후주권'까지 막중한 권한을 주셔야 하네. 이렇게 한 사람에게 모든 권한을 통일시키셔야 하네. 명심해야 할 건……, 회부의 화탁들과 준갈이는 결코 별개의 문제가 아니라는 거네. 서북 지역은 외국과 국경선이 길게 잇닿아 있고 이슬람교를 신봉하기에 신앙 쪽의 마찰 역시 만만치 않을 것이네. 결코 쉬운 전사戰事가 아니라는 걸 염두에 두셔야 한다고 전해주게……."

부항이 말을 채 끝맺지 못하고 거칠게 숨을 몰아쉬었다. 그 사이 왕렴은 부항의 말을 복술했다. 정말 토씨 하나 틀리지 않을 정도였다. 부항이 왕렴의 출중한 기억력에 흡족해 하면서 말을 이었다.

"화탁은 이슬람교를 신봉하지. 백성들은 선량하고 서로 단결이 잘 된다네. 어떤 면에서는 한족들보다 더 훌륭하지. 일방이 어려움에 처하면 팔방이 달려와 구원의 손길을 내미는 의리와 인정으로 똘똘 뭉친 민족이라네. 총포만 가지고 대적해서는 안 되는 민족이라는 얘기네. 당근과 채찍을 겸용해야 할 것이네. 내지의 회족들도 이참에 잘 안무해 안팎으로 호응하지 못하도록 힘써야 할 것이네. 화친왕마마께서 친히 회족들의 대본영이나 마찬가지인 우가牛街의 예배사禮拜寺를 새로 단장해주시는 것도 서로간의 정서 융합에 도움이 될 것 같은데……. 천하의 회족은 일가一家라는 말이 있네. 그만큼 그들은 단결심이 강하고 마음이 하나로 뭉쳐 있다는 얘기네. 군국대사이니 만큼 폐하께 잘 전해드리게."

왕렴이 바로 복술을 했다. 그러자 부항이 다시 말을 이었다.

"이치吏治에 관해서는 유서에 소상히 적어놓았네. 보충을 한다면 형옥刑獄과 전량錢糧 문제에 있어서 '바쁠수록 돌아가라'는 식으로 급히 서두르는 건 금물이라고 전해드리게……."

부항은 기진한 듯 더 말을 잇지 못했다. 옆에서 듣고 있던 당아는 불안한 기색이 역력했다. 일개 태감을 통해 이런 중요한 말을 건륭에게 전한다는 것이 아무래도 탐탁지 않게 생각됐던 것이다.

왕렴은 부항이 더는 말이 없자 바로 자리에서 일어섰다. 그러자 당아가 손짓으로 눌러 앉히면서 부항에게 말했다.

"왕 공공은 어지를 받고 문안 오셨을 뿐입니다. 이 같은 군국대사를 대신 아뢰게 하는 것은 아무래도 예의가 아닌 것 같습니다. 나중에 제가 나리의 말씀을 대필해 정중히 폐하께 상주하는 것이 바람직할 것 같습니다."

"그래……. 듣고 보니…… 그렇군. 그렇지……. 군국대사보다…… 더 중요한 건 없지……."

부항이 말을 마치고는 왕렴에게 물러가라고 손사래를 쳤다. 순간 그의 손이 힘없이 축 늘어졌다.

# 9장
# 화신의 표리부동

　화청을 나선 왕렴은 후유! 하고 안도의 숨을 내쉬었다. 부항은 임종을 앞두고 있는 게 분명했다. 겉보기에는 멀쩡한 것 같지만 사람도 잘 알아보지 못하는 것이 틀림없었다. 그래서 왕렴을 어느 왕공대신으로 착각해 그토록 열심히 본인의 정견을 토로했을 터였다. 왕렴은 재빨리 머리를 굴렸다.

　'부항은 조만간 떠나갈 사람이야. 정신이 혼미한 부항이 했던 말을 그대로 폐하께 아뢰었다가 무슨 사달이라도 생기면 누가 볼기를 맞겠는가? 당연히 나 자신일 것이다!'

　왕렴은 그런 생각이 들자 새삼 당아가 고마워졌다. 다행히 그녀가 미리 사태를 파악해 지혜롭게 처리했기에 망정이지 안 그랬다면 심각하게 고민해야 할 일이었기 때문이다. 아무려나 아직 할 일이 남은 왕렴은 찻물도 마시지 않고 서둘러 부항의 집을 나섰다. 윤계선의 집으로 가서 조혜와 해란찰에게도 어지를 전해야 했기 때문이었다. 곧 그는 선화鮮花 골목 입구에 있는 윤계선의 집을 향해 말을 달렸다.

윤계선의 집은 부항의 집보다 훨씬 시끌벅적했다. 오랫동안 어지를 전하러 온 일이 없었기에 골목 일대는 알아보기 힘들 정도로 변해 있었다. 우선 대설大雪로 인해 윤씨 집의 문루門樓와 주변의 청당와사靑堂瓦舍들이 온통 한 이불을 덮고 있었다. 어디까지가 윤씨의 집 경계인지 분간하기 어려울 정도였다. 또 남쪽에는 어느 왕공귀인王公貴人의 저택인지 모를 어마어마한 건물이 새로 들어앉아 있었다. 전에 있던 호수마저 공터로 변해버렸으니 골목 전체가 낯설게 보일 수밖에 없었다.

윤씨의 집으로 들어가는 골목의 남쪽 담벼락에는 구름처럼 밀려드는 조문객들을 위한 일명 영붕靈棚이라는 천막이 길게 처져 있었다. 담장 전체도 흰 천으로 덮여 있었다. 골목길 양옆에는 팔인교, 사인교, 이인교 등 크고 작은 가마들이 꼬리에 꼬리를 물고 늘어서 있었다.

상복을 입고 검은 완장을 두른 가인들은 들고나는 조문객들을 접견하느라 바쁘게 움직이고 있었다. 안면이 있는 관리들이 들어올 때마다 집사로 불리는 사람이 큰 소리로 관명官名을 소리높이 외치기도 했다. 게다가 상가喪家의 애도 분위기를 고조시키기 위해 연주하는 흐느끼는 듯한 악기소리까지 겹쳐 장내는 어수선하기 이를 데 없었다.

담장 위에는 여러 가지 문양의 조문 깃발이 찬바람에 처량하게 나부끼고 있었다. 그 광경은 마치 주인의 비범한 업적을 말해주는 것 같기도 하고 다시 못 올 홍진紅塵 세계에 대한 아쉬움을 토로하는 것 같기도 했다. 대문 앞에는 어필御筆 팻말이 보란 듯이 세워져 있었다.

勅封一等侯爵府

칙봉일등후작부

왕렴은 남색 바탕에 만한합벽滿漢合璧의 황금빛 글씨가 새겨진 팻말을 보면서 잠시 망설였다.

'나는 조혜와 해란찰에게 어지를 전하러 온 사람이야. 그런데 영패靈牌를 향해 머리를 조아려야 하나, 말아야 하나?'

왕렴은 그렇게 자문을 해보고는 다시 상주喪主들을 만나면 무어라 위로의 말을 해야 하는지도 생각해봤다. 그러나 알 수가 없었다. 이런 경우를 당해본 적이 없었으니 어찌해야 할지 알 수가 없었던 것이다.

그렇다고 쫓기듯 허둥대고 들어가 바쁜 척 어지만 전하고 나온다면 상주들에게 예의가 아닐 것 같았다. 이 일로 윤계선의 문생門生들 눈 밖에 나는 날에는 앞으로 더욱 골치가 아플 터였다!

돈이라면 그에게도 있었다. 방금 부항의 집에서 상으로 받은 은자도 있었다. 그러나 그걸 부의금으로 선뜻 내놓는 것은 아무래도 아쉬웠다. 태감이 대신의 장례식에 부의금을 내야 되는 것인지도 알 수 없었다.

왕렴이 한참 서성이면서 고민에 빠져 있을 때였다. 안에서 윤부尹府의 문정門政인 초肖씨가 머리에 흰 띠를 두른 채 컹컹 기침을 하면서 나왔다.

때맞춰 눈에 익은 얼굴이 나타났으므로 왕렴은 황급히 그에게 다가갔다. 이어 그의 소매를 잡아 모퉁이 쪽으로 끌어당겼다. 그리고는 여차저차 찾아온 이유를 설명했다.

"직접 들어가 보오."

초씨가 귀찮은 티를 팍팍 내면서  안쪽을 가리켰다. 그리고는 몇 마디 덧붙였다.

"문상객을 맞이하고 보내는 일은 우리 아들놈이 맡고 있으니 거기 가서 등록돼 있는 이름을 확인해보오. 그러면 그 두 사람이 그새 왔다 갔는지 알 수 있을 거 아니오."

초씨가 내뱉듯 말하고 나더니 왕렴은 나 몰라라 하고 가인들을 향해 걸어가면서 지시했다.

"영붕에 찻물을 끓여다 드려라!"

왕렴은 어쩔 수 없이 혼자 대문 안으로 들어갔다. 영당靈堂으로 통하는 길목에는 오가는 사람들로 발 디딜 틈이 없었다. 그들 중에는 오랫동안 연락이 두절됐던 친구를 만나 어깨를 툭툭 치면서 반가워하는 사람도 없지 않았다. 또 조문을 마치고 삼삼오오 조용한 데로 가서 얘기를 나누는 이들도 있었다.

왕렴은 부의금을 낸 명단을 살짝 들여다봤다. 어마어마한 육부六部의 거물들과 외관外官들의 이름이 깨알처럼 빼곡히 박혀 있었다. 애당초 그 많은 내로라하는 명단들 속에서 조혜와 해란찰의 이름을 찾는다는 것은 무리였다. 그럴 바에는 직접 눈으로 사람을 찾는 것이 더 나을 것 같았다.

왕렴은 목을 길게 빼들고 까치발로 여기저기를 기웃거리면서 조혜와 해란찰을 찾았다. 그때 갑자기 누군가 등 뒤에서 그의 어깨를 툭 쳤다.

왕렴이 화들짝 놀라면서 고개를 돌려보니 놀랍게도 그는 바로 해란찰이었다. 항상 웃는 얼굴인 해란찰이었지만 오늘만은 장소가 장소이니 만큼 짐짓 근엄한 표정을 짓고 있었다. 그는 주변을 둘러보고 자신들을 주목하는 사람이 없는 걸 확인하고 나더니 나지막이 말했다.

"엄구焰口(장례식에서 하는 염불)하는 화상和尚들의 저 꼬락서니 좀 봐! 눈동자를 데굴데굴 굴리면서 여인네들만 훔쳐보고 있잖아! 물론 자네야 벌써 그걸 잘라버렸으니 홀랑 벗고 덤벼도 도망가는 수밖에 없을 테지만!"

왕렴이 그러자 다급하게 말했다.

"지금 농담을 주고받을 때가 아니에요. 폐하께서 두 분 군문을 양심전으로 들라 하셨습니다!"

해란찰은 눈이 휘둥그레지며 뜻밖이라는 표정을 지었다. 이내 정색을 하면서 주위를 두리번거렸다.

"아니, 어디 갔지? 방금 전까지 복강안 공자와 화신하고 같이 있는 걸 봤는데? 그새 어디로 샌 거지?"

왕렴이 다그치듯 캐물었다.

"화신 나리는 어디 있어요? 함께 들라고 하셨는데!"

해란찰이 손가락으로 한 곳을 가리켰다.

"저기 있잖아! 음양선생陰陽先生(점쟁이)과 발인 날짜를 상의하느라 경황이 없는 것 같은데? 가보게, 나는 조혜를 찾아봐야겠어."

해란찰이 말을 마치고 바로 왕렴의 등을 떠밀었다. 이어 순식간에 사람들 사이로 사라졌다.

"윤 중당은 십일월 인시寅時에 사망하셨으니 축일丑日, 축시丑時에 출빈出殯한다는 데는 나도 이의가 없소. 허나 쥐, 말, 닭, 토끼 네 가지 띠에 해당하는 사람들은 발인하는 자리에 참석하면 안 된다고 했는데, 그건 좀 아닌 것 같소. 친인척과 자식들은 예외로 해야 하는 것 아니오? 효자가 아비의 출빈식出殯式에 나타나지 않는다는 게 말이 되오? 그리고……."

화신의 말에 점쟁이 노인은 연신 고개를 끄덕이고 있었다. 왕렴은 차마 방해하기가 부담스러웠으나 일이 일이니만큼 어쩔 수 없이 화신에게 다가가 건륭의 어지를 전했다. 어지를 전해 들은 화신은 바로 윤씨의 집사를 불러 지시를 내렸다.

"지금 당장 숭문문으로 가서 유전을 불러오게. 우리 집으로 가서 장이고 마님도 불러오고. 자네들은 북경의 장례식 법도를 잘 몰라서 안 되겠네. 이 두 사람이 안팎에서 도우면 지금처럼 허둥대는 일은 없을 걸세……."

화신은 말을 마치자마자 즉각 일어나 왕렴과 함께 윤계선의 집을 나섰다.

화신이 서둘러 양심전에 도착하니 이미 회의가 시작된 뒤였다. 이시요가 한창 공원貢院의 보수작업 사안에 대해 아뢰고 있었다.

건륭은 온돌에 다리를 괴고 앉아 한 손에 붓을 들고 한 손으로 주장을 넘겨가면서 이시요의 보고를 듣고 있었다. 그러다 뒤늦게 들어와 행례行禮하려는 화신을 힐끗 보고는 미간을 찌푸렸다. 이어 짜증 섞인 목소리로 말했다.

"면례하게. 어디 갔다 이제야 오는 건가? 도무지 어디로 튈지 종잡을 수가 없군!"

화신은 그러나 기어이 무릎을 꿇으며 예를 갖췄다. 그리고는 윤계선의 집에서 초상 치르는 일을 도와줬다고 아뢰었다.

"치상治喪을 도맡아 할 만한 사람이 없어서 가인들이 우왕좌왕하고 있었사옵니다. 몇 마디 조언을 해주고 오느라 그만 늦어지고 말았사옵니다. 바깥일은 예부에서 맡아준다고 하지만 안에서는 순서가 모두 뒤바뀌고 아수라장이 따로 없었사옵니다. 그래서 부의금을 전달하러 간 김에 그냥 나올 수가 없어서 잠깐 도와줬사옵니다."

"도와준 건 잘했네만……."

건륭이 입가에 한 가닥 미소를 흘렸다. 화신이 궁둥이를 달싹거리면서 분주히 서둘렀을 모습을 상상하는 듯했다. 이어 칸막이 삼아 펼쳐 놓은 병풍 앞 걸상에 앉으라고 손짓을 하면서 천천히 말을 이었다.

"자네는 이제는 대신이네. 언제 어디서나 대신의 체통을 지켜야 한다 이 말이네. 고삐 풀린 망아지처럼 아무 데나 이리저리 뛰어다니던 그때 그 시절이 아니라는 말일세. 앞으로는 어디를 가면 간다고 반드시 군기처에 미리 보고하게. 급무急務가 있어 찾을 때 자리를 비우고 없으면 독직죄瀆職罪를 면하기 어려울 것이네."

화신은 자리에 앉자마자 황급히 상체를 깊이 숙이면서 대답했다.

"두 번 다시 이런 일이 없도록 하겠사옵니다. 폐하의 훈육을 가슴 깊이 명심하겠사옵니다!"

"방금 진언한 몇 가지 외에도 명륜루明倫樓, 지공당至公堂, 그리고 고사장 주변의 담장을 보수하는 데 사용할 목재와 석재는 다 준비돼 있사옵니다. 다른 재료를 구입하는 데 은자로 모두 칠만 사천오백 냥이 필요하오니 예산에 넣어야겠사옵니다. 폐하의 어비御批가 계셔야 호부에서 은자를 내주기에 공부工部 차원에서 폐하께 주청 올리는 바이옵니다."

이시요가 건륭에게 두 손으로 서류를 받쳐 올리며 덧붙였다.

"어람하시고 보충사항이 없으시면 윤허해 주셨으면 하옵니다."

건륭이 말없이 서류를 받아들었다. 그리고는 생각에 잠긴 표정으로 그 자리에서 읽어내려 갔다.

화신은 그 틈을 이용해 주위를 살펴봤다. 장내에는 모두 일곱 명의 대신이 자리해 있었다. 조혜는 건륭과 가장 가까운 곳에 있었다. 또 조혜의 맞은편에는 언제 봐도 씩씩한 해란찰이 앉아 있었다. 조혜의 옆자리에는 차례로 아계, 기윤, 우민중, 유용과 이시요가 자리해 있었다.

창문께의 구석진 자리에는 자명종이 놓여 있었다. 그 옆에는 두 명의 궁녀가 시립해 있었다. 온돌 위에도 궁녀 한 명이 무릎을 꿇고 있었다. 미동도 않고 있어 목석木石으로 착각할 정도였다. 건륭의 필묵과 찻물, 물수건 시중을 드는 궁녀인 것 같았다.

건륭이 쥐죽은 듯한 정적 속에서 드디어 어람을 마친 듯 주필朱筆을 들어 "윤허한다!"라는 어비를 적었다.

"앞으로 이런 일은 군기처에서 충분히 의논을 거친 연후에 올리도록 하게. 경들이 이렇게 거들어주지 않아도 짐은 충분히 머리가 복잡하네. 자, 방금 군사軍事에 대해서도 건의 사항이 있다고 했는데 스스럼없이 말해보게."

이시요가 상체를 깊숙하게 꺾으면서 아뢰었다.

"예, 폐하! 신은 조혜, 해란찰 두 군문이 폐하께 아뢰는 얘기를 들었사옵니다. 준갈이의 아목이살납이 우리 천산天山 대군에게 패배했고, 회부의 곽집점은 옛날에 준갈이에게 패했었사옵니다. 이런 걸 보고 혹자는 곽집점이 패장敗將의 패장敗將이니 결코 우리 대군의 상대가 못 된다고 섣부른 판단을 할 수 있사옵니다. 하오나 신은 이런 견해에 찬성하지 않사옵니다. 이는 적을 경시하는 오만한 생각이라고 사료되옵니다. 장기나 바둑을 둘 때 봐도 약한 자가 강한 자를 이기거나 강한 자가 약한 자에게 패하는 경우가 허다하옵니다. 대세가 이미 기울었다고 자신만만하게 방심하다가 막판에 수세에 몰려 패하는 경우도 종종 있사옵니다. 적을 무조건 경시하고 근거 없이 정세를 낙관하는 것은 대단히 위험한 생각이옵니다."

이시요가 말을 마치고는 아랫입술을 질끈 깨문 채 말문을 닫았다. 건륭의 얼굴은 무표정했다. 곧이어 그가 붓을 들어 주사朱砂를 찍으며 입을 열었다.

"음, 계속해보게."

"서북은 지세가 높고 추운 지역인 데다 광대무변한 만 리 사막이 펼쳐져 있사옵니다. 적들은 이미 사나운 모래바람에 익숙해져 있사옵니다. 우리에게 불리하게 작용하는 요인들이 그들에게는 상대적으로 유리한 요소로 작용할 것이옵니다. 그자들은 파죽지세로 진격하는 우리 군사들에 의해 수세에 내몰릴 경우 파미르 고원이나 인접한 러시아로 도주할 가능성이 높사옵니다."

이시요가 잠시 숨을 돌리고는 말을 이었다.

"보병步兵은 우리가 강하고 적들이 상대적으로 약하옵니다. 그러나 기병은 양군의 세력이 균등해 우열을 가리기 힘든 상황이옵니다. 그리로 쫓아가 싸워야만 하는 우리는 어디까지나 객군客軍이옵니다. 천시天時, 지리地理, 인화人和 모두 우리에게 그리 유리한 편이 못 된다고 생각하옵니다."

건륭이 천천히 붓을 내려놓으면서 입을 열려고 했다. 그때 우민중이 먼저 끼어들었다.

"그대의 논리대로라면 곽집점의 한 줌도 안 되는 무리들에게 우리 대군이 지레 겁을 집어먹어야 한다는 말이오?"

첫마디부터 그리 우호적이지 않았다. 이시요를 질타하는 듯한 기운이 다분했다. 이시요의 얼굴에 불쾌한 표정이 빠르게 스치고 지나갔다. 그러나 그는 예의를 갖춰 고개를 끄덕이면서 대답했다.

"우 사부, '병흉전위兵凶戰危'라는 말을 들어봤습니까? 서로 총칼을 동원해 목숨을 내건 사투를 하기 때문에 그리 말하는 거예요. 떨어져나간 목은 다시 붙일 수 없어요. 사전에 충분한 준비와 검토를 해도 전쟁터에서는 승패를 가늠하기 어려운 법이에요. 그러니 어찌 걸으로 드러나는 수적인 열세만으로 상대를 과소평가할 수 있다는 말인가요?"

이시요의 목소리는 높지도 낮지도 않고 평온했으나 말투에는 가시가 돋쳐 있었다. 자존심이 상한 우민중은 한마디 쏘아주려다가 꾹 참았다. 이시요의 태도가 괘씸하기는 했으나 이제 막 군기처에 입직한 사람이 흉금이 좁다는 소리를 들을 것 같아 그저 너그럽게 웃고 넘긴 것이다. 그리고는 몸을 의자에 기댄 채 아예 입을 꾹 다물어 버렸다. 이시요의 분석에 일리가 있다고 생각한 건륭은 다시 붓을 들고 귀를 기울였다.

"우리 대군 이십만 명은 청해靑海 서부와 천산 남북의 광활한 대지에 널리 퍼져 월동을 하고 있사옵니다."

이시요가 우려가 깊은 듯 미간을 찌푸렸다. 이어 차분하게 설명을 이어갔다.

"대설이 산을 뒤덮은 데다 워낙 멀리 떨어져 있어 군량미 운송이 큰 문제가 되고 있사옵니다. 이십만 대군은 매일 삼천 석의 식량을 필요로 하옵니다. 하오나 앞서 말씀드린 열악한 운송 여건을 감안할 때 내지에서 쌀 한 석을 군중으로 운반하는 데 실제 소모되는 쌀은 스무 석이옵니다. 그러면 사실상 하루에 육만 석이 필요한 셈이죠. 아계 공은 가을철을 공격 개시의 호기로 보고 전면전을 그때 이후로 미루고 있사옵니다. 지금부터 그때까지 기다리려면 어림잡아 사천오백만 석의 군량미가 필요하옵니다!"

이시요의 말대로 계산해 보니 군량미는 실로 상상도 못할 만큼 엄청난 숫자였다. 좌중의 사람들은 입을 다물고 이시요의 다음 말에 귀를 기울였다.

"폐하, 말이 쉬워서 사천오백만 석이지 그걸 쌓아놓으면 쌀 산이 되옵니다! 섬서, 감숙, 영하, 청해, 산서, 하남을 통틀어도 당장 군량미로 내놓을 수 있는 식량은 도합 이천만 석밖에 안 되옵니다. 내년 여름에 수확하는 양곡이 나와야 비로소 공급이 제대로 이뤄질 수 있을 것이옵니다."

이시요가 손가락을 꼽아가면서 다시 말을 이었다.

"그런 연유로 신은 전면 공격을 내년 가을이 아닌……."

이시요가 잠시 망설이더니 어렵게 덧붙였다.

"후년 봄으로 미루는 것이 어떨까 하옵니다!"

이시요가 말을 마치고는 자세를 고쳐 앉았다. 그리고는 말미에 마지막으로 한마디를 더 보탰다.

"이것이야말로 필승의 대책이라고 생각하옵니다."

이시요가 말한 앞부분은 좌중의 사람들이 모두 고개를 끄덕일 정도로 치밀하고 주도면밀한 생각이라고 할 수 있었다. 그러나 말미의 결론은 결국 건륭과 아계의 '팔월진군'八月進軍 결정을 보기 좋게 부정한 것이었다. 신하가 감히 군주의 결정에 대해 반대를 하고 나서다니……. 좌중의 다른 신하들은 가슴이 덜컹 내려앉는지 모두들 당황한 표정을 감추지 못했다.

기윤이 먼저 나섰다.

"그대는 처음에 엄청난 수치를 제시하면서 공격 개시일을 앞당길 것을 주장하는 듯했소."

기윤이 그렇게 말하고는 바로 입을 닫았다. 갑자기 담배 생각이 간절해지는 모양이었다. 자신도 모르게 입을 쩝쩝 다셨다. 사실 그는 어전회의 때 담배를 피워도 된다고 유일하게 특지特旨를 받은 사람이었다. 그러나 오늘은 장소가 좁고 사람이 많았으므로 감히 운무雲霧를 토할 엄두를 못 내고 있었다. 기윤이 급기야 연신 입술을 감아 빨면서 말을 이었다.

"그런데 결론만 보면 예상과 달리 공격 개시일을 두 계절이나 뒤로 미루자고 제안했소. 그리 되면 기다리는 동안 더욱더 엄청난 군량미가 소모되지 않겠소?"

"사방에 분포돼 있는 대군을 한곳으로 모으면 됩니다. 그리 하면 군량미 운송비가 크게 줄어들 것입니다. 따라서 군량미도 우리가 감당 못할 만큼 많이 들지는 않을 것입니다."

이시요가 말을 마치고는 목이 마른 듯 건륭의 찻잔을 힐끗 훔쳐봤다. 그리고는 마른침을 꿀꺽 삼켰다. 이번에는 아계가 나섰다.

"그래도 나는 내년 가을을 고집하고 싶소. 가을에는 풀이 무성하고 말이 살찌는 계절이잖소. 그러니 기병들의 장거리 습격에 이로울 거요."

이시요가 미소를 머금으면서 다시 입을 열었다.

"제 생각에는 적들이 남부南部에 성을 쌓고 있는 것 같습니다. 풀이 무성하고 말이 살찌면 오히려 곽집점에게 훨씬 더 유리하지 않나 싶습니다."

우민중도 한마디 하지 않을 수 없다는 듯 입을 열었다.

"봄에는 설수雪水로 인해 도로 사정이 안 좋아서 행군에 불리하다고 수혁덕 군문에게 들었소. 무슨 발상이 그리 거꾸로요?"

이시요는 새로 군기처에 입직한 우민중이 억지로 고상한 척을 하자 심한 역겨움을 느꼈다. 구역질도 날 것 같았다. 그러나 건륭의 앞인 데다 새로 발탁된 각료들 사이에 처음 소집한 어전회의인지라 아무리 울화통이 치밀어도 참지 않을 수 없었다. 더구나 좌중의 사람들은 모두 근엄한 표정 일색이었다. 함부로 행동해서는 안 될 일이었다. 그럼에도 그가 다소 높아진 언성으로 대꾸를 했다.

"맞는 말입니다. 설마 봄에 출병出兵을 하리라고는 생각도 못한 적들의 허를 찌르는 격이니 바로 이것이 역발상이죠. 수혁덕 군문이 주둔한 천산 지역은 봄이 되면 설수로 인해 도로상황이 열악하다고 들었습니다. 그러나 청해의 서쪽 지역은 광대무변한 사막이에요. 그저 물이 부족해서 그렇지 행군에는 전혀 지장이 없어요!"

조혜와 해란찰은 이시요의 말이 끝나기 무섭게 재빨리 시선을 교환했다. 입을 열어 말하지 않아도 서로의 생각을 어렵지 않게 짐작할 수 있었다. 이제껏 이시요의 주장이 틀린 적은 한 번도 없었다는 생각이었다. 그렇다고 이런 장소에서 이시요의 편을 무작정 들 수도 없었다. 군관들이 전쟁을 두려워하고 문관이 돈을 좋아하는 세태를 항상 못마땅해 했던 건륭 앞에서 공격 개시일을 뒤로 미루자는 이시요의 주장에 동조했다가 쓸데없는 오해를 살 수도 있는 탓이었다.

"봄철에 진군하자는 이시요의 견해가 바람직한 것 같네."

내내 침묵을 지키고 있던 건륭이 갑자기 입을 열었다. 이어 결정을 내리듯 덧붙였다.

"그렇게 하세. 그러나 후년 봄까지 기다릴 수는 없네. 아계, 조혜와 해란찰은 회의가 끝나면 즉각 북경을 떠나 군중軍中으로 돌아가게. 내년 봄에 조혜의 부대가 선봉이 돼 속전속결로 회부를 진압하도록!"

지금은 11월이었다. 내년 봄이라면 몇 달도 남지 않았다! 지금부터 당장 준비에 착수한다고 해도 시간이 너무 촉박했다. 육부를 소집해 군량미를 비롯한 군수품 조달방책을 강구해야 할 뿐 아니라 진군 계획 역시 작성하지 않으면 안 될 터였다. 게다가 이 엄동설한에 6000리 빙천설지氷天雪地를 달려 어느 세월에 서부 대영에 도착할 수 있다는 말인가. 건륭의 느닷없는 결정에 사람들은 모두 그 자리에 목석처럼 굳어져 버리고 말았다. 모든 것이 계획대로 될지 심히 걱정이었던 것이다.

건륭 역시 잠시 흔들렸다. 그러나 지고무상한 군주의 위엄과 자존심 때문에 이미 뱉어버린 말을 다시 주워 담을 수도 없었다. 곧 그가 소리 내어 껄껄 웃으면서 조혜와 해란찰에게 물었다

"두 장군, 그대들은 어찌 생각하는가? 어려운 점이 있으면 주저하지 말고 말해보게!"

"영명하신 성총의 결단에 신들은 믿고 따르겠사옵니다!"

조혜가 어떤 경우라도 건륭의 흥을 깨뜨리는 일은 없어야 한다고 생각하면서 공손하게 대답했다. 이어 가능하면 긍정적으로 생각하겠다는 듯 말을 이었다.

"곽집점 형제의 망은忘恩과 배은背恩은 이미 회부 대중들의 반감을 샀사옵니다. 수많은 회부인들이 그를 등지고 떠났사옵니다. 또 그들은 우리가 군사상의 상식을 뒤집고 봄에 공격하리라고는 꿈에도 생각 못하고 있을 것이옵니다. 그러니 우리 대군은 충분히 승산이 있다 하겠사옵니다!"

조혜는 그렇게 말하는 동안 그럴싸한 전략이 떠오른 모양이었다. 즉각 자세를 고쳐 앉고는 재빨리 덧붙여 아뢰었다.

"폐하, 이런 경우에는 굳이 전군全軍이 출동할 필요가 없사옵니다. 대군은 멀리서 호응하고 소부대가 급습을 시도하는 것이 바람직할 것 같사옵니다. 신이 오천 인마를 거느리고 선봉이 돼 회부로 쳐들어가겠사옵니다. 다만 폐하께서 미리 육부에 어지를 내려주셨으면 하옵니다. 마필馬匹과 양초糧草를 삼월 전까지 오로목제烏魯木齊(우루무치)에 가져다 놓게 말이옵니다. 후방에서 제 날짜에 군수품을 지원하지 못했을 경우에는 군법에 따라 엄히 처벌해야 할 것이옵니다! 주청 올리옵건대 다른 사람은 필요 없고 해란찰이 부대를 거느리고 신

에게 호응하도록 윤허해 주시옵소서. 저희들은 전쟁터에서 오랫동안 호흡을 맞춰온 사이라 일심전력一心專力해 승전고를 울릴 자신이 있사옵니다."

해란찰이 즉각 맞장구를 쳤다.

"우리는 오로지 욕혈분전浴血奮戰해 폐하의 성려를 덜어드리는 데 사활을 걸 것이옵니다. 설령 장렬하게 싸우다 마혁리시馬革里屍(군인이 장렬히 전사함을 일컫는 마혁과시馬革裹屍가 바른 표현임. 해란찰이 무장이라 틀렸다고 볼 수 있음)되는 한이 있더라도 여한이 없사옵니다!"

활시위처럼 팽팽하고 긴장된 분위기는 해란찰이 고사성어 '마혁과시'馬革裹屍(말의 가죽으로 자신의 시체를 싼다)를 '마혁리시'로 틀리게 말하는 바람에 삽시간에 흐트러지고 말았다. 좌중의 신하들은 틀려놓고도 마냥 당당하기만 한 해란찰의 모습을 보면서 더욱 웃음을 금치 못했다.

아계는 군주가 전쟁을 서두르는 마당에 신하들은 더욱 서두르는 모습을 보여야 성심聖心이 안정될 것이라고 생각했다. 게다가 다시 작전을 음미해보니 건륭의 의견에 따라도 어느 정도의 승산은 있을 것 같았다. 드디어 그가 입을 열었다.

"내일 내가 호부와 병부의 당관堂官 이상 관리들을 불러 긴급회의를 소집할 테니 조혜와 해란찰 군문은 후방의 군수지원에 대해 기탄없이 말해주기 바라오. 그래야 즉석에서 업무를 분담시키고 효율적으로 추진할 수 있을 것이오. 그런 후에 우리 셋은 곧 북경을 떠나 군중으로 돌아가도록 합시다. 임무를 제대로 완성 못하면 '마혁리시'가 돼 폐하를 뵈러 올 각오를 다져야 할 것이오!"

아계의 각오와 농담 섞인 말에 건륭이 대단히 만족스러운 듯 소리 내서 웃었다.

"그래! 용기와 배짱이 가상하네! 조혜가 선봉이 되어 나서고 해란찰이 뒤에서 밀어주면서 보란 듯이 승전고를 울려주기 바라네. 경들이 개선하는 병사들을 이끌고 호호탕탕하게 돌아오는 날, 짐은 십 리 밖으로 나가서 그대들을 영접할 것을 약조하네."

"기필코 승전고를 울리도록 하겠사옵니다."

조혜와 해란찰이 자리에서 벌떡 일어나더니 우렁차게 대답했다. 고사성어를 잘못 사용해 망신을 당한 해란찰이 말실수를 만회해야겠다는 생각에 다시 입을 열었다.

"신들은 반드시 곽집점 형제를 힘껏 패주어 돈오점수頓悟漸修(불현듯 깨닫고 천천히 수행을 하는 불교의 수행 방법)하도록 해 줄 것이옵니다!"

돈오점수라니? 이건 또 무슨 아닌 밤중의 홍두깨라는 말인가? 해란찰의 실수는 실로 점입가경이었다. 장내에 다시금 한바탕 폭소가 터졌다. 건륭도 결국 웃음을 참지 못하고 껄껄 웃으면서 손사래를 쳤다.

"아계, 이시요, 그리고 두 장군은 그만 물러가게. 아계, 자네는 예부와 내무부에 있는 조혜, 해란찰의 아들들에게 삼등 거기교위車騎校尉를 상으로 내리고 건청문의 삼등 시위로 들인다는 내용의 어지를 전하게! 이상!"

"예!"

건륭은 돌아서서 사은을 표하려는 두 사람을 향해 손사래를 쳤다. 물러가라는 의미였다. 이렇게 해서 여덟 명 중에서 넷이 나가고 네 명만 덩그러니 남았다. 건륭은 오래 앉아 있었던 탓에 다리가 불편한 듯 몸을 움직였다. 일어서려고 하던 그는 다시 그 자리에 주저앉아버렸다.

건륭의 표정은 매우 어두웠다. 창밖을 내다보는 시선에도 우려가

서려 있었다. 한참 후 그가 한숨을 내쉬면서 말했다.

"군무는 이제 두 장군이 알아서 할 테니 한 시름 났다고 봐야겠지. 경들을 이 자리에 부른 건 군무에 대해 들어둬서 나쁠 게 없겠다는 생각 때문이었네. 아울러 짐이 해나가는 정치의 어려움이 어느 정도인지 느끼도록 해 주고 싶은 생각도 있었네. 지금의 급선무는 재해 복구에 전력투구하고 월동 식량과 내년 봄에 심을 종자를 보급하는 것이네. 또 춘위春闈 시험을 무사히 치러야 할 것이네. 해마다 고사장 안팎에서 비리사건이 불거지고 '전쟁' 아닌 '전쟁'이 벌어졌었네. 올해에는 불미스러운 일이 한 건도 없기를 바라네. 이 두 가지는 모두 대국大局의 안정에 직접적인 영향을 끼치는 중요한 사안이니 추호도 방심해서는 안 되네. 아계가 군중으로 돌아갔으니 이 일은 기윤과 우민중이 이시요와 손잡고 처리하게. 짐이 북경에 있으니 문제가 생기면 수시로 보고하고 주청을 올리도록 하게. 산동 순무 국태의 사건도 오래 끌어서 좋을 게 없네. 명색이 일방의 부모관에 국은國恩을 입은 만주족 잠영簪纓의 후예라는 자가 어찌 그리 파렴치한 짓을 저지를 수 있다는 말인가? 그래도 짐은 여태까지 그자가 피를 토하는 심정으로 속죄하는 상주문을 올리기만 기다렸네. 가급적 조정에 파란을 일으키고 싶지 않았기 때문이지. 그러나 그자는 짐의 마지막 기대마저 저버렸네!"

건륭이 말을 마치고는 밖에 있는 복의에게 물었다.

"전풍은 왔느냐?"

"아뢰옵니다, 폐하! 전 나리께서는 한 시간 전에 도착하셨사옵니다. 어지를 받고 왕렴의 방에서 접견을 대기하고 있사옵니다!"

복의가 창밖에서 대답했다. 건륭이 즉각 명령을 내렸다.

"들라 하라."

건륭은 명령을 내리자마자 찻잔을 들어 차를 한 모금 마셨다. 잠시 후 한 젊은이가 시원시원한 보폭으로 성큼성큼 걸어 들어왔다. 행례하는 모습도 무척이나 늠름했다. 건륭은 흐뭇한 눈빛으로 전풍을 바라보면서 부드러운 음성으로 말했다.

"일어나서 화신의 옆자리에 가서 앉게. 짐이 잠깐 소개를 하겠네. 이쪽은 기윤, 옆에 있는 사람은 우민중, 유용, 그리고 여기는 화신이네. 이름은 한두 번씩 다 들어봤을 거네."

기윤은 건륭이 말하는 틈을 타 전풍을 살짝 뜯어봤다. 구망오조九蟒五爪의 관포官袍 아래로 색이 바랜 면바지를 입고 있었다. 발에는 천으로 만든 버선 위에 관화官靴를 신고 있었다. 옷소매는 하얗게 탈색돼 있었다. 언뜻 보니 솜씨 좋은 촘촘한 바느질 흔적이 있었다. 얼굴은 좁고 얄팍했다. 또 가는 눈썹, 그리 크지 않은 눈에 조금 높은 눈두덩이 예사 성격이 아닐 것 같은 인상을 강하게 풍겼다. 자리에 앉아서 남보석藍寶石 정자가 달린 관모를 벗어 무릎에 내려놓는 태도에는 한 치의 흐트러짐도 없었다. 비굴하지도 오만하지도 않은 당당한 표정은 젊은 나이에 군주 앞에서 아무나 할 수 있는 것이 아니었다. 성총을 받을 만한 사람이구나! 기윤은 속으로 감탄을 터트렸다.

우민중과 유용도 기윤과 비슷한 생각을 하고 있었다. 그러나 화신은 다른 생각을 했다.

'턱이 약간 더 튀어나오고 코가 조금만 더 높았으면 기가 막힌 미남일 것 같은데……. 아깝군! 쯧쯧!'

화신은 그렇게 생각하면서 속으로 혀를 찼다. 하지만 정작 당사자인 전풍은 자신이 좌중의 저울대에 올라 있다는 사실에 전혀 무관심한 것 같았다. 자신에 대한 소개가 끝나자 깍듯이 예를 갖춰 네 사람에게 일일이 인사를 했다. 이어 운남 사투리가 짙은 말투로 입을 열었다.

"폐하께서 친히 소개를 해주시니 신은 황감하기 그지없사옵니다. 저는 오랫동안 봉천에 몸담고 있었기에 여러 대인들과는 오늘이 초면입니다. 앞으로 여러모로 부족한 사람을 많이 지도해주시기 바랍니다!"

"짐의 소개는 아직 끝나지 않았네."

건륭이 빙그레 웃으면서 덧붙였다.

"이 친구는 두광내와 같은 해에 진사에 합격했지. 열여섯 살에 한림원 편수 자리에 올랐고 스물에 이미 강남도江南道 감찰어사監察御史에 제수됐네. 나중에는 봉천 어사로 발령이 났고 고향 사건도 이 친구의 손에서 터졌어. 섬서陝西의 왕단망, 늑이근 사건도 이 친구의 예리한 눈길을 벗어나지 못했지. 그래서 짐은 크게 흡족하면서도 내심 전도유망한 젊은이가 악의에 찬 권문세도가의 표적이 될까 염려스러웠네. 그래서 할 수 없이 봉천 어사로 특간特簡해 보냈던 것이네. 국태에 대해서도 가장 먼저 의혹을 제기한 사람이 바로 이 전풍이네."

건륭이 잠시 멈췄다가 다시 말을 이었다.

"이 친구는 두광내와 좀 다르네. 두광내는 간인奸人들을 찍어내기 위해서는 이폐利弊를 가리지 않고 저돌적으로 달려드는 반면 전풍, 이 친구는 가만히 지켜보다가 이때가 기회다 싶으면 와락 덮쳐 물어뜯는다네. 한마디로 두광내보다 생각이 깊고 인내심이 있다고 할 수 있겠네."

좌중의 신하들은 모두 적이 놀랐다. 건륭이 누군가를 이렇게 장황하게 평가하는 것은 여태껏 본 적이 없었던 탓이었다. 게다가 그 대상이 일개 부원部院의 소리小吏라는 점이 더욱 불가사의하게 느껴졌다.

극찬을 받은 전풍 역시 다소 당황한 듯했다. 그러나 무릎에 얹은 두 손은 전혀 흔들림이 없었다. 그가 얼굴을 조금 붉히면서 사은을 표했다.

"쾌마가편해서 더욱 매진하라는 격려로 알겠사옵니다. 폐하의 훈육을 계기로 더 겸허하고 성숙된 어사로 거듭나도록 진력하겠사옵니다. 하오니 극찬의 고어考語는 잠시 거둬주시옵소서."

"어째서 그 말이 없나 했네. 준다고 냉큼 받으면 전풍이 아니지!"

건륭이 환하게 웃으면서 덧붙였다.

"왕단망과 늑이근의 사건에 연루된 주현관들 중 무려 칠십여 명이 주살 당했어. 전풍은 섬서 순무 필원畢沅과 교대로 두 번이나 섬감陝甘 총독을 서리署理한 적이 있지. 그때 당시 전풍이 필원을 탄핵했던 상주문을 기윤, 자네가 기억나는 대로 말해보게."

건륭이 갑자기 기윤에게 시선을 박았다. 참으로 느닷없고 황당한 질문이었다. 하루에 읽는 상주문만 해도 산더미 같은데, 몇 년 전의 상주문에 대한 기억을 떠올리라는 건 솔직히 억지나 다름이 없었다.

다행히 기윤은 평소에 건륭이 상주문을 어람하면서 울분을 주체하지 못해 손톱자국을 냈거나 주필朱筆로 진하게 밑줄을 그은 부분을 유심히 읽고 기억해 두는 버릇이 있었다. 건륭이 갑자기 몇 년 전의 상주문을 떠올리라고 하는 걸 보면 필히 자신이 인상 깊게 읽었던 내용이 틀림없을 것이라고 짐작했다.

급기야 기윤은 왕단망 사건으로 인해 정국이 술렁이고 백성들이 충격에 사로잡혔던 그때 당시의 기억을 되짚어보기 시작했다. 확실하지는 않지만 떠오르는 것이 분명히 있었다. 기윤이 다시 한참을 생각하고는 신중하게 대답했다.

"오래 전의 일이라 신의 기억이 완전하지 않을 수 있사옵니다만 생각나는 대로 아뢰겠사옵니다. '일개 봉강대리로서 재해복구비를 착복하고 횡령한 왕단망의 죄는 실로 하늘에 사무치는 도천대죄滔天大罪임에 틀림이 없사옵니다. 하오나 왕단망이 포정사布政使로 재직 중일 때 필원은 총독이었사옵니다. 지척에서 코를 맞대고 있었으면서 비열한 소행을 몰랐다는 건 말이 안 된다고 사료되옵니다. 필원이 이해득실을 떠나 과감하게 왕단망의 죄행을 밝히고 경종을 울렸더라면 악의 씨앗이 이토록 광범위하게 퍼지지는 않았을 것이옵니다. 부하의 부정을 알면서도 묵인한 것은 윗사람의 도리가 아니옵니다. 신은 필원의 저의가 심히 의심스럽사옵니다……'라고 한 것 같사옵니다. 기억나는 건 이 정도뿐이옵니다."

"바로 그 대목이네!"

건륭이 무릎을 쳤다. 이어 천천히 덧붙였다.

"경들도 방금 들었듯이 똑같은 연유로 국태의 사건을 더 이상 미뤄서는 안 된다는 거네. 물에 빠진 자는 살기 위해 아무나 붙잡고 늘어질 수밖에 없네. 그로 인한 억울한 피해자가 더 많이 생기기 전에 용단을 내려야 할 것이네. 지금 이 자리에서 짐이 어지를 내리겠네. 유용은 흠차, 화신은 부흠차 신분으로 전풍과 셋이 함께 산동으로 내려가 이 사건을 철저하게 수사하고 빠른 시일 내에 마무리 짓도록 하게."

"예!"

유용을 비롯한 좌중의 세 신하는 건륭의 명령을 받자마자 거의 동시에 앞으로 나와 무릎을 꿇었다. 이어 머리를 조아린 채 대답했다.

"어지를 받들어 모시겠사옵니다!"

건륭은 잠시 동안 일어나라는 말을 하지 않았다. 그저 곁눈질로 우민중과 기윤을 쓸어보기만 할 뿐이었다. 그러더니 얼마 후 유용 등 세 신하를 향해 말했다.

"국태는 고항, 왕단망과는 다르네. 그는 진짜 '뿌리 깊은 나무'이네. 부자간에 걸쳐 수십 년 동안 봉강대리를 역임해 왔네. 그 아비의 문생이 온 천하에 널려 있어. 조정 요직에도 여럿이 있네. 전국적인 파장은 불가피하겠지만 가능한 한 충격을 최소화시키도록 하게. 곁가지를 뻗지 못하도록 밀어붙여 속전속결하기를 바라네. 지금 이 자리에 있는 사람들 중에 이 사건과 관련이 있다고 생각되는 사람이 있을 경우 즉시 털어놓았으면 하네. 이실직고를 한다면 짐은 얼마든지 용서할 수 있네."

건륭은 일부러 신하들에게 생각할 여지를 주려는 듯 천천히 온돌에서 내려섰다. 이어 뻐근한 다리를 움직이면서 옷을 갈아입으러 안으로 들어가 버렸다.

화신은 혼란스럽기 이를 데 없었다. 오씨의 방에는 국태가 보낸 수십만 냥짜리 보물들이 아직도 그대로 숨겨져 있지 않은가! 그걸 생각하면 건륭은 모든 것을 다 알고 있는 듯도 했다. 더구나 '이실직고'까지 강요하고 있지 않은가.

'지금이라도 이 사실을 털어놓는 게 어떨까?'

화신은 순간 그렇게 생각했다. 그러자 갑자기 머리가 복잡하고 터질 것만 같았다.

'액수가 어느 정도라야 홀가분하게 실토를 하지.'

워낙 엄청난 액수인지라 선뜻 입을 열기가 너무 어려웠다.

'아무리 국태가 주체할 수 없을 정도로 많은 재물을 보유했을지라도 까닭 없이 그렇게 많은 예물을 보냈을 리는 만무하다.'

어느 바보라도 이렇게 생각할 수밖에 없었다. 그리 된다면 실토해봤자 긁어서 부스럼을 만드는 꼴밖에 안 된다. 게다가 실토를 하면 용서해준다는 건륭의 말도 믿을 수 없었다. 과거 악선郭善은 공금 2만 냥을 횡령한 적이 있었다. 그렇게 도마 위에 올려졌을 때도 건륭은 똑같은 말을 한 적이 있었다. 그러나 '이실직고'를 한 악선은 그날로 병부상서 직에서 파직 당했다. 이어 부의部議를 거쳐 사약을 받았다!

더 중요한 것은 실토한답시고 섣불리 입을 열었다가 일이 자칫 일파만파로 커지면 숭문문 관세와 관련해 억울한 누명을 뒤집어쓸 여지도 크다는 것이었다. 사람들은 한꺼번에 천문학적인 액수를 받아 챙기는 자가 앉았던 자리에 떨어진 먼지는 어느 정도일까 하고 생각할 것이 틀림없었다.

아무리 생각해봐도 실토를 했다가는 득보다 실이 더 많을 것 같았다. 최악의 경우 뼈도 못 추릴 수도 있다! 화신은 더 이상 생각하는 것을 포기했다. 하늘이 알고 땅이 알고 국태가 알고 나만 아는 일이다. 칼이 명치끝을 위협할지라도 절대 '불어서는' 안 된다! 간통도 현장을 덮쳐야 하듯 내가 국태의 돈을 받아 챙기는 걸 본 자가 있는가? 있으면 나와 봐! 나와 보란 말이야! 화신은 속으로 미친 듯 그렇게 외쳤다. 그리고는 마음을 다잡고 짐짓 아무렇지도 않은 듯 두리번거리면서 벽에 걸린 그림을 '감상'했다.

잠시 후 돌아온 건륭이 다시 온돌로 올라가서 앉았다. 우민중이 걱정스런 표정으로 아뢰었다.

"전풍이 그때 당시 탄핵했던 사람들 중에는 우역간于易簡이라고 하는 신의 사촌아우도 있었사옵니다. 건륭 삼십 년에 산동 포정사로 제수 받아 내려갔사옵니다. 그래서 신은 이 사건을 논하는 자리를 회피하는 것이 바람직할 것 같사옵니다."

"됐네, 그럴 것까지는 없네."

건륭이 덧붙였다.

"여러분 모두 이번 사건에 추호도 연루되지 않았다는 뜻으로 받아들이겠네. 참으로 다행이네. 오늘 올라온 청우표<sup>晴雨表</sup>를 보니 산동에도 대설이 내리고 있다고 하네. 가서 지방관들을 독촉해 재해 복구의 최전방에서 뛰게 하게. 연주부<sup>兗州府</sup>에서는 지난 가을에 지주와 소작농들 간의 분쟁이 도화선이 되어 불손한 생각을 가진 무리들의 난동이 일어났었네. 유용이 가서 진압했지. 그런 곳일수록 민심이 불안하니 각별히 신경을 써서 무휼하도록 하세. 지나침은 모자라는 것보다 못하니 범사에 중용을 지키기를 바라네. 그래, 경들은 역전<sup>驛傳</sup>(역관)들을 거쳐 산동으로 내려갈 것인가, 아니면 일로탐방<sup>一路探訪</sup>을 하면서 갈 것인가?"

건륭의 질문에 전풍과 화신이 답을 구하듯 유용을 바라봤다. 유용이 즉각 대답했다.

"폐하께서 이미 천하에 명조<sup>明詔</sup>를 내리셨사오니 아무래도 역전을 거쳐 가는 것이 바람직할 것 같사옵니다. 셋이 동행하면서 함께 상의하고 수시로 폐하께 주청을 올려야 하오니 역관의 도움이 절대적으로 필요하옵니다."

화신이 고개를 끄덕이며 대답했다.

"신들은 전적으로 숭여 대인의 지시에 따르겠사옵니다."

그러나 전풍은 생각이 달랐다.

"국태와 산동 포정사 우역간은 수년간 터줏대감 노릇을 해오면서 산동 현지는 물론 북경에도 거미줄 같은 인맥이 있을 게 분명하옵니다. 혹시라도 기밀이 누설돼 그자들이 미리 입을 맞추거나 재물을 은닉할 소지가 크오니 신의 소견으로는 북경에 있는 산동순무아문의 연락소를 봉해야 마땅할 것 같사옵니다. 아울러 역관을 통해 북경에서 산동, 산동에서 북경으로 오가는 서찰은 무조건 검열해야 한다고 생각하옵니다. 역관은 병부 소속이기에 감히 폐하께 주청을 올리는 바이옵니다."

건륭이 즉각 고개를 끄덕였다.

"좋은 생각이네. 기윤, 자네는 돌아가서 군기처의 명의로 병부에 발문發文하게. 모든 역관들이 검열에 적극 호응하도록 조처하라고 이르게."

"그리 하겠사옵니다!"

기윤이 황급히 대답했다. 건륭은 물러가라는 뜻으로 손사래를 쳤다. 신하들은 바로 절을 하고 물러가려고 했다. 바로 그때 화신이 황급히 아뢰었다.

"폐하, 이번 외차外差를 계기로 신은 숭문문 세관의 일을 그만 둘 수밖에 없을 것 같사옵니다. 외차 기간이 얼마나 길어질지 장담할 수 없사오니 그동안 세관 업무에 공백이 생기게 할 수는 없지 않겠사옵니까? 폐하께서 소인의 후임을 정하시어 신으로 하여금 홀가분하게 길에 오르도록 윤허해 주시옵소서."

건륭이 말했다.

"적임자를 찾기에는 시간이 너무 촉박한 것 같지 않나? 무슨 일이든 급하게 하면 문제가 생기는 법이야."

화신이 다시 아뢰었다.

"세관은 장부 정리를 비롯해 업무가 복잡하기는 하오나 정해진 규칙에 따라 하루에 한 번, 한 달에 한 번씩 결산을 하면 그리 어려울 것도 없사옵니다. 신이 지금 인수인계를 마치면 단 한 푼의 의혹도 없이 깨끗한 장부를 남기고 길을 떠날 수 있을 것이옵니다. 그러지 않고 이대로 떠나버린다면 짧게는 반년, 길게는 삼 년이 걸릴지도 모르는데 세관에서 어떤 비리가 터져 나올지 누가 장담할 수 있겠사옵니까? 그리 되면 신은 설령 청렴결백할지라도 흙탕물에 몸이 젖지 않을 수 없을 것이옵니다. 부디 통촉하여 주시옵소서, 폐하!"

건륭이 화신의 거듭된 간청에 히죽 웃었다.

"이제 보니 따로 속셈이 있었던 게로군! 알았네, 홀가분하게 길을 떠나고 싶어 하는 경의 마음을 헤아려 짐이 청을 들어주겠네. 복강안이 언젠가 내무부 사무관인 서격이라는 자를 천거한 적이 있네. 그럼 숭문문 세관은 잠시 그자에게 서리하라고 하면 되겠네."

건륭이 다시 한 번 손사래를 쳤다.

"더 할 말이 없으면 그만 물러들 가게!"

다섯 신하는 줄줄이 양심전에서 물러났다. 이어 얼음이 얼어 딱딱 신발소리가 나는 영항을 나와 입구에서 작별을 고했다. 기윤과 우민중은 군기처로 돌아가고, 유용과 화신, 전풍 세 사람은 서화문을 통해 자금성을 나섰다.

정오가 가까워오는 시각이었으나 날은 여전히 잔뜩 흐려 있었다. 서화문 밖에는 왕년에 장정옥이 정무를 보면서 기거했던 건물과 태의원이 있었다. 그러나 지금은 모두 헐려 백설이 망망한 공터만 넓게 펼쳐져 있었다. 순간 서북풍이 세차게 불어 닥치면서 두껍게 쌓인 눈밭에서 눈보라가 휘몰아쳤다.

세 사람은 각각의 생각에 잠긴 채 잠시 아무 말도 없었다. 눈보라 때문에 미간을 찌푸리면서 주변을 이리저리 둘러보던 화신이 가장 먼저 입을 열었다.

"숭여 대인! 우리는 언제쯤 출발하게 되는 겁니까? 북경 주재 산동 순무아문 연락소를 봉하기로 한 건 어찌할 예정이십니까?"

유용이 조용히 전방을 응시하면서 대답했다.

"우리의 의장儀仗과 호위護衛, 관방關防은 예부에서 규정에 따라 배치할 거요. 연락소를 봉쇄하는 데는 두 가지 방법이 있소. 하나는 순천부에서 표票를 보내 그들을 전부 연행, 감금시켰다가 사건이 마무리된 후 풀어주는 것이오. 다른 하나는 꼭 연행하지 않더라도 철저히 감시해 그들이 산동과 연락을 취하지 못하게 하는 것이오. 동주東注(전풍의 호), 그대의 생각은 어떠하오?"

전풍이 깊이 생각을 한 후에 대답했다.

"아무래도 몰래 감시를 해서 연락을 두절시키는 쪽이 나을 것 같습니다. 순천부에서 출동했다는 소문이 나면 오히려 기밀이 더 빨리 새나갈 수 있습니다."

화신이 다시 끼어들었다.

"흠차를 배웅하는 의장이 요란할 텐데 기밀을 고수한다는 것이 그리 쉽지는 않을 겁니다. 이렇게 해보는 건 어떻겠습니까? 순천부 아역들이 어지임을 밝히지 않고 무작정 북경 주재 산동순무아문 연락소를 덮치는 겁니다. 그자들에게 집단도박, 기방 출입, 풍기 문란 혐의를 덮어씌워 처넣는 겁니다."

그 말에 전풍과 유용이 떨떠름한 표정을 짓자 화신은 히죽 웃으면서 덧붙였다.

"두 분은 청렴하고 고고한 군자이신지라 소인의 제안이 탐탁지 않게 생각될 수도 있을 겁니다. 그러나 숭여 대인도 잘 아시다시피 요즘 이것보다 훨씬 더 억울한 형옥 사건이 얼마나 많습니까? 큰일을 하려면 사소한 부분까지 신경 쓸 수가 없다고 생각합니다. 소인의 제안이 그다지 군자답지는 못하지만 그래도 가장 무난한 방법일 것입니다."

"그래, 그게 좋겠소. 앞으로 모든 책임은 내가 질 테니 그렇게 해봅시다."

유용이 드디어 결심을 굳힌 듯 힘차게 고개를 끄덕였다. 이어 몇 마디 덧붙였다.

"화신, 그대는 순천부로 가서 나의 지시를 전하고 형부로 오도록 하오. 우리 둘이 형부 공문결재처에서 기다릴 테니."

화신이 웃음꽃이 만발한 얼굴로 대답했다.

"세관에도 잠깐 들러야 하니 오후 신시申時쯤 형부에 도착하게 될 겁니다."

화신은 말을 마치자마자 곧바로 가마를 타고 숭문문 쪽으로 향했다. 유용이 언 손을 호호 입김으로 녹이면서 아까부터 아무런 말이 없는 전풍을 향해 물었다.

"동주, 무슨 생각을 하고 있소?"

전풍이 점점 멀어져 가는 화신의 가마 꽁무니를 뚫어지게 바라보더니 가만히 한숨을 내쉬었다. 이어 고개를 갸웃거린 채 대답했다.

"아, 아무것도 아닙니다. 제가 너무 멀리까지 생각한 것 같습니다. 가시죠."

서화문에서 숭문문까지는 그리 멀지 않았다. 화신은 일각이 채 지나지 않아 숭문문아문에 당도했다. 이어 서둘러 가마에서 내렸다. 그리고는 주위를 둘러봤다. 숭문문 밖은 대설이 길을 끊은 듯 사람이 출입한 흔적이 거의 없었다.

유전은 아역들을 데리고 쌓인 눈을 치우고 있었다. 유전과 아역들은 화신을 보자 모두들 일손을 멈추고 한쪽에 물러서서 길을 내줬다. 유전이 쏜살같이 달려왔다.

"늦으셨습니다. 아문과 댁에서 모두 나리께서 군기처 장경章京으로 승진하신 걸 알고 있습니다. 장경이면 군기대신 바로 밑이죠? 댁에서 음식을 장만하느라 난리가 났습니다. 잔치도 그런 큰 잔치가 없을 걸요? 아문의 일이 끝나면 다 같이 가서 먹을 깁니다!"

"쓸데없는 소리 집어치워!"

화신이 퉁명스럽게 타박을 놓았다. 그러나 얼굴 표정은 밝았다. 그가 다시 말을 이었다.

"나는 오늘부로 여기 일을 그만뒀어. 복강안, 즉 복 도련님이 천거한 서격이 서리로 올 거야. 새로운 총감이 오면 시키는 대로 해. 장부책을 내놓으라면 내놓고 금고에 있는 잔액을 확인하겠다면 순순히 보여줘. 그리고 협조를 잘해 드려. 나는 흠차 자격으로 산동에 내려가게 됐어. 갔다 오는 동안 무슨 문제라도 생기면 내가 가죽을 벗겨버릴 테니 조심해! 잘하고 있으면 물론 상을 두둑이 내릴 거야!"

아역들이 화신의 서슬 퍼런 말에 연신 알겠다면서 대답했다. 화신이 덧붙였다.

"시간이 없어서 술도 못 사주고 떠나게 됐네. 대신 나의 월례月例에서 스무 냥을 줄 테니 근사한 데 가서 한잔 거하게 먹도록 하게! 어때?"

"좋죠!"

아역들이 화신의 말에 어린아이들처럼 환호작약했다. 그 사이 화신은 유전을 끌고 자신의 가마 안으로 들어갔다. 한 사람이 앉아도 그리 넉넉하지 않은 가마에 둘이 끼어 앉으니 비좁은 공간이 터질 것 같았다. 화신의 무릎에 앉다시피 한 유전이 무슨 일이냐는 듯 헤헤거리면서 물었다.

"할 말이 있으면 밖에서 하시지 좁아터진 가마 안에서 이거 숨 막혀 살겠어요?"

화신이 유전의 턱을 가볍게 치면서 말했다.

"조용히 해! 나는 이번에 국태를 조사하러 가는 거야. 그런데 그 물건들은 어떻게 하지?"

"뭘요?"

잠시 어리둥절한 표정을 짓던 유전이 곧 무슨 말인지 알겠다는 듯 히죽 웃음을 지어보였다. 그는 곧바로 대수롭지 않다는 듯 대답했다.

"그거야 당연히 나리의 재복財福이죠. 국태에게서 직접 건네받은 것도 아니고 영수증 따위를 써준 일도 없으니 비바람이 불어 닥친들 뭐가 걱정입니까? 최악의 경우 국태가 어쩌고저쩌고 치사하게 나올 것 같으면 우리는 입을 쓱 닦고 나앉아 버리면 끝입니다. 칼날을 잡은 자가 이기는 걸 봤어요? 국태가 정 치사하게 나오면 우리가 오히려 무고죄를 뒤집어씌울 수도 있죠!"

화신은 유전의 자신만만한 모습에 적잖이 힘을 얻었다. 가슴을 짓누르던 큰 바윗돌이 사라진 듯 마음도 홀가분해졌다. 화신이 입을 열려고 하자 유전이 먼저 말했다.

"그리고 막말로 나리 정도면 국태 하나 빼주지 못하겠습니까? 적당히 수를 써서 희생양을 하나 만들어내는 건 나리 실력으로는 반나절도 안 걸릴 겁니다!"

화신이 유전의 말에 바로 실소를 터트렸다.

"나는 앞에 부副자가 달린 흠차야. 정흠차가 따로 있다고! 게다가 전풍이라고, 바늘로 찔러도 피 한 방울 안 날 것 같은 이상한 놈도 또 있어. 헌데 국태가 보냈다는 그자가 나를 만나고 싶다고 난리법석을 떨고 다니나 본데 어떡하지? 아마 내가 흠차 자격으로 외차를 나가게 됐다는 소문을 들었나봐."

"만나줄 겁니까?"

"만나기는 뭘 만나!"

"계속 귀찮게 쫓아다닐 텐데요?"

"쫓아다니는 건 그자의 마음이고 피해 다니는 선 내 마음 아니겠어?"

"그러다 막판에 난동을 부리면 어떡하죠?"

화신이 유전의 말에 소름끼치는 표정을 지었다.

"난동을 부려? 그게 바로 내가 바라는 바야! 그자가 그렇게 막 나오면 나는 쥐도 새도 모르게 그자를 없애버릴 거야. 물론 나는 손에 피를 묻히기는 싫어. 가급적 사람은 안 죽이는 쪽으로 해봐야지. 그자도 어떻게든 나에게 잘 보여 국태를 살리는 게 목적이니 국태가 위태로운 판에 막무가내로 나를 괴롭히지는 못할 거야. 물론 국태가 연행돼 죄가 드러난 뒤에는 어떻게 나올지 모르지만……."

그제야 유전은 화신이 자신을 좁은 가마 안으로 끌어들인 이유를 알 것 같았다. 곧 이를 악물고 징글맞게 웃으면서 제안했다.

"아예 없애버립시다. 우환은 미리 없애버리는 게 좋습니다!"

유전의 말이 끝나기 무섭게 한줄기 찬바람이 눈보라를 싣고 가마 안으로 불어 닥쳤다. 화신이 오싹한 듯 목을 움츠렸다. 이어 조용히 말했다.

"그건 만부득이한 상황에서나 생각해볼 수 있는 차선책이야. 은자 만 냥을 줄 테니 이 일에서 손을 털고 어디론가 사라져달라고 말해봐. 거부하면 그때 가서 다른 방법을 강구해보자고."

"알겠습니다! 제가 직접 그 자식을 만나보겠습니다!"

"그건 안 돼!"

화신이 대경실색하며 큰 소리를 쳤다. 이어 준엄하게 훈계하듯 나지막이 말했다.

"네놈은 대가리를 심심해서 달고 다니냐? 그렇게 머리가 돌아가지 않으면 일찌감치 떼내 버려! 자네의 일거수일투족은 나하고 직접적으로 연관된다는 걸 몰라서 그래? 우리는 이미 같은 배에 탄 한

편이야!"

"그러면……?"

"내가 손가락을 꼽아가면서 하나씩 가르쳐주기를 바라는 거야?"

화신이 답답하다는 듯 한숨을 내쉬고는 덧붙였다.

"자네하고 의형제를 맺은 요천룡姚天龍이 이곳 청방靑幇의 우두머리 잖아. 등잔 밑이 어둡다고 우리가 그동안 그를 잊고 있었어! 그자에 게 삼만 냥을 줘서 국태의 심부름꾼과 반씩 나눠먹으라고 해. 그자 가 끝까지 재미없게 나오면 요천룡에게 마음대로 하라고 해. 쥐도 새 도 모르게 없애버리고 혼자 삼만 냥을 다 가져도 된다고 해. 단 요 천룡에게 은표를 건넬 때 절대 영수증 따위는 써주지 마. 무슨 말인 지 알겠어?"

유전이 알겠다는 듯 연신 고개를 끄덕였다.

"알다마다요! 헌데 '그자'가 집에 왔을 때 한 번 언뜻 본 기억밖에 없습니다. 이름도 모르고……. 어디 가서 찾죠?"

"걱정도 팔자군! 기다리고 있으면 제 발로 찾아오게 돼 있어. 혹 시 모르지. 지금 우리 집에 와서 눈이 빠지게 기다리고 있을 수도 있 고……."

화신이 외투 깃을 여미면서 천천히 입을 닫았다. 입가에 비열한 미 소가 스쳐 지나가고 있었다.

# 10장
# 흠차의 위세

화신의 추리는 귀신처럼 적중했다. 그가 집에 도착해 가마에서 내려서자 문간방에서 한 무리의 경관京官들이 우르르 쏟아져 나왔다. 내무부의 친구들, 난의위의 동료들, 군기처의 사무관과 막료 내지 잡역들까지 온갖 사람들이 뒤섞여 있었다. 군기처에 입직한 것도 모자라 흠차의 자격으로 외차까지 나가게 됐으니 그럴 만도 했다. 아무려나 화신이 퇴조退朝하기만을 학수고대하던 사람들은 그를 보자마자 환호성을 질렀다.

일부는 미소를 지으면서 아부를 떨고, 일부는 반색을 하면서 달려와 덥석 화신의 손을 잡은 채 좀체 놓을 줄을 몰랐다. 아무것도 묻은 게 없는 어깨를 톡톡 쳐서 정성껏 털어 주는 자들 역시 있었다. 그뿐만이 아니었다. 기억에도 없는 '그때 그 시절'을 운운하면서 친분을 과시하는 자들도 더러 있었다.

유전은 그렇게 와자지껄 떠드는 무리들 틈에서 용케도 국태의 심부름꾼인 '그자'를 발견했다. 그러나 화신의 말대로 알은체를 하지는 않았다. 좌중의 사람들은 계속 떠들어댔다.

"될성부른 나무는 떡잎부터 알아본다고 나는 화 나리에게 이런 날이 올 줄을 진작부터 알았다오."

"청운의 꿈을 이뤘으니 장래가 유망합니다, 화 나리."

"이제 기거팔좌起居八座의 흠차가 됐으니 저도 좀 데려가 주십쇼, 헤헤헤……."

축하를 빙자한 아부의 말이 밑도 끝도 없이 이어졌다.

그러나 화신은 짐짓 초연한 표정을 지으면서 응수했다. 사람들에게 에워싸인 채 공수를 하고 겸양의 언사도 간간이 내비치면서 무리들과 잠깐 어울렸다. 하지만 곧 정색을 하고는 자신을 영웅처럼 추대하려는 사람들을 향해 큰 소리로 말했다.

"여러분, 나의 말을 좀 들어주시오. 관가의 길에서 부침을 하는 건 다반사요. 그럼에도 별 볼 일 없는 이 사람을 이처럼 높이 우러러주니 실로 쑥스러움에 몸 둘 바를 모르겠소. 이는 모두 폐하의 홍복에 힘입은 바요. 나는 오로지 폐하의 충실한 견마犬馬가 되어 이 몸이 가루가 되는 한이 있더라도 충성을 다할 것을 여러분 앞에서 약조하는 바이오. 빈천지교貧賤之交를 잊어서는 안 되고, 조강지처糟糠之妻를 버리면 천벌을 받는다고 했소. 오늘을 기약하면서 춥고 배고픈 나날을 함께 했던 여러분을 내 결코 잊지 않을 것이오. 다만 유감스러운 것은 오늘 여러분을 위한 연회 자리에 내가 함께 있어줄 수 없다는 거요. 일 때문에 그러는 것이니 너그럽게 이해해주기 바라오. 소털처럼 많은 날이 있으니 다음 기회를 기약합시다! 나는 당장 짐을 싸들고 흠차의 행원으로 가뵈야 하오. 내가 임무를 마치고 돌아오면 그때 우리 다시 모여 회포를 풀어봅시다!"

화신은 말을 마치자마자 사람들을 향해 길게 읍을 해 보이고는 서둘러 방안으로 들어갔다. 그러자 유전은 막무가내로 화신의 뒤를 쫓아 우르르 몰려가는 사람들을 두 팔로 막으면서 큰 소리로 말했다.

"여러분, 여러분! 이러시면 안 됩니다! 흠차대신은 어지를 받은 그날부터 일절 외객外客을 접견하지 못합니다. 이는 삼척동자도 다 아는 일입니다. 저 유전이 대신 여러분을 극진히 모시겠습니다. 의사청이 넓고 따뜻합니다. 거기서 우리 다 함께 취해서 널브러지도록 마셔봅시다!"

유전은 가인들과 합심 진력한 끝에 겨우 한 무리의 호붕구우狐朋狗友들을 의사청 안으로 밀어 넣었다. 이어 안도의 한숨을 내쉬면서 돌아섰다. 순간 저만치 석류나무 밑에서 서성이는 '그자'가 보였다. 그가 웃으면서 다가와 공수를 했다.

"존함을 여쭤 봐도 되겠소? 기왕 오셨으니 동석하시죠. 안으로 드십시오."

사내는 좌우를 살펴 다른 사람이 없는 걸 확인하고 나더니 역시 공수로 화답했다. 이어 목소리를 잔뜩 낮춰 소곤거렸다.

"유전 나리, 나는 모조휘毛祖輝라고 해요. 산동순무아문에서 전량錢糧을 담당하는 막료요."

"아……, 오! 그러고 보니 전에 봤던 기억이 나오! 기억력이 이렇게 부실해서야…… 나 원 참! 오래간만이오!"

유전이 그제야 알겠다는 듯 자기 이마를 탁! 쳤다. 이어 목소리를 낮춰 다시 입을 열었다.

"지금은 이목이 잡다해 깊은 얘기를 나눌 때가 아니오. 우리 나리도 당장은 모 막료를 접견하실 수 없소. 그쪽에서 보내온 물건은 아직 겉봉도 뜯지 않은 채 그대로 예물 전용 창고에 보관하고 있소. 무슨 물건인지는 모르지만 선물하는 사람 마음이 중요하지 않겠소? 그래서 우리 나리께서는 대인의 후의에 깊은 감명을 받으셨다면서 산동에 들를 일이 있으면 꼭 국 순무에게 술을 한잔 대접하겠다고 말씀하셨소."

모조휘는 "아직 겉봉도 뜯지 않았다"는 말에 대뜸 낯빛이 변했다. 그러나 이내 헤헤 웃음을 지으면서 번들번들한 앞이마를 쓸어 올리며 말했다.

"지금 장난하는 거요? 나는 칼을 삼키고 불을 먹는 족속이오. 결코 호락호락한 상대가 아니다 이 말이오. 내가 나팔을 불면서 '화신이 국태의 은자 백만 냥을 받았다'라고 고함을 지르는 날에는 어떻게 되는지 알겠소? 꼴값 떨던 흠차도 물 건너가고 대인이 소인으로 변하는 것도 순간이겠지?"

유전 역시 웃으면서 반박했다.

"그럼 어디 한번 말대로 소리쳐 보오! 당신, 미쳤소? 그대가 소리만 지르면 국태 대인의 명줄은 붙어 있기 힘들 거요. 우리 화 나리가 얼마나 대단한 분인 줄 몰라서 그러오?"

잠시 눈치를 살핀 유전이 다시 덧붙였다.

"갑시다. 가서 술이나 한잔 걸치고 흥정을 해보는 것이 어떻겠소?"

유전이 말을 마치고는 모조휘의 팔을 잡아끌었다. 이어 다시 설득을 했다.

"모든 건 나에게 맡기시오. 일단 술이나 마십시다. 내가 할 말이 있소. 우리 화 나리는 벌써 떠나고 집에 없소. 산동순무아문의 북경연락소를 봉쇄하라는 어지를 순천부에 전달하러 가셨소."

유전의 말에 모조휘는 마치 뒤통수를 세게 맞은 사람처럼 낯빛이 창백하게 질렸다. 동시에 넘어질듯이 휘청거렸다. 그러다 겨우 중심을 잡고 서서는 중얼거리듯 말했다.

"연락소를 봉한다고 했소? 흠차가 아직 산동으로 출발하지도 않았는데 이쪽에서 벌써 손을 쓰기 시작했다는 말이오? 어찌……, 어찌 그럴 수가 있다는 말이오?"

"그런 주제에 무슨 '칼을 삼키고 불을 먹는다'고 그러오?"

유전이 말을 마치고는 모조휘의 어깨를 툭 건드렸다. 모조휘가 깜짝 놀라며 흠칫 몸을 떨었다. 유전이 다시 말을 이었다.

"엄연한 어지라 아무도 막을 수 없소! 그대는 그럼 요 며칠 동안 거기서 지내고 있었소? 둥지가 털려 안 됐군. 그대가 머물 곳은 내가 다시 알아봐 주겠소. 우리 화 나리는 얼마든지 방법을 생각해 내실 분이니 그리 얼빠진 사람처럼 굴지 마오. 사람들이 보면 이상하게 생각하겠소."

유전이 백치처럼 멍한 표정의 모조휘를 끌고 방안으로 들어갔다. 그리고는 사람들에게 소개를 했다.

"이 분은 서장西藏 주재 대신 아목합阿穆哈 대인 휘하의 백수문白修文 막료요! 자, 자, 자, 백 선생. 이리 가까이 다가앉으시오. 오늘같이 기쁜 날 술이나 거하게 마셔봅시다……"


화신이 집에 머문 시간은 정말 그리 길지 않았다. 그는 우선 정실부인의 방으로 가서 어지를 받고 남행길에 오르게 된 자초지종을 설명했다. 첩실인 장이고도 한자리에 있었다.

"자네가 집에 있어 안심이네. 형님의 몸조리에 각별히 신경을 쓰고 오씨 누님과도 사이좋게 지내게. 무슨 일이 있으면 주저하지 말고 누님과 상의하게. 내 기거와 음식 같은 건 모두 시중드는 사람이 있으니 염려하지 말게."

화신이 잠시 숨을 고르고는 다시 덧붙였다.

"내가 밖에서 계집들의 치마폭에 휘감겨 해롱댈까봐 은근히 걱정
이 태산 같을 텐데 그런 염려는 붙들어 매게. 나 혼자 가는 것도 아
니고 흠차대신이 같이 가는 거야. 한 걸음 옮기면 수십 명이 따라다
니는데 설령 그 짓을 하고 싶어도 못하지 않겠나? 그리고 이제는 계
집들이 발가벗고 달려들어도 싫다네."

정색을 하고 말하는 화신을 보면서 장이고와 하녀들이 입을 가리
고 웃었다. 침상에 누워 있던 풍씨도 빙그레 웃었다.

"갈 길이 바쁘다면서요? 어서 가보세요. 집안일은 염려하지 마시
고요."

풍씨의 격려에 화신은 밝은 미소를 지으면서 돌아섰다. 이어 오씨
의 방으로 건너갔다. 오씨의 방에서는 몇몇 어멈들이 그녀에게 뭔가
보고를 올리고 있었다. 화신은 어멈들을 모두 내보냈다. 때 아닌 늦
바람이 든 오씨가 수줍은 소녀처럼 다소곳이 찻물을 받쳐 올렸다.
화신이 말했다.

"곧 나가봐야 하오. 다름이 아니고 유전이 필요로 할 때 육만 냥을
내주시오. 누님 앞으로는 십만 냥을 떼어줄 테니 언제든지 꺼내 쓰시
오. 그리고 내가 없는 동안 장이고하고 사이좋게 지내시오. 절대 한집
안 식구끼리 얼굴 붉히는 일은 없어야 하오. 가무家務에 대해서는 장
이고가 하자는 대로 하시오. 주인은 밖에서 폐하를 위해 열심히 노
력하고 있는데 후방에서 난리가 나면 안 되지."

오씨가 바로 대답했다.

"농장을 상으로 내리셨는데 은자는 또 무슨 은자예요? 제 앞으로
는 이제 안 주셔도 돼요. 현재 집에 남아 있는 은사는 선부 논놀이를

하기로 했어요. 돈이 엄청 많은 것 같아도 가계 씀씀이가 워낙 커서
감당할 수가 있어야죠. 어떻게든 자꾸 불려 놔야지 순식간에 빈주머
니 차게 될까봐 걱정이에요……."

오씨가 말을 마치자마자 화신이 얼굴에 윤기가 자르르 흐르는 그녀
에게 가까이 다가갔다. 이어 그녀의 귓불에 대고 나지막이 속삭였다.

"누님은 나이를 어디로 먹는지 점점 더 젊어지는 것 같소. 가기 전
에 한번 만져나 볼까?"

화신은 자신의 말대로 여인의 가슴께로 손을 밀어 넣더니 젖가슴
을 만지작거렸다. 오씨는 밉지 않게 흘겨보면서 가볍게 화신의 손을
밀쳐냈다. 억지로 미련을 떨쳐내며 밖으로 나가려던 화신은 탁자 위
에 놓여 있는 종이봉투 여러 개를 발견하고는 곧바로 멈춰 섰다.

"이건 어디서 난 거요?"

오씨가 대답했다.

"저 사람들밖에 더 있어요? 전에는 집안에 대소사가 있어도 코빼
기도 안 내밀던 자들이 나리께서 승진하셨다니 바리바리 싸들고 달
려온 거죠!"

화신은 그 말에 이마를 찌푸렸다.

"음……, 이건 안 돼! 유전을 시켜 하나도 손대지 말고 그대로 돌
려주라고 하시오. '군자의 사귐은 담담한 물과도 같아야 한다'君子之交
淡如水고 말한 다음 찻잎 한 봉지씩 들려 보내게 하시오. 돈을 안 받
았다고 해서 앞으로 어려운 일에 모른 척하겠다는 뜻은 절대 아니라
고도 일러주시오."


화신은 집에서 나와 순천부로 향했다. 한참을 걸어가자 저 멀리 순
천부의 웅장한 잿빛 건물이 눈에 들어왔다. 순천부는 부곽황성附郭皇

城(부곽附廓은 외성外城의 의미)의 수부首府로, 대흥大興과 완평宛平 두 개의 부곽附廓 현과 산하의 고안固安, 패주覇州, 창평昌平, 통주通州, 삼하三河, 향하香河, 옥전玉田, 양향良鄕, 방산房山, 계주薊州, 회유懷柔, 순의順義, 평곡平谷, 준화遵化 등 28개 현을 관할하고 있었다. 관할 범위가 동서로 691리, 남북으로 510리에 달해 예로부터 '천하제일부'天下第一府로 불렸다. 이 순천부의 책임자인 부윤府尹의 직위도 만만치 않아 정삼품의 관직으로 봉천부奉天府의 부윤과 계급이 같았다.

화신이 순천부아문에 점점 가까이 다가가자 한 무리의 아역들이 열을 지은 채 의문儀門 밖 공터에 집결해 있는 광경이 보였다. 몇몇 이목吏目들이 그들의 인원수를 확인하고 있었다.

화신은 의아하게 생각하면서 가마에서 내렸다. 공작孔雀 보복을 입은 순천부 부윤 곽영년郭英年이 두 손에 수본手本을 받쳐 든 채 종종걸음으로 마중을 나왔다. 아마 미리 전갈을 받은 것 같았다. 화신은 그 자리에 멈춰 서서 그가 예를 갖출 때까지 기다렸다. 이어 수본을 받을 생각은 않고 웃으면서 말했다.

"이봐 요초瑤草(곽영년의 호) 아우, 지금 뭐 하는 건가?"

"오늘 오전에 우민중 중당과 기윤 중당께서 하관을 불러주셨습니다."

곽영년이 웃으면서 대답했다. 얼마나 좋은지 눈이 실눈이 돼 있었다. 그가 다시 말을 이었다.

"하관에게 부府에서 나리의 대가大駕를 기다리라고 하셨습니다. 큰 사건을 처리하기에 앞서 하관에게 분부하실 말씀이 있다고 들었습니다. 그래서 형명刑名 관련 인원들이 하나도 빠짐없이 대기하고 있습니다. 아! 그리고 오전에 내무부의 조외삼趙畏三이 와서 함께 나리 댁에 경하드리러 가자고 했습니다. 떠날 채비를 다 마쳤는데 마침 복강안도련님께서 오셔서 말리기에 도로 주저앉고 말았습니다. 화 흠차 나리는 오늘 경황이 없으실 거라면서 나중에 가보라고 하시더군요. 지난번 마덕옥馬德玉이 술을 사는 자리에서 누군가 나리의 관상을 봐드렸던 것을 기억하십니까? 오악五岳이 일제히 빛을 발하고, 산근山根이 훤할 뿐 아니라 인당印堂에 광채가 느껴진다면서 이십오 세에 대운이 트일 거라고 했었죠? 홍수와 야수도 나리의 운수대통을 막을 수 없다더니 딱 맞췄네요. 분부하실 말씀이 있으면 지금 하십시오. 끝나면 하관이 잘 모시겠습니다!"

화신은 기분이 좋아서 절로 웃음이 터져 나올 것만 같았다. 그러나 겉으로는 내색하지 않은 채 퉁명스럽게 대꾸했다.

"쓸데없는 소리! 그나마 마지막 한마디는 쓸 만하군. 산동순무아문의 북경연락소가 어디 있는지 아는가?"

곽영년이 즉각 대답했다.

"예! 여기서 그리 멀지 않습니다. 왜요? 압수수색을 하려고요?"

화신이 무겁게 고개를 끄덕였다.

"그래. 그런데 뭔가 그럴싸한 명분을 만들어야 하네. 마구잡이로 쳐들어갈 수는 없잖아……?"

화신이 곽영년을 한쪽 구석으로 끌고 가더니 자신의 계획을 들려줬다. 곽영년은 연신 알겠노라며 고개를 끄덕였다.

"이건 요즘 관아에서 돈을 만들 때 자주 쓰는 수법입니다. 기방의 기생들을 몽땅 잡아들여 관리들 중 어떤 자들을 알고 있느냐고 어르고 달래고 협박하면 이름이 술술 나옵니다. 그러면 그 관리들을 마구잡이로 잡아들이고 돈을 내면 풀어주고는 합니다. 이는 아문에서 돈이 궁할 때 종종 써먹는 방법인데 나리께서는 그 안의 서류들까지 모두 압수하셔야겠다니 좀 어렵겠네요. 나중에 산동순무아문에서 서류를 내놓으라고 추궁하면 제가 할 말이 궁하지 않겠습니까? 허나 어쩌겠습니까? 어지를 받고 하시는 일이니 저는 그냥 못 본 걸로 하겠습니다. 나리께서 좋을 대로 하십시오."

화신이 빙그레 웃으면서 말했다.

"이래서 다들 자네를 '미꾸라지'라고 하는가 보군! 그래, 그렇게 하지!"

"저기, 그때……."

곽영년이 갑자기 말을 하려다 말고 입을 다물었다. 아마도 북옥황묘의 죽 배식소에서 빚어졌던 '오해'에 대해 해명하려고 하는 듯했다. 화신은 그러나 그의 어깨를 두드려주면서 격려를 아끼지 않았다.

"걱정 붙들어 매게! 우리 둘 사이에 그런 해명이 왜 필요해? 앞으로 아랫것들 때문에 시끄러울 일이 한두 가지가 아닐 텐데 웬만하면 좋은 게 좋은 거 아니겠나? 자, 일보러 가세. 산동에서 돌아오면 내가 한턱내겠네. 청주淸酒나 한 잔씩 나누세. 우리는 둘도 없는 친한 벗이 아닌가!"

곽영년은 화신의 말이 끝나자마자 바로 굽실거렸다. 자기도 모르게 입이 귀에 걸려 있었다.

연락소를 봉해버리고 나니 날은 이미 어두워졌다. 원래 북경의 겨울은 밤이 길고 낮이 짧았다. 시계를 보니 시간은 아직 유시酉時밖에 안 되었다.

화신은 오전에는 회의를 했고. 이어 오후에는 성 남쪽과 동쪽을 거쳐 성의 서쪽까지 한 바퀴 돌았다. 그러다 보니 족히 50~60리 길은 달린 것 같았다. 다리가 뻐근하고 온몸에 피곤이 몰려왔다. 그러나 연락소를 압수수색할 때까지는 어떻게든 버텨야 했다. 그 와중에도 그는 가장 중요한 기본을 잊지 않았다. 다른 아역들은 불난 집에 도둑질하는 격으로 '돈이 될' 만한 물건을 찾아 눈에 쌍심지를 켜고 마구 뒤졌다. 그러나 그는 지친 몸으로도 직접 국태의 사서함에 들어 있는 서찰을 전부 챙겨 소매 속에 잔뜩 집어넣고 나왔다.

이후 곽영년이 술을 산다면서 붙잡았다. 그러나 완곡히 사양하고는 곧장 승장繩匠 골목에 위치한 형부아문으로 향했다. 아역들이 전부 집으로 돌아간 뒤라 대문에는 당직 아역만 남아 있었다. 앞뒤 마당에는 사람 그림자 하나 보이지 않고 어두컴컴했다.

화신은 갑자기 소변이 마려웠다. 허둥지둥 측간으로 가서는 한바탕 물줄기를 뿜어냈다. 그러자 시원한 전율이 느껴졌다. 그는 바지춤을 추스르면서 나오다 마주 보이는 공문결재처에 불이 꺼져 있는 걸 발견했다. 자신도 모르게 혼잣말이 튀어나왔다.

"공문결재처에서 기다리기로 했는데……, 어디 갔지?"

화신은 잠시 의아해 하면서 서 있었다. 마침 그때 등롱을 받쳐 든 몇몇 아역들이 다가왔다. 가까이 온 사람들을 보니 앞장 선 사람은 형포청刑捕廳 당관인 형건업刑建業이었다. 서로 잘 아는 사이인지라 화신은 웃으면서 말을 건넸다.

"형 당관, 밥은 먹었소? 숭여 대인과 전풍 대인은 아문에 안 계시오? 공문결재처에는 아무도 없는 것 같던데?"

"아……, 화 대인!"

형건업은 이미 나이가 60이 다 된 사람이었다. 하지만 나이가 무색할 정도로 여전히 황소처럼 건장했다. 화신을 알아보고는 무쇠 종처럼 쩌렁쩌렁 울리는 목소리로 대답했다.

"다들 후당에 계세요! 우민중 중당, 기윤 중당 그리고 이시요 대인 등이 어지를 받고 세 분 흠차를 배웅하러 나왔다고 하시더군요. 나도 이제는 다 늙었나 봐요. 화 대인이 먼저 말을 걸지 않았다면 못 알아볼 뻔했지 뭐요! 내가 후당으로 안내해 드리죠. 따라 오시오."

형건업이 말을 마치고는 앞서 걸었다. 화신은 그가 오랫동안 시위로 일한 사람이라는 것을 잘 알고 있었다. 때문에 함부로 무례하게 대할 수가 없었다. 그는 종종걸음으로 뒤따라 걸어가면서 기분 좋게 말을 걸었다.

"형 당관도 참으로 대단한 분이오. 그 나이에도 당직을 서는 걸 보면 말이오. 숭여 대인에게 말해서 젊은이들더러 당직을 서게 하도록 하지 그랬소."

형건업이 즉각 대답했다.

"이 일은 폐하께서 나에게 내려주신 크나큰 광영이라오. 나는 하나도 힘이 들지 않소. 그리고 평생 막 굴러먹던 몸이라 조금만 쉬면 여기저기 쑤시고 결리고 아파서 안 돼! 아들 녀석이 셋 있지만 아직 너무 어려서 마음에 안 드오. 지난번 숭여 대인을 수행해 산동으로 내려갔다가 현지인들에게 포위를 당해 한바탕 곤욕을 치르고 왔다지 뭐요. 내가 속이 부글부글 끓는 걸 가까스로 참았소. 그깟 시골 영감탱이들 하나 당해내지 못하고 도망 다닌 주제에 십삼태보는 무슨 얼어 죽을 십삼태보야? 내가 막 호통을 쳤지."

형건업은 눈치도 없이 아들들 얘기에서부터 시작해 '과거 천자가 강남 순방에 올랐을 때'의 사설까지 입에 올렸다. 이제부터 본격적으로 한바탕 장황한 무용담을 펼칠 기세였다. 화신이 그런 형건업의 입을 미리 막으면서 넌지시 물었다.

"이번에 형부에서는 누가 흠차를 수행하기로 했소? 형씨 부자들 외에 황천패의 제자들은 안 가오?"

형건업이 대답했다.

"십삼태보도 그 옛날의 십삼태보가 아니오. 어쩌다 추풍낙엽 신세가 돼버리고 말았지. 열셋 중에 하나는 죽고 열둘 중에서도 황부광黃富光, 황부종黃富宗, 황부양黃富揚 등 대여섯만 그나마 쓸 만하고 나머지는 팔다리가 떨어지고 분질러지고 꼴들이 말이 아니오. 이번에는 양부운梁富雲도 따라갈 거요. 태보들이 무능해서 당했다기보다는 태평세월이 이어지면서 사람들이 싸움질만 늘어서 그런 것 같소. 하루세 끼 배불리 먹고 할 짓이 없으니 어쩌겠소! 툭하면 멱살 잡고 주먹 날리는 게 일이지. 대낮에 길 한복판에서 어지간히 치고받고 싸워도 구경꾼들이 없다니까? 머슴이 주인을 구타하고, 지주가 관부를 들이치고……. 별의별 꼴불견이 다 있소. 산동 사수泗水현의 유현장劉賢章이라는 자는 소작료를 바칠 때 누군가가 저울질을 하면서 '벼에 쭉정이가 좀 많아 보인다'라고 혼잣말처럼 한 걸 가지고 시비를 걸어 한바탕 난리가 났다지 않소! 문제는 둘만의 싸움으로 끝나면 되는데 그게 수천 명의 패싸움으로 번졌다오. 나중에는 소작농들이 지주 집에 쳐들어가 창고를 부수고 식량을 마구 빼앗아가는 난동으로 번졌다는 거 아니오! 그때 복 도련님이 내려가셔서 사건의 주모자 일흔 몇 명을 처단하셨소. 도대체 세상이 어찌 되려고 이렇게 무법천지인지 모르겠소."

화신이 형건업과 말을 주고받는 사이 어느새 후당에 이르렀다. 윗방에는 불이 훤히 밝혀져 있었다. 방안이 하도 밝아서 그런지 죽렴竹簾 너머로 방안의 풍경이 다 보였다. 음식이 마련된 팔선탁 앞에는 유용, 전풍, 우민중, 기윤, 이시요 등이 앉아 있었다. 뿐만 아니라 복강안과 호부 낭중 곽지강郭志强도 함께 있었다!

화신은 속으로 적이 의아해 하면서 안으로 들어갔다. 유용을 제외한 모두는 일어나서 화신과 서로 예를 갖췄다. 화신이 재빨리 둘러보니 상석 오른쪽 자리 하나가 비어 있었다. 아마 화신을 위해 남겨둔 자리인 것 같았다. 그렇다고 눈치 없이 덥석 들어가 앉을 수는 없었다. 화신이 고민을 하며 잠시 그 자리에 서 있자 유용이 의자등받이를 톡톡 두드리면서 말했다.

"어서 이리 와서 앉으시오. 제일 좋은 자리를 남겨놨는데 공연히 빼고 자시고 할 거 없이 그냥 앉으시오. 아직 좀 더 있어야 올 줄 알았는데 빨리 왔구려? 일찍 일어서야 하는 사람들이 있어서 먼저 시작을 했소."

"아! 그럼요, 그럼요."

화신이 웃으면서 좌중을 향해 읍을 해 보이고는 자리에 앉았다. 이어 아역이 받쳐 올린 차를 받아 한 모금 마신 후 입을 열었다.

"원래는 좀 더 일찍 올 수도 있었죠. 그런데, 연락소에 있는 막료들 중에 둘은 가족들을 데리고 있더라고요. 어디서 봉두난발을 한 두 여편네가 뛰쳐나와 울부짖는 바람에……. 자기네 남정들은 절대 기방을 출입하면서 화주花酒를 마시는 족속들이 아니라고 하늘이 두 쪽 나도 인정할 수 없다는 거예요. 길을 막고 나서서 울고불고 아우성을 치는 바람에 한참 진땀을 뺐다는 거 아닙니까!"

기윤이 그러자 웃으면서 말을 받았다.

"그래서 어떻게 됐는가?"

"살살 달랬죠, 뭐. '풍류죄는 목이 잘리는 큰 죄가 아니니 조사가 끝나는 대로 무사히 집으로 돌려 보내줄 것이다'라고 일단 안심을 시켜놓고 '이런 식으로 관부에 항거했다가는 공무집행을 방해한 죄로 남정네들보다 더 큰 죄를 물을 수도 있다'라고 적당히 으름장을 놓았죠."

화신의 말에 좌중의 사람들은 지극히 그다운 처사였다면서 웃음을 금치 못했다. 화신은 그들의 웃음을 뒤로 한 채 팔선탁 위에 즐비한 음식들을 휙하고 둘러봤다. 종류도 많고 먹음직스러운 음식들도 꽤 있었다. 여러 가지 야채와 싱싱한 과일, 생선찜, 닭 요리, 돼지고기수육 등등이 한 상 가득 푸짐하게 차려져 있었다. 그러나 특별히 비싼 요리는 없어서 다 합쳐도 은자 세 냥을 초과하지 않을 정도의 주안상이었다.

식탁 한가운데에는 흰 도자기 그릇에 장식용으로 사용된 붉은 마노瑪瑙같은 앵두가 올려져 있었다. 그것만으로도 식탁의 분위기가 산뜻하게 연출되었다. 또한 음식마다 요리사 아무개가 만들었다는 노란 쪽지가 눈에 잘 띄지 않게 붙어 있었다. 그것을 보면 황제가 하사한 요리라는 사실을 알 수 있었다.

유용이 조심스레 젓가락으로 앵두 한 알을 집어 입안에 넣었다. 그제야 다른 사람들도 일제히 수저를 들었다.

자리를 함께 한 사람들 중에는 아직 서로 익숙하지 않은 사람들도 많았다. 그래서인지 모두들 한껏 격식과 체면을 차리고 있었다. 특히 우민중과 화신, 곽지강 셋은 기윤, 유용 등과는 처음 동석하는 터라 어색하기 짝이 없었다. 또한 '예송영행'禮送榮行을 목적으로 마련된 자리인지라 먹는 척 시늉만 할 수밖에 없었다. 배가 고프면 집에 돌아가서 늦은 저녁을 다시 먹는 한이 있더라도 게걸스럽게 배불리 먹으려는 생각은 애당초 무리였다.

유용이 수저를 들자 기윤이 술을 세 순배 돌렸다. 이어 '일로순풍'一路順風을 기원하는 발언을 하고 나자 예의상의 인사치례는 다 끝났다. 그러자 두어 젓가락 먹는 시늉을 하던 유용이 "먼저 실례하겠다"면서 일어섰다. 그러자 뒤이어 다른 사람들도 "배가 부르다"면서 물러났다.

"내 사촌동생 우역간은 전에 볼 때는 문장 실력도 뛰어나고 인품도 괜찮다고 생각했는데……."

주안상을 치우고 편하게 자리하자 우민중이 긴 한숨을 내쉬면서 말을 이었다.

"몇 년 간 못 본 사이에 사람이 어찌 그리 변했는지 참으로 유감이 아닐 수 없습니다. 물론 세 분 대인께서 내려가셔서 철저한 수사를 하시겠지요. 비리가 밝혀지고 증거가 충분하다면 법에 따라 중죄를 묻겠죠. 그러나 그것과는 별개로 저를 대신해 뒈지게 매타작을 해주고 오십시오! 못난 자식, 조상 전에 먹칠을 하는 그런 놈은 죽어도 싸요!"

우민중은 성질 급한 그답게 거칠게 분통을 터트렸다. 모두가 침묵하는 가운데 유용이 조심스럽게 입을 열었다.

"우 중당의 속이 어지간하시겠습니까? 괘씸하고 죽이고 싶도록 밉겠지만 진정하세요. 아직까지는 우역간이 국태와 어떤 관련이 있는지 밝혀진 바가 없으니 사태의 추이를 더 지켜보는 게 좋겠네요. 물론 포정사로서 순무의 각종 비리를 몰랐다는 건 어불성설이에요. 워낙에 포정사와 순무는 쉽고도 어려운 사이이고 미묘한 이해관계가 얽혀 있죠. 우역간이 그저 '예의' 차원에서 묵인만 한 정도라면 중죄까지는 받지 않을 수도 있어요. 그러나 깊이 개입된 흔적이 밝혀지면 가차 없겠죠. 나는 공과 사가 분명한 사람이에요. 여러분도 그럴 것이라고 믿어요! 하지만 자식이 죄를 지었다고 그 부모까지 똑같은 처벌을 받아서는 안 되죠. 같은 이치로 아우가 부정을 저질러 단죄의 대상이 됐다고 해서 형이 무슨 죄가 있겠습니까? 그러니 사건을 담당하는 우리도 그렇지만 우 중당도 철저하고 공정한 수사를 위해서 공과 사를 분명히 하는 마음가짐을 가져야 할 거예요."

유용의 말이 끝나자 전풍이 말을 이어 받았다.

"유 대인의 말씀에 저도 공감입니다. 같은 어미에게서 나온 친형제들도 각자 영웅과 도적으로 완전히 상반되는 삶을 사는 경우가 많습니다. 더구나 수년간 천리 밖에서 각자 문호門戶를 세우는 동안 나쁜 물이 들어 품행이 타락한 아우를 형인들 어찌하겠어요? 그러나 방금 우 중당의 한마디에서는 풍절風節을 엿볼 수 있었어요."

화신은 어떤 장소에서도 분위기를 반전시키거나 주도하는 데 자신이 있었다. 그러나 이번에는 몇 번씩이나 입을 열려다 말았다. 어쩐지 당당하게 정면에 나서서 남의 죄를 운운할 자신이 없었던 것이다. 또 '부흠차'의 신분상 말을 아끼는 것이 바람직할 것 같다는 생각도 없지 않았다. 그러다 한참 망설이고 주저하던 그의 입에서는 짧은 한마디가 겨우 튀어나왔다.

"마음을 넓게 먹으세요, 우 중당."

우민중이 화신의 말에는 대꾸도 하지 않은 채 곽지강을 향해 말머리를 돌렸다.

"방금 복강안하고 같이 오면서 긴히 아뢸 말이 있다고 했는데, 그게 뭔가?"

우민중의 말이 떨어지는 순간 복강안의 표정이 딱딱하게 굳었다. 하기야 그럴 수밖에 없는 것이 아직까지 자신의 면전에서 감히 그토록 무례하게 이름 석 자를 또박또박 부른 사람은 아무도 없었기 때문이었다. 실제로도 기윤은 늘 그를 '세형世兄'이라고 불렀다. 유용 역시 평소에는 '복 도련님', 아니면 '넷째도련님'이라고 불렀다. 건륭조차 사적인 자리에서는 '강아'라고 친절하게 부르는 경우는 있어도 '복강안'이라고 막 부른 적은 없었다. 어찌 됐든 군공軍功을 인정받아 후작에까지 봉해진 일등 시위의 자존심은 그로써 크게 생채기를 입었다고 해도 좋았다.

출장입상出將入相해 죽백竹帛에 대명大名을 남길 일념에 불타고 있는 복강안이 일개 신출내기의 그런 무례함을 너그럽게 간과할 리 만무했다. 그가 그예 입가에 한 가닥의 냉소를 걸고 곽지강에게 말했다.

"공손히 아뢰게."

복강안의 쇳덩이처럼 차가운 목소리에는 섬뜩함이 묻어났다. 좌중의 사람들은 모두 숨을 죽였다.

"두 가지를 기 중당과 우 중당께 아뢰고자 합니다."

곽지강이 잔뜩 기가 죽은 목소리로 말을 이어나갔다.

"수혁덕 군문이 천산 대영에서 호부로 자문咨文(외교 문서)을 보내왔습니다. 그의 말에 따르면 지난 가을에 산사태가 발생했다고 합니다. 천산에서 우루무치까지 천 리나 되는 구간의 도로가 크게 훼손돼 보수가 불가피하다고 합니다. 그래서 군비軍費 외에 도로 보수비로 은자 이십만 냥을 조달해 주십사 청을 해 왔습니다. 군비까지 합치면 그쪽으로 가야 할 돈이 총 육십오만 냥입니다. 지금은 겨울철이라 어차피 공사를 못할 것이니 봄에 얼었던 땅이 녹은 후에 보자고 했더니 부 중당에게 서찰을 보냈나 봅니다. 은자가 없어 민공民工들을 모집할 수 없다고 했나 봅니다. 부 중당께서 병상에 계신지라 넷째도련님께서 이렇게 소인을 데리고 오셨습니다. 이게 첫 번째고요……"

곽지강이 혀를 내밀어 입술을 축이면서 말을 이었다.

"무호蕪湖 양도糧道에서도 자문을 보내왔습니다. 복 도련님께서 작년 구월의 사수현 유현장 부자와 관련된 민변民變을 진압하는 과정에 무호 양도로부터 병사들을 동원시키느라 은자 오만 냥을 빌린 적이 있습니다. 춘황春荒도 대비해야 하고 종자도 마련해야 하니 이 돈을 갚아달라고 했습니다. 폐하께서도 천재와 민변이 겹친 지역들의 민심을 안정시키기 위해 특별히 '도호盜戶들의 무휼撫恤에 힘쓰라'는 어지를 내리셨다고 합니다."

곽지강은 가져온 자문을 받쳐 올렸다. 기윤이 대충 읽어보고는 곧바로 우민중에게 건넸다. 그리고는 웃으면서 말했다.

"사방에서 돈을 달라고 손 내미는 걸 보면 은자라는 게 할아비보다 낫소! 이런 일은 원래 부상께서 친히 처리하셨소. 나중에는 아계 중당이 도맡아 처리했었고⋯⋯. 나는 명색만 대학사이지 아는 거라고는 그 잘난 금기서화琴棋書畵뿐이오. 그러니 여러분의 의견을 듣는 쪽이 나을 것 같소. 세형께서는 어찌 생각하시오? 그리고 도고皐陶(이시요), 그대는 어째서 갑자기 벙어리가 됐소?"

우민중이 기윤의 말이 끝나기를 기다렸다가 물었다.

"이 사람이 무식해서 그러는데 '도호'가 뭡니까?"

곽지강이 대신 대답했다.

"도호는 곧 비적의 무리를 뜻합니다. 비적들과 그 가족, 그들의 추종세력을 통틀어 '도호'라고 하죠. 이들은 대부분 극빈층이고, 사교邪敎에 빠져 있습니다. 서로 간에 어찌나 똘똘 뭉쳐 한 덩어리가 돼 굴러다니는지 한 집에 무슨 일이 생기면 백 사람이 호응하고 나섭니다. 게다가 나쁜 세력의 선동에 쉽게 현혹되고 물불을 가리지 않는 돌출행동 때문에 대단히 신경 쓰이는 무리들입니다. 하관이 산동에서 현승縣丞으로 있을 때 아역들은 '도호' 두 글자만 들어도 진저리를 쳤습니다!"

그러자 기윤이 웃으면서 농담을 던졌다.

"《요재지이》를 보면 도사에 의해 덜미가 잡힌 귀신조차도 '나는 도호야!'라고 외치면서 악을 썼다 하오."

좌중의 사람들은 기윤의 말에 모두 웃음을 터트렸다. 경직됐던 분위기가 그 말에 다소 풀렸다. 그러나 복강안의 표정은 여전히 굳어져 있었다.

이시요 역시 오늘 하루 종일 마음이 무거웠다. 그래서 흠차를 송별하는 자리에서도 거의 말을 하지 않고 있었다. 오전에 군기처의 한 장경에게서 들은 말이 내내 마음에 걸렸던 것이다.

"내정內廷의 '확실한 소식통'에 의하면 누군가가 대인에게 '눈먼 돌'을 던지고자 호시탐탐 노리고 있다고 합니다. 조심하십시오."

이시요는 솔직히 기가 막혔다. 그는 병사들을 이끌고 묘족의 반란을 잠재운 공로로 순무에 제수되고 총독 자리까지 승승장구했던 사람이었다. 동정사銅政司에서 일을 처리하면서 빈틈없는 성격과 뛰어난 결단력 덕분에 항상 이부 고공사의 높은 평가를 받았고 건륭의 성총도 듬뿍 받았다. 이처럼 조정의 중추에 입직하기까지 별다른 어려움이 없이 앞만 보고 달려온 그에게 누가, 왜, '눈먼 돌'을 던진다는 말인가? 이시요는 그 얘기를 듣고 난 후 계속해서 생각을 해봤다. 그러나 아무리 생각해봐도 짚이는 사람이 없었다. 머릿속만 검불처럼 복잡해질 뿐이었다.

이시요는 그렇게 생각하다 기윤이 자기 이름을 부르자 그제야 깊은 사색에서 깨어났다. 비로소 자신의 심사가 너무 무거웠다는 사실을 깨달았다. 기왕 이 자리에 앉아 있으니 '눈먼 돌'과는 별개로 군기대신으로서의 견해도 밝혀야 했다. 그가 잠시 생각하고 나더니 천천히 입을 열었다.

"제가 몇 마디 졸견을 말씀드리겠습니다. 두 분 중당께 참작이 될지는 모르겠습니다. 그쪽에서 산사태로 인한 도로복구를 이유로 들어 예산을 신청했다면 봄이 되기 전에 서둘러 은자를 보내줘야 할 것입니다. 봄에 눈이 녹아 도로 사정이 더욱 악화되면 은자 수송에도 어려움이 생길 것입니다. 수혁덕 군문이 육십오만 냥을 얘기했다고 하는데, 거기에는 아마도 그럴 만한 이유가 있을 거라고 봅니다. 호부는 깐깐하게 따져가면서 예산을 집행하는 병부보다 상대적으로 '쉬운' 부서라고 생각했을 것입니다. 실제로 호부는 여태까지 그렇게 당해왔습니다. 물론 수혁덕 군문에게 이런 말까지 할 필요는 없습니다. 아무튼 여기저기 쓸 일이 많아 원하는 대로 전부 보내줄 수는 없고 사십오만 냥 정도를 즉각 보내주겠다고 하는 게 어떨까 합니다. 그 돈으로 민공民工을 모집하지 말고 병사들의 먹을거리나 챙겨주라고 하십시오. 병사들이 잘 먹고 몸보신을 잘하면 힘이 남아돌아 주체할 수 없을 텐데 그들을 동원시키면 한 사람이 민공 세 명의 몫을 거뜬히 해낼 수 있을 것입니다. 가끔씩 은자를 상으로 받고 몸보신도 할 수 있으니 그들로서는 얼마나 좋아하겠습니까? 천산 대영에서는 이런 건의를 마다할 이유가 없을 거라고 생각합니다."

기윤이 이시요의 말에 연신 고개를 끄덕였다. 복강안 역시 속으로 감탄을 금치 못했다. 머릿속으로 이시요를 '꾀주머니'라고 칭찬하던 아버지 부항의 말이 스쳐지나갔다. 복강안이 불쾌한 기분을 떨쳐내고자 막 입을 열려고 할 때였다. 우민중이 먼저 끼어들었다.

"고도 대인의 견해가 현실적인 것 같습니다. 그럼 먼저 사십만 냥을 보내고 모자라면 더 주는 게 좋겠습니다. 도호들을 진휼賑恤할 때도 처음부터 너무 넉넉하게 해주면 나중에 잘해주고 뺨맞는 수가 있으니 자제해야 할 것 같습니다. 아홉 번 잘하다 한 번 못해주면 돌아서는 게 인심이니 말이에요!"

말 자체만 따지면 틀린 말이 아니었다. 문제는 복강안이 참석한 자리에서 이런 말을 한 것이 눈치 없다면 없는 행동이었다. 좌중의 사람들은 모두 복강안이 병사들에게 유난히 "손이 크다"는 사실을 알고 있었다. 다른 곳에서는 인색하다 싶을 정도로 아끼다가도 병사들을 위로할 때면 툭하면 천 냥, 만 냥씩 내놓는 '위복장군'威福將軍이 다름 아닌 그였다.

복강안은 솔직히 방금 전 우민중이 자신의 심기를 긁지만 않았더라도 그의 말을 '무지한 신참의 실수' 정도로 너그럽게 봐줄 수 있었다. 그러나 우민중은 이미 자신도 모르는 사이에 복강안의 자존심을 두 번씩이나 건드리고 말았다. 겨우 느슨해지는 것 같던 복강안의 얼굴은 다시 팽팽하게 굳어졌다. 잔뜩 힘이 들어간 두 눈에서는 보는 사람이 오싹할 만큼 소슬한 한기가 뿜어져 나왔다. 기윤 역시 아직까지는 엄연히 상사인 자신의 말에 꼬박꼬박 대구를 하는 우민중을 내심 불쾌하게 생각하고 있었다. 기윤이 고개를 돌려 복강안에게 물었다.

"세형, 세형께서는 어찌 생각하시는가?"

"오늘은 우 중당의 말씀이나 귀담아 들읍시다."

복강안이 차가운 미소를 지으며 덧붙였다.

"내가 무호 양도에서 오만 냥을 빌린 건 사실이에요. 물론 긴급 사태라 강남 대영의 군사 이백오십 명을 필요로 했기에 군량미 지원을 주청 올렸던 것이죠. 그리고 어지에 따라 가까운 무호 양도에서 빌려 쓴 거예요. 강남 대영의 군사 이백오십 명, 사수현 아문의 아역들, 그리고 나의 친병들까지 총 오백 명이 투입됐었죠."

순간 우민중의 눈꺼풀이 파르르 떨렸다.

"예? 오백 명에 군량미가 오만 냥이나 필요했다는 말씀입니까?"

"그렇소! 왜? 너무 많다고 생각하오?"

복강안이 냉소를 머금으면서 물었다.

"예, 그건 너무 많다고 생각합니다."

우민중은 아무 생각 없이 대답하고 나서야 비로소 자신을 대하는 복강안의 태도가 어딘가 심상치 않다는 사실을 느꼈다. 물론 우민중도 복강안이 '지극한 성총'을 한 몸에 입고 있다는 것을 모르는 바는 아니었다. 그러나 그 역시 성격이 만만치 않은 사람이었다. 건륭으로부터 "강직하고 굴함이 없다!"라는 평가를 들을 정도로 누군가에게 쉽게 굽히거나 타협하는 성격이 아니었다. 복강안이 강하게 나오면 나올수록 오히려 오기가 발동했다. 우민중은 복강안의 태도에는 전혀 아랑곳하지 않고 침착하게 대꾸했다.

"은자 백 냥은 웬만한 가정에서 소강小康(중산층 정도를 일컬음) 수준의 삶을 영위할 수 있는 적지 않은 액수입니다. 막말로 전쟁터에서 싸우다 영영 못 돌아온 사람에게 지급하는 휼금恤金이 그 정도입니다. 도련님께서 이런 식으로 계속 나가시다가는 천산의 수혁덕, 조혜와 해란찰 군문 등이 모두 본을 받게 될 것입니다. 나중에는 원명원을 판다고 해도 감당하기 어려울 것입니다."

"그렇소, 나는 병사들의 한 끼 식사에 한 목숨의 구휼금을 내주는 사람이오!"

복강안이 말을 꺼내면서 서리가 내린 듯 차가운 얼굴을 들었다. 약간 치켜 올린 턱은 "그래서 어쩔 테냐!"라는 도발의 분위기가 강하게 풍기고 있었다. 그러나 말투만은 예를 갖춰 공손했다.

"우 중당, 대군의 출동은 소부대의 술래잡기식 출동과 성격이 다르오. 산동 사수현에서 일어났던 폭동은 자칫 산동성 전체로 파급될 기세였소. 기민饑民들이 비적들의 선동에 놀아난 것인데, 내가 보고받을 때는 '사천 명'이라고 했으나 정작 현장에 가보니 이만 명도 넘었소. 그야말로 인산인해였소! 칼, 몽둥이, 도끼, 낫……, 심지어 곡괭이까지 손에 잡히는 대로 모조리 들고 나왔더군. 평소에 농사일에만 사용됐던 농기구들이 순식간에 흉기로 돌변한 데는 당해낼 도리가 없었소! 수적으로 열세에 몰리면 사기士氣로 이길 수밖에 없지 않겠소? 그래서 내가 은자를 두둑이 상으로 내릴 테니 최선을 다해달라고 병사들에게 통사정을 했던 거요. 이제 됐소?"

우민중은 잠시 대꾸할 말을 찾는 듯 꼿꼿하게 허리를 펴고 앉았다. 그리고는 침묵을 지켰다. 복강안은 그런 우민중을 뒤로 하고 문을 박차고 나왔다. 밖에서 기다리고 있던 가인 호극경이 말을 끌고 따라왔다. 복강안의 뒤를 따라 나온 화신이 종종걸음으로 따라붙으면서 아뢰었다.

"고정하십시오, 도련님. 제가 옆에서 듣기로는 뭔가 오해가 있었던 것 같습니다."

앞으로 무작정 걸어가는 복강안의 보폭은 대단히 컸다. 화신은 거의 뛰다시피 하면서 따라갔다.

"부 중당과 아계 중당이 계셨더라면 이런 일은 없었을 것입니다. 기 중당은 예부의 업무 외에는 문외한이라면서 스스로 말씀하셨고, 우 중당은 이제 막 입직한 사람이니 솔직히 군무나 여타 업무에 대해 뭘 제대로 알겠습니까? 하룻강아지 범 무서운 줄 모른다고 처음부터 잘해야 한다는 의욕이 과해 그런 것 같습니다. 아량이 하해처럼 넓은 복 도련님께서 너그럽게 용서해 주시는 게 좋을 것 싶습니다."

"공자님 말씀 같은 소리는 집어치우시오!"

"그렇게 화만 내지 마십시오. 저런 사람들 때문에 화를 내면 도련님만 손해입니다."

"나를 우습게 보고 저러는 거요. 내가 아버지의 후광을 업고 폐하의 조카임을 과시하면서 힘으로 자기를 누르려 든다고 생각한 거요! 저런 자에게 병마를 이끌라고 하면 적들이 쳐들어오기도 전에 자기 부하들 손에 먼저 뒈지고 말 걸?"

"황후마마께서 안 계시고 부상께서 와병 중이시니 각박한 인정세태가 어느 정도 반영된 건 있다고 생각합니다. 허나 우 중당은 지금 사촌 우역간 때문에 심기가 대단히 불편해 있는 상황입니다. 그러니 도련님께서도 그리 화를 내실 일은 아닙니다."

"아무튼 하는 짓을 보면 정인군자正人君子감은 못 돼. 화신, 산동에 가면 우역간 그자의 뒤를 철저히 캐야 하오. 공과 사를 분명히 해서 비리 척결의 강도를 높여야 할 것이오! 우민중 저자는 입이 백 개라도 할 말이 없을 날이 곧 올 거요. 다른 걱정은 하지 말고 성역 없는 수사에만 전념하도록 하오. 폐하께 아뢸 말씀이 있으면 내가 대신 아뢰어 줄 테니 언제든지 얘기하고!"

"도련님, 저에게도 직주권直奏權이 있습니다. 도련님의 말씀을 명심해 최선을 다 할 것을 약조 드립니다."

화신은 공손하게 대답했다. 그러나 짙은 어둠 속이라 화신의 표정은 제대로 보이지 않았다. 복강안으로서는 그가 무슨 생각을 하는지 알 턱이 없었다.

〈14권에 계속〉